FJB

ERIN McCAHAN

# Liebe und andere Fremdwörter

Roman

Aus dem Amerikanischen
von Birgit Schmitz

FJB

Erschienen bei FISCHER FJB

Die amerikanische Originalausgabe erschien unter dem Titel
›Love & other foreign words‹ im Verlag Dial Books, Penguin Group, New York



Satz: Pinkuin Satz und Datentechnik, Berlin
Druck und Bindung: CPI books GmbH, Leck
Printed in Germany
ISBN 978-3-8414-2161-6

Für meinen Mann Tim

# 1

Das muss doch irgendwie rauszukriegen sein.
Ich liege auf Stus Bett, starre an die Decke und spiele mögliche Berechnungsformeln durch, doch vor meinem geistigen Auge erscheinen nur Xe und Ys, Klammern und Fragezeichen. Stu sitzt auf der anderen Seite des Zimmers von mir abgewandt an seinem Keyboard, spielt gelegentlich ein paar Akkorde und hört wieder auf, um musikalische Hieroglyphen in ein Notenheft zu schreiben oder sie auszuradieren.
»Nichts zu machen«, sage ich. »Es sind zu viele Variablen.«
»Sag ich doch«, erwidert er.
»Aber ich *muss* es wissen.«
»Du wirst es überleben, wenn du es nicht weißt. Ich tu's jedenfalls.«
Ich setze mich auf, rücke meine Brille zurecht und entdecke einen losen Faden in dem ziegelroten Streifen seiner Bettdecke.
»Den musst du fixieren, bevor da ein Loch reinkommt«, sage ich.
»Wen muss ich fixieren?«
Ich erkläre es ihm.
»Reiß ihn einfach ab«, erwidert er.
»Nein, tu ich nicht.«
»Dann ignorier ihn.«
»Dir ist hoffentlich klar, dass ich niemals unter dieser Decke

schlafen kann, solange der Faden lose ist. Der Gedanke würde mich die ganze Nacht wach halten.«

»Hattest du es denn vor?«, fragt er mit einem Blick über die Schulter.

»*Jetzt* nicht mehr.«

»Heißt das, dass du es irgendwann mal vorhattest?«

»Das heißt nur, dass, ganz gleich, wo ich in Zukunft schlafe, es nicht unter dieser Decke sein wird.«

»Ich wusste gar nicht, dass Pyjamapartys zu unserer Freundschaft gehören«, sagt er. »Machen wir uns dann auch gegenseitig die Haare?«

»Unbedingt. Ich würde dich zu gern mit einer Hochsteckfrisur sehen.«

»Okay, hör dir das an«, sagt er und geht dazu über, das wunderbar trillernde Intro eines der großartigsten Songs aller Zeiten zu spielen, und zwar perfekt: »Come Sail Away« (Text und Musik von Dennis DeYoung, ehemals Leadsänger von Styx, heute Komponist, Broadway-Performer und überhaupt Universalgenie. Ich glaube, in seiner Freizeit rettet er im ganzen Land liegengebliebene Autofahrer, jagt Handtaschendiebe und spendet Blut und Plasma, bis das Rote Kreuz ihn zu seinem eigenen Wohl vorübergehend sperrt. Irgendwo in seinem Schrank muss ein Cape versteckt sein.)

Dann singt Stu, und, soweit meine Hörerfahrung reicht, schafft nur er es, Dennis DeYoung gerecht zu werden; was das größte Kompliment ist, das ich einem Sänger machen kann. Stu singt in einer ganzen Reihe von Chören und ist so begabt, dass der Chorleiter unserer Highschool ihn häufig um Rat fragt, wenn es um

Arrangements für Musicals und Ensembles geht. Als ich neun war, hatte ich die längsten sechs Monate meines Lebens hindurch Klavierunterricht. Die ganze Sache leuchtete mir überhaupt nicht ein, und meine Lehrerin weigerte sich, mir meine Liste von *Warum*-Fragen zu beantworten. Warum werden Finger Tasten zugeordnet? Warum einen Bindebogen beachten? Warum braucht man ein Dämpferpedal; warum spielt man die Note nicht einfach *nicht*? Warum bringen Sie mir nicht bei, wie man dieses Ding stimmt? Warum gibt es keine blauen Klaviere? Nein, im Ernst, warum gibt es keine blauen Klaviere?

Was war das für ein Freudentag für sie und für mich, als meine Eltern mich aufhören ließen.

Unmittelbar bevor »Come Sail Away« anschwillt, hört Stu auf zu singen und wechselt in eine klassische Version des Stücks, die irgendwo zwischen einem Menuett und einem Concerto liegt, so als hätte Johann Sebastian sie höchstpersönlich komponiert. Es klingt absolut vollkommen.

Nach nur eineinhalb Minuten oder so bricht Stu ab und dreht sich zu mir um.

»Weiter bin ich noch nicht«, sagt er.

»Gefällt mir.«

»Das soll es auch«, sagt er, während Sophie aus dem gegenüberliegenden Zimmer ruft: »So geht der Song aber nicht!«

»Bei mir schon!«, ruft Stu zurück.

»Ja, weil du so ein bescheuerter Freak bist!«

»Und *du* ein dressierter Pudel!«

»Freak!«

»Fiffi!«

»Das reicht«, sagt ihre Mutter und streckt den Kopf zur Tür herein. »Bleibst du zum Abendessen, Josie?«, fragt sie mich.
»Danke, Auntie Pat, aber ich kann nicht. Kate kommt heute Abend. Dann kann ich ihr endlich auf den Zahn fühlen, was ihren neuen Freund angeht, den – nebenbei bemerkt– noch keiner von uns je zu Gesicht bekommen hat.«
»Du willst ihr auf den Zahn fühlen?«, fragt Auntie Pat.
»Ja, das muss sein. Es geschieht nur zu ihrem Besten.«
»Nur zu ihrem Besten?«, fragen Stu und seine Mom gleichzeitig, was Auntie Pat weitaus mehr amüsiert als Stu.
»Ja. Ich muss rausfinden, ob mit ihm irgendwas nicht stimmt. Was sehr wahrscheinlich ist, und zwar aus drei Gründen.«
Auntie Pat zieht skeptisch, aber erwartungsvoll die Augenbrauen hoch, wie Stu es auch manchmal macht.
»Erstens«, ich recke den Zeigefinger hoch, um meinen Worten Nachdruck zu verleihen, »stimmt mit allen ihren Freunden irgendwas nicht. Zweitens …«, der zweite Finger geht hoch, »… ist sie schon seit vier Monaten mit ihm zusammen, hat ihn aber noch nicht ein Mal mitgebracht. Also hat sie wohl was zu verbergen. Und drittens hat Kate, siehe Punkt eins, in Sachen Männerwahl nicht annähernd so ein gutes Händchen wie Maggie«, womit unsere ältere Schwester gemeint ist.
»Aber du hast ein besseres Händchen bewiesen?«, sagt Stu.
Ich erschaudere, als ich an den letzten Schulball zurückdenke, und sage dann: »Nun ja, jedenfalls kann ich besser beurteilen, ob jemand zu Kate passt, als Kate es selbst kann. Und weißt du auch, warum? Weil ich nicht so blind vor Liebe bin wie sie. Ich gehe viel logischer an die Sache heran.«

»Du mochtest noch nie einen von ihren Freunden«, sagt Stu.
»Ich mache meine Meinung ausschließlich vom jeweiligen Gegenüber abhängig.«
»Hmm. Was war noch mal mit dem Letzten? Was stimmte mit dem nicht?«
»Mais«, sage ich.
»Mais?«, fragt Auntie Pat.
»Mais«, sagt Stu.
»Der Typ hat nur Mais, Fleisch und Schokolade gegessen«, erkläre ich Auntie Pat. »Seht ihr, und genau da versagt Kates Urteilsvermögen. Sie kocht gerne, und sie isst vor allem gerne Gemüse aus der Familie der Kreuzblütler. Also konnte sie unmöglich langfristig einen erwachsenen Mann bekochen, der nichts dergleichen aß. Weshalb er logischerweise nicht der Richtige für Kate war. Ich wusste, dass sie nicht zusammenbleiben würden. Ich hab ihr die Trennung bloß ein bisschen früher nahegelegt, als sie es hören wollte.«
»Kreuzblütler«, sagt Stu. »Keine Korbblütler?«
»Die auch.«
»Und was war mit Schmetterlingsblütlern?«
»Du verstehst mich.«
»Wie heißt ihr Freund denn?«, fragt Auntie Pat.
»Geoff mit einem G, drei F und einem stummen P.« *Pgeofff.*
»Nun, dann hoffe ich mal für Kate, dass Geoff mit einem G gern Gemüse aller Art isst«, sagt sie.
»Das beabsichtige ich herauszufinden, noch heute Abend«, verkünde ich. Und als Auntie Pat sich zum Gehen wendet, frage ich sie: »Wusstest du, dass an der Decke hier ein Faden lose ist?«

»Zeig mal«, sagt sie und kommt näher, während ich den Finger darauf lege. »Ah, da! Reiß ihn einfach ab.«

Stu zuckt mit den Schultern. »Hab ich auch gesagt.«

»Das kann ich nicht. Was, wenn er nicht gleich beim ersten Versuch abreißt und nur noch länger wird? Was, wenn der Stoff sich verzieht? Was, wenn da ein Loch …«

»Schau mal.« Ich zucke zusammen, als Auntie Pat über mich hinweggreift und den Faden abreißt. »Alles in bester Ordnung«, sagt sie und lächelt mir kurz zu, bevor sie aus dem Zimmer geht.

Ich werfe einen Blick auf meine Uhr. Fast halb sechs. »Ich muss los!«, rufe ich, springe vom Bett, knicke dabei um und falle hin.

Stu spielt fies grinsend Beethovens Fünfte an.

*Bumm-bumm-bumm-buuuuuuuuum.*

»Dennis DeYoung hätte mir aufgeholfen«, sage ich im Aufstehen und rücke, rot angelaufen, aber unverletzt, meine Brille wieder gerade.

»Stu Wagemaker findet, du bist ein Tollpatsch.«

»Ach, übrigens.« Ich bleibe an der Tür stehen. »Jen Auerbach glaubt, dass sie dich mag. Hat sie mir heute erzählt.«

»Aber sie ist sich nicht sicher?«

Ich zucke die Achseln. »Sie mag im Augenblick eine Menge Jungs. Aber in deinem Fall ist es eh egal. Ich hab ihr nämlich geraten, sich von dir fernzuhalten.«

»Ach wirklich? Und wieso?«

»Du meinst, abgesehen davon, dass du momentan mit Sarah Selman zusammen bist?«

»Ja, davon abgesehen.«

»Ich hab ihr erzählt, dass du einen ziemlichen Verschleiß hast, was Freundinnen angeht.«

»Stimmt doch gar nicht.«

»Doch, das stimmt.«

»Nein«, sagt er entschieden. »Das stimmt nicht.«

»Doch, und ob das stimmt!«, ruft Sophie.

»Siehst du?«

»Ihr habt beide unrecht«, sagt er und klimpert ein bisschen auf dem Keyboard.

»Sarah ist in diesem Kalenderjahr schon deine dritte. Und es ist erst März.«

»Wir haben den fünfundzwanzigsten«, protestiert er. »Und heute ist schon der letzte Dienstag des Monats.«

»Was nichts daran ändert, dass es ein Dienstag im gerade mal dritten Monat des Jahres ist. Macht also eine Freundin pro Monat. Bislang.« Ich recke drei Finger hoch, um meine Worte zu unterstreichen. »Muss ich noch mehr sagen?«

»Nee. Weil du Blech redest und ich nicht möchte, dass du dich weiter blamierst.«

»Ich rede gar kein Blech«, sage ich und ernte Sophies Zustimmung.

»Gar kein Blech!«

»Ich muss«, sage ich.

Ich rufe Sophie einen Abschiedsgruß zu und lege einen Zwischenstopp in der Küche ein, um Moses zu streicheln, den fast acht Kilo schweren Kater der Wagemakers, der mich gerade erst wieder an sich ranlässt, nachdem ich letzte Woche auf seinen Schwanz getreten bin. Zweimal.

Sophie hat auch einen ziemlichen Verschleiß, was Freunde angeht. Sie und Stu haben identische blonde Haare, lange Glieder, symmetrische Gesichter und das gleiche ungezwungene Lächeln. Stu komponiert. Sophie malt: bunte Collagen, wenn sie fröhlich ist, und trostlose Landschaften, wenn sie es nicht ist. Aber da ich sie beide schon mein Leben lang kenne, kann ich sagen, dass Sophie – von ihrem Liebesleben abgesehen – wesentlich unkomplizierter ist als Stu. Nicht direkt ein dressierter Pudel, aber herzlich unbekümmert um Dinge, die sie weder interessieren noch betreffen.

Niemand würde je auf die Idee kommen, Sophie vorzuwerfen, dass sie sich übermäßig viele Gedanken macht. Was ich, die ich eine eingefleischte (und Dad sagt unverbesserliche) Bedenkenträgerin bin, total bewundere. Ich weiß nicht, wie sie das macht. Ich finde sie absolut faszinierend.

Auntie Pat sagt, Sophie und Stu streiten sich dauernd, weil sie sich altersmäßig so nah sind. Sie sind nur dreizehn Monate auseinander. Stu ist sechzehn, Sophie fünfzehn, drei Monate älter als ich, obwohl ich ein Schuljahr über ihr bin. Ich hab die zweite Klasse übersprungen, weshalb ich momentan in der Elf bin – wie Stu.

Auntie Pat prognostiziert, dass Stu und Sophie sich eines Tages prächtig verstehen werden, wenn sie erst mal dreißig und neunundzwanzig sind, genug mit ihren eigenen Familien und Jobs zu tun haben und in unterschiedlichen Bundesstaaten wohnen.

Meine Eltern haben jetzt schon seit fast zweiundzwanzig Jahren das Haus gegenüber von den Wagemakers, und mindestens genauso lange nennen Kate und unsere ältere Schwester Maggie sie auch schon Auntie Pat und Uncle Ken.

Weshalb in der Schule alle glauben, Stu und Sophie wären mein Cousin und meine Cousine. Und wir lassen sie auch in dem Glauben. Es ist leichter, das Gerücht fortbestehen zu lassen, als die Feinheiten eines so engen Verhältnisses zu erklären, das kein verwandtschaftliches ist, es aber eigentlich sein müsste.

Ich verlasse das Haus der Wagemakers und überquere die Straße. Die Luft ist feucht und kalt vom typischen Ende-März-Regen. Meine Gedanken kehren zu dem ungelösten Problem zurück, das mich raus aus Sophies Zimmer – wo ich gebannt der Schilderung ihres jüngsten Trennungsdramas gelauscht hatte, in welcher die Formulierung »an Käse schnüffelnder Rattenbastard« vorkam – und rein in Stus Zimmer getrieben hatte, wo ich daraufhin versuchte, eine Formel aufzustellen, die Stu für unmöglich erklärte. Aber er muss sich irren. Es sollte – oder vielmehr *muss* – doch eine Möglichkeit geben, eindeutig zu berechnen, ob ich in den fünfzehn Komma vier Jahren meines Lebens bereits eine komplette Ratte verzehrt habe.

# 2

Ich kann die durchschnittliche Größe einer Ratte bestimmen. Was ich nicht bestimmen kann, ist a) wie häufig sie in fleischverarbeitenden Betrieben in irgendwelche Bottiche fallen, b) wie oft ich schon industriell verarbeitetes Fleisch aus Betrieben gegessen habe, in denen Ratten versehentlich Teil des Produkts geworden sind, und c) wie häufig meine Mutter bestimmte Marken aus bestimmten Läden gekauft hat. Und all das basiert auf der Prämisse, dass tatsächlich Ratten in diese Bottiche fallen und so Eingang in Hotdogs und Hamburger finden, die ich esse. Es scheint also, als hätte Stu recht gehabt. Es gibt zu viele Unbekannte in dieser Gleichung, und ich werde wohl damit leben müssen, dass ich es nicht weiß. Oder ich muss raten.
Aber ich hasse Mutmaßungen genauso wie Schätzungen und ziehe die Präzision mathematischer Formeln und exakter Umrechnungen eindeutig vor. Mathematik ist eine Sprache, und ich mag Sprachen. Seht euch nur all die Fremdwörter an, die ich heute benutzt habe:

Hieroglyphen: Griechisch
Ensemble: Französisch
Concerto: Italienisch
Menuett: Französisch
Hamburger: Deutsch
Pgeofff: Josie

Das großartigste Wort aller Sprachen dieser Welt ist *Tipi*. Es stammt von den Sioux. Ich könnte in eine Familie französischsprachiger Ziegenhüter in den Schweizer Alpen hineingeboren worden sein und wüsste trotzdem auf Anhieb, was ein Tipi ist, sobald ich das Wort hören würde. Keine Verwirrung. Perfekte Klarheit. Das ist der Inbegriff lingualer Großartigkeit.

Tipi.

Wenn doch nur jede Sprache so klar und eindeutig wäre wie die der Sioux.

Ich betrete die Küche durch die Hintertür und bin lange genug allein dort, um Rückschlüsse auf das heutige Abendessen ziehen zu können. Mutter hat eine einfache kulinarische Gleichung mit einer begrenzten Anzahl von Variablen für mich zurechtgelegt: Aus der Nebeneinanderstellung von Hackfleisch, einer Zwiebel und frischen Tomaten im Kühlschrank sowie roten Bohnen und Kräutern auf der Arbeitsfläche folgere ich, dass es Chili con Carne geben wird. (Möglicherweise mit winzigen Spuren von Rattenfleisch. Ich werde es nie erfahren.) Weder meine Mutter noch mein Vater kommen abends üblicherweise vor sechs Uhr nach Hause. Chili muss eine Weile bei geringer Hitze vor sich hin köcheln, weshalb ich unverzüglich in die Rolle des von meinen Schwestern und meiner Mutter ausgebildeten und häufig beschäftigten Sous-Chefs schlüpfe.

Kaum habe ich den passenden Topf auf den Herd gestellt, kommt Kate, ihr Handy wie ein Walkie-Talkie haltend, zur Hintertür hereingeschneit.

»Nein«, spricht sie hinein, während sie ihre Handtasche und ihre

Aktenmappe abstellt. »Ich bin am Dienstag in Cincinnati, am Mittwoch in Dayton und am Donnerstag auf einer Fortbildung, also könnte ich Sie höchstens am Montag oder am Freitag einschieben.« Sie wirft mir ein Lächeln und ein Küsschen zu, zeigt auf das Telefon, verdreht die Augen über sich selbst, steckt mich an mit ihrem Lächeln und zeigt fragend auf den Topf.

»Chili«, sage ich.

»Nein«, sagt sie in ihr Telefon. »Ich war dreimal in seiner Praxis, und er hat mich jedes Mal mehr als eine Stunde warten lassen. Ich werde mich nicht dafür entschuldigen, dass ich meine Zeit genauso wichtig finde wie er seine«, sagt sie, klemmt das Telefon zwischen Ohr und Schulter und zieht das Fleisch und die Zwiebel aus dem Kühlschrank, während ich mir die Tomaten schnappe. »Und trotzdem wird er nicht von Spintisieraktionil abrücken«, oder so ähnlich, jedenfalls redet sie weiter. Sie nennt irgendein Medikament, von dem ich noch nie etwas gehört habe, und gibt Olivenöl in den Topf. Dann folge ich ihrer pantomimischen Anleitung zur Vorbereitung des Abendessens. Sie legt auf, als die Zwiebeln angedünstet und alle Tomaten sorgfältig in Scheiben geschnitten sind.

»So«, sagt sie und wirft mir erneut ein Lächeln zu. »Hallo.«

Dann bekomme ich einen richtigen Kuss von ihr und frage sie, wie viele Kilos industriell verarbeitetes Fleisch sie in ihrem Leben bereits gegessen zu haben glaubt.

Kate ist Pharma-Vertreterin, Handelsvertreterin in der Pharmaindustrie, und deshalb besucht sie andauernd Ärzte in ihren Praxen und in Krankenhäusern, um ihnen das neueste Mittel gegen Haarausfall oder Vaginaltrockenheit aufzuschwatzen.

Mich versorgt sie mit Notizblocks und Stiften, die mit den Namen und schicken Logos verschreibungspflichtiger Medikamente bedruckt sind. Das Beste war ein zehn mal fünfzehn Zentimeter großer Block, auf dem oben in großen blauen Buchstaben *CYLAXIPRO: Einmal täglich zur Vorbeugung gegen Herpes-Ausbrüche* stand. Ich habe meine Mutter mal gebeten, mir darauf eine Entschuldigung für die Schule zu schreiben, aber sie hat sich geweigert. Letztes Jahr habe ich den Block dann verwendet, um mich bei Uncle Vic und Aunt Toot postalisch für mein Geburtstagsgeschenk zu bedanken. Sie hatten mir zehn Dollar und eine Postkarte mit einem Affen vorne drauf geschickt, und ich war für beides ehrlich dankbar, also habe ich es ihnen auch geschrieben. Aber dann musste ich noch einen Brief auf Briefpapier schreiben, das meine Mutter für gut befunden hatte, und mich dafür entschuldigen, dass ich in meinem ursprünglichen Brief Anspielungen auf Genitalherpes und Kates Rolle bei der Verhinderung seiner Ausbreitung gemacht hatte.
Seitdem tragen die meisten meiner Stifte und Blocks die Namen irgendwelcher cholesterinsenkenden Mittel oder von Medikamenten gegen Allergien.

Heute kommt Mutter vor Dad nach Hause. Sie unterrichtet vier Tage die Woche Krankenpflege am College der Ohio State University, das ungefähr eine halbe Stunde von unserem Haus in Bexley, einem alten Vorort von Columbus, entfernt ist. Und doch, so scheint es irgendwie, näher als Kates Wohnung, die nur fünfzehn Minuten entfernt in der Innenstadt von Columbus liegt, was sich, seit sie ausgezogen ist, aber weltenweit entfernt anfühlt.

Vor allem weil sie immer seltener zum Abendessen kommt, je nachdem was die Arbeit zulässt oder ihre Liebhaber, die nur Mais essen oder irgendwelche Krankheiten haben, die sie möglichst geheim halten will.

Gegen halb acht, eine Essenszeit, die Dad augenzwinkernd als kosmopolitisch bezeichnet, sitzen wir vier Sheridans am Küchentisch, und Kate zeigt sich übertrieben begeistert von dem Chili. Es ist gut, aber nicht unbedingt himmlisch.

»Gerade habe ich an Geoff gedacht«, erwidert sie, als Mutter ihr sagt, sie sehe glücklich aus.

»An den hab ich vorhin auch schon gedacht«, sage ich, »aber ich wette, wir denken nicht das Gleiche.«

»Josie«, sagt sie, gefolgt von einem fröhlichen kleinen Schnalzer. »Du wirst ihn mögen.«

»Wann lernen wir ihn denn kennen?«

»Na ja«, sagt sie mit einem erwartungsvollen Blick in Mutters und Dads Richtung, »ich dachte eigentlich daran, ihn am Freitag mitzubringen. Zum Abendessen? Wollen wir ein großes Familienessen anberaumen?«

Großes Familienessen heißt in der Sheridan-Sprache: Mutter und Dad, Maggie und ihr Mann Ross, Kate und ich. Wir füllen einen Raum so mit Größe und Worten aus, dass man uns für mehr als sechs Personen halten könnte.

Mutter und Dad werfen sich einen kurzen Blick zu, gefolgt von einem neugierigen Nicken, was Kate völlig entgeht.

»Das wird nett«, sagt Mutter. »Irgendwelche speziellen Wünsche, was das Essen angeht?«

»Spaghetti«, sagen Kate und ich in fröhlichem Einklang, denn

Spaghetti sind in unserer Familie das bevorzugte Gericht bei allen besonderen Gelegenheiten, die keine Zurschaustellung eines riesigen Tierkadavers erfordern. Spaghetti gelten bei den meisten Leuten zwar nicht als ausgefallene Mahlzeit, aber sie haben eben auch noch nie Mutters selbstgemachte Sauce probiert. Auntie Pat möchte, dass sie das Rezept vermarktet, und Mutter quittiert dieses Kompliment jedes Mal mit einem winzigen Anflug von Befriedigung im Gesicht. Und wenn ihr etwas derart deutlich anzusehen ist, muss es ihr durch und durch gehen.

Bis zum Ende des Abendessens, bei dem uns endlos Pgeofffs vage, aber außergewöhnliche Eigenschaften aufgelistet wurden – umwerfend, brillant, interessant, brillant, umwerfend –, sind die Pläne für das besondere Familienmahl am kommenden Freitag festgezurrt.

»Bleibst du heute über Nacht?«, fragt Dad Kate und vergleicht die Anzeige seiner Armbanduhr mit der der Küchenuhr, was – in unserer privaten Sheridan-Sprache – so viel heißt wie: Bleib hier oder fahr wieder, aber jetzt ist der geeignete Moment gekommen, dich zu entscheiden.

»Sie bleibt«, antworte ich für sie, nehme ihre Hand und sage: »Komm«, und schon laufen wir hoch in mein Zimmer.

Ich hüpfe aufs Bett, setze mich in den Schneidersitz, rücke meine Brille zurecht und sage: »Und jetzt erzähl mir alles, was du Mutter und Dad nicht über Pgeofff erzählt hast.«

»Ich hab euch schon alles erzählt.« Kate wühlt in meiner Pyjamaschublade herum. Sie zieht zwei Nachthemden heraus – die sie mir beide geschenkt hat –, und ich zeige auf das blaue, womit das burgunderrote für sie übrig bleibt.

»Isst er grünes Gemüse?«

»Geoff ist sehr anspruchsvoll, was Essen angeht«, sagt sie und macht sich daran, ihren Hosenanzug auszuziehen. »Und ja, ich habe ihn schon bekocht, und ja, er mochte es. Wir kochen häufig zusammen.« Sie denkt einen Moment nach. »Ja, wirklich, wir kochen viel zusammen.«

»Das ist aber kein Euphemismus für Sex, oder?«

»Josie! Nein.«

»Könnte doch sein. Aber mir ist es lieber, wenn es nicht so ist.«

»Schluss damit. Geoff und ich kochen zusammen. Mit Töpfen und Pfannen. Und er mag und schätzt die Gerichte, die ich ihm zubereite.«

»Nun, dann bin ich geneigt, ihn zu mögen«, sage ich mit Betonung auf *geneigt*.

»Ach, da bin ich ganz unbesorgt«, sagt sie. »Hab ich schon erwähnt, dass er brillant ist?«

»Mehrfach.«

Sie schlüpft ins Bad und kommt wenige Minuten später in meinem Nachthemd wieder heraus. Sie sieht aus, als wäre sie eben erst von einem Cheerleader-Auftritt bei einem Profi-Footballspiel nach Hause gekommen; selbst um diese Uhrzeit ist ihre Frisur noch so gut wie perfekt. Ich spiele einige Sekunden geistesabwesend an meinem Pferdeschwanz herum, bis sie sich die Bürste von meiner Kommode schnappt und mir befiehlt, mich umzudrehen. Ich gehorche sofort.

Sie zieht mir das Band aus den Haaren und fängt an zu bürsten, während ich meine Brille abnehme und sie vorsichtig auf den Nachttisch lege. Meine frühesten Erinnerungen kreisen darum, wie Kate mir die Haare bürstet. Ich war dreieinhalb. Sie war fast vierzehn, und wir haben uns über Vögel unterhalten. Ich wollte wissen, warum sie im Winter nicht erfrieren und mit einem lauten Aufprall in den Garten fallen. Und Kate erzählte mir, Engel würden vom Himmel herabfliegen und die Vögel unter ihren Schwingen warmhalten. Aber auf meine Nachfrage, warum Vogelschwingen denn nicht warmhalten, wusste sie keine Antwort.

»Ich nehme an, du willst mir auf den Zahn fühlen, was Geoff betrifft«, sagt sie und ich reagiere gereizt darauf, wie durchschaubar ich bin.

»Nein«, sage ich. »Aber ich werde *ihm* auf den Zahn fühlen.«

»Josie«, sagt sie lachend.

»Du solltest ihn vorwarnen, dass ich bis Freitag eine Liste mit siebenunddreißig Fragen haben werde, die ich ihm stellen muss.«

»Nur siebenunddreißig? Warum denn nicht mal vierzig?«

»Weil die Anzahl der Fragen nichts mit den Fragen an sich zu tun hat. Ich habe so viele Fragen, wie nötig sind.«

»Ist das dein Ernst?«

»Ja.«

»Nenn mir ein Beispiel.«

Ich wende ihr den Kopf zu. »Zum Beispiel: Angenommen, er überlässt seinen Platz im Bus jeden Tag einer schwangeren Frau, entdeckt dann aber irgendwann, dass sie gar nicht schwanger ist, sondern nur so tut, damit ihr Freund sie heiratet. Würde er ihr trotzdem weiter seinen Platz überlassen? Und würde er es ihrem Freund verraten?«

»Ist das eine Frage oder sind es zwei?«, fragt sie.

»Eine«, sage ich. »Mit zwei Teilen.«

»Hmm«, sagt sie. »Das ist eine gute Frage.« Sie dreht meinen Kopf wieder nach vorn, damit sie weiterbürsten kann.

»Du solltest ihn das fragen. Ich kann es gar nicht erwarten, seine Antwort zu hören. Sie wird brillant sein«, sagt sie, während ich die letzten Worte stumm mitspreche.

Ich bin froh, dass ich von ihr abgewandt sitze, denn ich spüre, wie meine Lippen sich kräuseln.

»Was sind seine Fehler?«, frage ich.

»Er hat keine.«

»Das ist unmöglich, und das weißt du auch.«

»Dann habe ich noch keine an ihm bemerkt, weil alles andere an ihm so toll ist.«

»Man könnte also sagen, dass du seinen Fehlern gegenüber blind bist?«, frage ich.

»Mit Freuden! So ist das, wenn man verliebt ist. Man übersieht die unwichtigen Dinge. Zufrieden?«, fragt sie, legt die Bürste weg und steigt ins Bett.

»Nein, weil ich wissen muss, wie du *unwichtig* definierst.«

»Was meinst du damit, wie ich das definiere?«

Ich schalte die Lichter aus.

»Unwichtig im Sinne von zu lange aufbleiben, um zu lesen?«, frage ich, während ich mich auf meine Seite des Bettes lege, »oder im Sinne von große, behaarte Muttermale im Gesicht und zwanghaftes In-der-Nase-Bohren?«

»Zwanghaftes – Josie!« Sie kichert vor sich hin. »Nein.«

»Buckel? Eine Troll-Frisur?«.

»Weder noch.«
»Tertiäre Syphilis?«
»Gute Nacht, Josie«, sagte Kate und gibt mir schnell einen Kuss, bevor sie sich umdreht.
»Unnatürliches Interesse an Bauchredekunst?«
»Nein.«
»Unkontrollierbarer wässriger Stuhl? Windeln? Trägt er Windeln für Erwachsene? Oder trägt er Windeln für Erwachsene, ohne sie wirklich zu brauchen? Das wäre etwas Wichtiges, das du nicht übersehen solltest, oder? Was meinst du?«
Kate zieht sich das Kissen über den Kopf, und ich grinse und schmiege mich ein bisschen enger an sie. Wie kann Stu mir vorwerfen, dass ich keinen von Kates Freunden mag, wenn jeder einzelne von ihnen mir Momente wie diese beschert? Ich hoffe, sie wird nie mehr Single sein.

# 3

Jen Auerbach lässt sich heute nach der Schule gegen mein Schließfach fallen und verwickelt mich in ein Gespräch, das irgendwo mittendrin anfängt. Ihre dunkelbraunen Kulleraugen scheinen selbst dann zu lächeln, wenn ihr Mund es gar nicht tut, und lassen sie ständig so aussehen, als erwarte sie, nicht nur gute, sondern großartige Neuigkeiten erzählt zu bekommen. Es tut mir immer ein bisschen leid, wenn ich keine für sie habe.

»Nur *sooo* ein Stück von meinem Gesicht entfernt«, sagt Jen. »Echt jetzt, er war nur *so* ein Stück von meinem Gesicht weg.« Sie zeigt mit Daumen und Zeigefinger einen Abstand von ungefähr fünf Zentimetern an. »Und er roch *wahnsinnig* gut! Warum riechen süße Typen einfach immer gut, ganz egal wonach sie riechen? Weißt du, was ich meine? Er könnte auch nach altem Pizzafett riechen, und ich würde denken: Ja! Jetzt eine Pizza, mit ihm, sofort!«

Ich schalte mental um auf Jens natürliche, ungezwungene Sprache und begreife, dass sie von Josh Brandstetter redet, dem bestaussehenden Jungen unserer Stufe, der aktuell ihr Teampartner im Chemielabor ist. Was im Januar per Los entschieden wurde. Damals hat sie erzählt, sie hätte versucht, völlig desinteressiert auszusehen, als er ihren Namen aus dem großen Becherglas gezogen hatte. Aber Jen Auerbach ist quasi gar nicht dazu in der Lage, eine gleichgültige Miene aufzusetzen.

Jen und ich sind seit der siebten Klasse befreundet. Wir sind hier in der Schule die Riesinnen. Jen, Emmy Newall und ein paar andere, die Volleyball spielen. Ich bin dank meiner DNA mütterlicherseits die Größte im Team, aber nicht die Beste. Das sind Jen und Emmy. Sie haben jetzt schon meine Stimme, wenn es um die nächste Wahl der Mannschafts-Kapitäninnen geht.

»Was habt ihr denn gemacht?«, frage ich. »Im Labor?«

»Keine Ahnung. Irgendwas Hirnverbranntes, aber es war super, weil wir *sooo* ...« – sie hält wieder Daumen und Zeigefinger hoch – »... nahe aneinanderrücken mussten, um die Ergebnisse abzulesen.«

»Aber du weißt nicht mal, um was es dabei ging, hab ich recht?«

»Nee, keinen Schimmer. Ich hab einfach bei ihm abgeschrieben. Ich war viel zu sehr davon abgelenkt, wie gut er riecht.«

»Wer riecht gut?«, mischt sich Emma Newall ungefragt ein.

»Josh Brandstetter«, sagt Jen.

»Wonach riecht er denn?«

»Nach altem Pizzafett«, sage ich, worauf Emmy die Nase rümpft und Jen grinst. »Und du findest, dass das gut riecht?«, fragt Emmy.

»Nein. Das war ein Witz«, sage ich.

»Verstehe ich nicht«, sagt sie, und Jen liefert ihr schnell die Kurzversion der Geschichte, die Emmy am Ende ohne große Begeisterung mit »cool« quittiert.

Ich suche die Sachen zusammen, die ich fürs Lauftraining brauche. Emmy läuft auch und wartet auf mich, damit wir zusammen zum Umkleideraum gehen können.

»Oh, äh, Jen?«, sage ich, während ich mein Schließfach abschließe. »Wir können uns am Freitag doch nicht im Easton treffen.«

Das Easton Town Center ist *der* angesagte Treffpunkt der Hälfte der Stadtbewohner unter dreißig. Normalerweise empfinde ich die Mall als ein kaleidoskopisches Gewirr aus Neonlicht und dröhnender Musik, aber sie ist durchsetzt mit Inseln glücklicher Zuflucht, wenn meine Freundinnen und ich bei Kaltgetränken und weichen Brezeln Energie tanken. Und es gefällt mir, wenn wir auf dem Heimweg in Jens Auto unseren Ausflug noch mal durchhecheln, denn dann weiß ich genau, wie viel Spaß ich hatte.

»Ihr wolltet am Freitag ins Easton gehen und habt mir nichts gesagt?«, fragt Emmy Jen, während sie versucht, eine Haarsträhne von ihrem Lipgloss loszukriegen. »Na, vielen Dank auch.«

»Check mal dein Handy«, sagt Jen. »Ich hab dich vor ungefähr einer Woche gefragt. Wir gehen alle.«

Wenn Jen *alle* sagt, meint sie alle, die meisten aus der Volleyballmannschaft, nur einen kleinen Teil davon oder auch nur eine Freundin daraus.

»Und warum kommst *du* nicht?«, fragt Emmy mich.

»Meine Schwester bringt ihren Freund zum Abendessen mit, und da ich ihn noch nicht kenne, muss ich dabei sein.«

»Kannst du ihn nicht kurz kennenlernen und dann nachkommen?«, fragt Emmy. »Sag deinen Eltern doch einfach, du hättest schon was vor. Ich hol dich sogar ab, wenn du willst«, bietet sie an. Sie klingt verärgert.

»Nein. Ich möchte dabei sein. Sie sagt, dass sie ihn liebt. Also muss ich dableiben, damit ich ihn unter die Lupe nehmen kann«, sage ich, und Jen nimmt mich Emmy gegenüber in Schutz: »Du weißt doch, wie Josie ist, wenn es um ihre Schwestern geht.«

»Ich weiß, wie sie ist, wenn es um ihre ganze Familie geht. Das ist doch total bizarr«, sagt Emmy in einem abfälligen Ton. Aber sie verfügt ohnehin nur über ein kleines Repertoire an Tonfällen, und keiner davon ist besonders freundlich. Also kann man einiges von dem, was sie sagt, leicht ignorieren – oder es zumindest uminterpretieren.

Bedeutung besteht bei weitem nicht nur aus Worten. Aber manchmal, wie in Emmys Fall, auch aus weniger.

# 4

Es ist fast halb sechs, als ich am Freitag nach Hause komme. Ich gehe in die Küche, die penetrant nach gehacktem frischem Basilikum riecht, das in einem ordentlichen Häufchen auf dem Schneidebrett neben dem Herd liegt. Mutter hat freitags frei; sie kommt mit einer großen Flasche Olivenöl aus der Speisekammer, und wir küssen uns zur Begrüßung auf die Wange.

»Hattest du einen interessanten Tag?«, fragt sie. Sie fragt nie, ob ich einen guten Tag hatte. Wenn er interessant war, war er automatisch auch gut, und meine Mutter ist nie redundant.

»Ja, hatte ich«, sage ich und erzähle kurz von einer Konversation, die ich heute im Französischunterricht führen musste – in so einer spontanen Mini-Aufführung von zwei ausgewählten Schülern vor der ganzen Klasse – und in der Brot, Käse, der Bürgermeister, ein Cello und der Tod vorkamen.

*»C'est une longue histoire«*, sage ich.

Das ist eine lange Geschichte.

Ich renne nach oben, um zu duschen und mich fürs Abendessen umzuziehen, und schreibe Stu unterwegs eine SMS, um ihn daran zu erinnern, was heute für ein bedeutungsvoller Tag ist.

SMS an Stu, 17:31 Uhr

*Pgeofff kommt heute Abend zum Essen.*

SMS von Stu, 17:31 Uhr
*Pwer?*

Er weiß, wer Pgeofff ist, und nachher wird er neugierig sein, wie es war.

Es ist kurz nach sechs, als ich in die Küche zurückkomme, wo Ross und Maggie mich zur Begrüßung umarmen und küssen. Ross trägt meinen Lieblingsduft.

»Du riechst besser als altes Pizzafett«, sage ich ihm.

»Tja, unser Pizzafett war aus«, sagt er. »Da hab ich Aftershave genommen.«

Er hält mir seinen Hals hin, und ich schnuppere genüsslich noch einmal daran.

»Ich hoffe, wir bekommen mal so eine Tochter wie dich, Josie«, sagt Maggie.

»Eine mit meinem beeindruckenden Geruchssinn?«, frage ich.

»Eine, bei der man nie vorhersagen kann, mit welchen Worten sie einen heute wieder begrüßt.«

»Eine mit einem beeindruckenden Geruchssinn wäre mir aber auch recht«, sagt Ross zu Maggie.

»Wann kriegt ihr denn Kinder?«, frage ich. Sie sind jetzt seit fünf Jahren verheiratet und haben endlich ihre Assistenzzeit im Krankenhaus hinter sich. Maggie ist Kinderärztin, Ross pädiatrischer Endokrinologe. Sie sind in gutgehende Praxisgemeinschaften eingetreten und haben ein Haus gekauft. Jetzt gibt es also wirklich keine Ausreden mehr, und ich kann es gar nicht erwarten, endlich nicht mehr die jüngste Sheridan zu sein.

»Wir sagen dir Bescheid«, sagt Ross.
»Aber glaubt ja nicht, dass ich Babysitter spielen werde, bis das Kind groß genug ist, um sich selbst sauberzuhalten. Alles, was klebrig oder eklig ist, lehne ich ab«, sage ich.
»Schon klar«, erwidern Ross und Maggie in fröhlichem Gleichklang.
»Hast du schon gesehen?«, fragt Ross und zieht sein Handy aus der Tasche. Schulter an Schulter sehen wir uns die aktuelle Liste der Konzertdaten von *Dennis DeYoung and the Music of Styx* an.
»Noch kein Termin in Columbus, aber er kommt näher«, sagt Ross.
Ross hat mich mit der Musik von Dennis DeYoung bekannt gemacht, und dafür werde ich ihm ewig dankbar sein.
Ich liebe meine Schwestern und hatte nie Sehnsucht nach einem Bruder, aber seitdem Maggie mir einen Schwager aufs Auge gedrückt hat, was für mich so was Ähnliches wie ein Bruder ist, bin ich sehr froh, dass ihre Wahl auf Ross gefallen ist. Er spielt Gitarre und Klavier und gibt sich bei seiner Arbeit mit Klebrigem und Ekligem ab – was ich nicht fertigbringe –, und all das hat ihn in meiner Achtung steigen lassen und es mir erleichtert, Maggie meine Erlaubnis zu geben, ihn zu heiraten. Sie hat sie sogar schriftlich bekommen. Ich war damals elf. Maggie hat den Brief eingerahmt, und er hängt jetzt in ihrem Arbeitszimmer zu Hause – als permanente Erinnerung an den Segen, den ich ihrer Verbindung gegeben habe.

Kurze Zeit später kommt Dad nach Hause, und wir lassen uns in der Küche nieder, die vor drei Jahren umgebaut und um eine kleine Sitzecke mit Kamin erweitert worden ist, die wir nie benutzen. Der Umbau hat drei Monate länger gedauert als geplant und war der Grund für den einzigen Ausraster, den Mutter je hatte. Bevor sie Dozentin wurde, war sie OP-Schwester. Die Frau bringt normalerweise nichts aus der Ruhe. Nicht einmal ich.

Kate kommt zu spät, natürlich. Das ist ihre ein wenig passiv-aggressive Reaktion auf Maggie, die – ohne es darauf anzulegen – sämtliche Aufmerksamkeit in einem Raum auf sich zieht, sobald sie ihn betritt. Sie ist einfach so atemberaubend, ohne Übertreibung, und dadurch nur umso umwerfender, dass sie sich ihrer Schönheit überhaupt nicht bewusst zu sein scheint. Wildfremde Menschen halten sie in der Öffentlichkeit an – ich war schon mal dabei –, um ihr zu sagen, wie schön sie sei, und sie wird jedes Mal rot und sagt verlegen *danke*.

Auch Sophie Wagemaker bekommt von ihren Freunden – einschließlich mir – andauernd gesagt, wie hübsch sie sei, und sie quittiert es jedes Mal mit einem beiläufigen *Ach, sei still*, was in der Highschool-Übersetzung so viel heißt wie *danke*.

Sophie und Maggie sprechen – in unterschiedlichen Abstufungen der Förmlichkeit – die Sprache schöner Frauen. Ich kann sie übersetzen, weil ich mit ihr großgeworden bin, aber sie ist nicht meine Muttersprache.

Es ist fast halb sieben, als Kate endlich eintrifft, dreißig Minuten zu spät, aber vollkommen unbekümmert darum. Hinter ihr betritt eine große, schemenhafte, auf eine vage Art männliche Kreatur den Raum, die künstlerische Skizze von einem Mann, der zu einem Storch wird, mehrfach ausradiert und neu begonnen, aber nie fertig ausgeführt. Da diese Gestalt keinerlei Ähnlichkeit mit Kates Beschreibung hat, kann ich nur folgern, dass es sich nicht um Pgeofff handelt.

Wir stehen auf. Kate hakt sich bei der groben menschlichen Skizze unter und sagt einigermaßen erschrocken: »Hey, du bist ja verlobt!«

Okay, das war ich.

»Josie. *Äh.* Mom.«

Das war jetzt Kate.

»Das ist ein Verlobungsring!«, sage ich und zeige auf ihren Finger. »Wer ist denn dieser Typ?«

»Josie. Das ist Geoff«, sagt sie.

»Nein, ist er nicht«, erwidere ich und werde von Mutter zum Schweigen gebracht, die dann fragt: »Kate?«

»Na ja, äh ...« Ihr ganzer Elan scheint plötzlich verpufft zu sein.

»Hast du uns etwas mitzuteilen?«, versucht Mutter, ihr neuen Schwung zu geben.

»Das hat Josie ja bereits erledigt.«

»Wenn du uns überraschen wolltest, hättest du den Ring nicht anziehen sollen«, sage ich. »Aber was Pgeofff angeht, ist dir die Überraschung definitiv gelungen. Bist du sicher, dass er es ist?«

»Darf ich vorstellen: Josie«, flüstert sie Pgeofff zu und verkündet dann: »Ja, wir haben uns verlobt.«

Der Raum füllt sich mit Glückwünschen und fröhlichem Geplapper, und ich umarme Kate, hebe mir meine Begeisterung aber noch auf, bis ich Pgeofff auf Herz und Nieren geprüft habe. Er wartet, bis das fröhliche Gelächter verebbt, bevor er sich vorstellt.

»Geoffrey Stephen Brill. Schön, Sie kennenzulernen«, sagt er zu Dad.
Zu meiner Mutter:
»Geoffrey Stephen Brill. Schön, Sie kennenzulernen.«
Zu Ross und Maggie:
»Geoffrey Stephen Brill. Schön, Sie kennenzulernen.«
Zu mir:
»Geoffrey Stephen Brill. Schön, dich kennenzulernen.«
»Wie war das noch mal?«, frage ich.
Kate kichert. Mutter wirft mir *den Blick* zu, und Geoffrey Stephen Brill wiederholt mit verbissener Ernsthaftigkeit: »Geoffrey Stephen Brill. Schön, dich kennenzulernen.«
»Okay, mir langt's«, verkünde ich und versuche, den Raum zu verlassen, aber Mutter packt mich regelrecht am Schlafittchen und drückt mich auf den Platz direkt neben ihr. Dabei rutscht mir fast die Brille von der Nase, und ich schiebe sie schnell wieder hoch.
Alle siebenunddreißig meiner sorgfältig vorbereiteten Fragen lösen sich in dem Moment in Luft auf, als Pgeofff seine feuchtkalte Hand in meine drückt, sie ein … zwei … drei … *ihh, wie eklig* … vier schlimme Sekunden lang festhält und dann mit einem schiefen Grinsen »Ich hab schon viel von dir gehört, Josie« sagt.
»Ach wirklich?«, frage ich und wische mir die Hand an der Jeans ab.
»Ich glaube, wir werden uns blendend verstehen«, sagt er und fügt mit einem Lächeln zu meinen Eltern hinzu: »Ich habe einen guten Draht zu Halbwüchsigen.«

»Ich esse heute Abend bei den Wagemakers«, sage ich zu Mutter.

»Nein, tust du nicht«, sagt sie.

»Dann esse ich allein in der Küche.«

»Nein, tust du nicht.«

Ich bin drauf und dran zu protestieren, als Dad sich einschaltet. Er greift sich Geoffrey Stephen Brill, schön, Sie kennenzulernen, um ihn mit Kate im Schlepptau durchs Haus zu führen. Erste Station ist das Arbeitszimmer, wo Geoff Dads Kollektion von kuriosen und leicht gruseligen medizinischen Antiquitäten bewundern muss. Dad zwingt jeden neuen Besucher vorübergehend in diese Rolle. Er ist Psychiater, was bedeutet, dass er nicht ganz dicht ist.

»›Einen guten Draht zu Halbwüchsigen?‹«, schreie ich meine Mutter quasi an. Dann wende ich mich Ross zu und frage: »Du würdest doch niemals das Wort Halbwüchsige in den Mund nehmen, oder?«

»Nicht dir gegenüber, nein.«

»Siehst du!«, sage ich und zeige auf Ross, um dem Gesagten Nachdruck zu verleihen, was meine Mutter aber nicht beeindruckt.

»Ich erwarte von dir, dass du ihm eine Chance gibst, Liebes«, sagt sie. »Du hast ihn doch gerade erst kennengelernt. Das Mindeste, was ich erwarte, ist, dass du freundlich bist und diesen Abend nicht ruinierst. Tu's deiner Schwester zuliebe.«

Damit kriegt sie mich immer. *Deiner Schwester zuliebe.* Ich liebe meine Schwestern, und anders als Stu und Sophie hoffe ich, dass wir in der Zukunft nie in unterschiedlichen Staaten leben werden.

»Ich werd's versuchen, Kate zuliebe«, sage ich. »Aber wenn er noch einmal Halbwüchsige zu mir sagt, solange ich eine bin, muss ich darauf bestehen, dass sie sich trennen. Zumindest bis ich einundzwanzig bin.«

Als unsere kleine Runde ein paar Minuten später wieder in der Küche versammelt ist, fragt Maggie Geoff – der eindeutig nicht die Sorte Mann ist, dessen Namen sich ins Josie übersetzen lässt, weshalb ich ihm das stumme P wieder wegnehme, um es eventuell Pstu zu geben –: »Und? Wie gefällt Ihnen das Haus?«

»Gut, größtenteils zumindest«, sagt er. »Für mein Empfinden ist es etwas zu groß und ausufernd, aber es entspricht genau dem, was ich erwartet habe, als Kate mir erzählte, sie sei in Bexley aufgewachsen.«

»Wie bitte?«, frage ich.

»Oh, Verzeihung, wenn ich gerade einen Fauxpas begangen habe«, sagt er. »Ich bin davon ausgegangen, dass hier alle wissen, in welchem Ruf Bexley steht.«

»Tun wir. Tun wir«, sagt Dad, während er Wein einschenkt und Mutter mich – *autsch* – in den Arm kneift. Aber es tut gar nicht richtig weh. Sie will mich nur ermahnen, mir gut zu überlegen, was ich als Nächstes sage.

Sicher, Bexley steht in ganz Central Ohio in dem Ruf, seit Generationen wohlhabende Familien zu beherbergen, in denen das Erben als Talent gilt, und Schulen voller Kinder, die lieber klagen als kämpfen. Aber das ist die Reputation, nicht die gesamte Population. Wir haben hier nette Freunde und ein schönes Haus, das meine Eltern sich hart erarbeitet haben, und Geoffs Bemerkung bringt mich auf die Palme.

*Autsch.*
Okay, ich sage keinen Ton. Noch nicht.
»Und was machst du so, Geoff?«, fragt Ross.
»Ich bin Direktor der medizinischen Bibliothek am Mount Carmel West«, sagt Geoff, während er sein Glas abstellt, sich an den Tresen lehnt, die Füße übereinanderschlägt, die Arme vor der Brust verschränkt und es sich gemütlich macht. Das Mount Carmel West ist ein Krankenhaus in der Innenstadt.
Dad kopiert seine Haltung – ein beliebter Psychologentrick, den er manchmal auch schon anwendet, ohne es selbst zu merken – und verkneift sich ein Lächeln, während er fragt: »Und was genau macht der Direktor der medizinischen Bibliothek am Mount Carmel West den lieben langen Tag? Irgendwas mit Büchern, nehme ich an.«
»Oh, die Sache ist schon ein wenig komplexer. Mein Job umfasst acht verschiedene Teilbereiche, die jeweils wiederum ganze Bündel von Pflichten und Verantwortlichkeiten nach sich ziehen, angefangen, natürlich, bei Verwaltungsaufgaben.«
»Nicht Büchern?«, neckt mein Vater ihn.
»Nein, Verwaltungsaufgaben«, sagt Geoff, und in den nächsten achtundvierzig Stunden listet er jedes einzelne Detail seines entsetzlich öden Berufsalltags und all dieser Bündel von zehennägelkräuselnder Monotonie auf. Und Kate sieht ihn währenddessen verzückt an. Die ganze Szene ist einfach nur ekelerregend.
»Exzellent«, sagt Dad schließlich. »Die beste Jobbeschreibung, die mir je zu Ohren gekommen ist.«
»Ich habe mich wohl etwas zu sehr darüber verbreitet. Aber es ist nun mal ein wirklich toller Job«, sagt Geoff. »Außerdem bin

ich ihm zu großer Dankbarkeit verpflichtet, denn schließlich habe ich dort Kate kennengelernt, was wirklich etwas Paradoxes hatte.«

»Etwas Paradoxes?«, frage ich.

»Ja.«

»Paradox wäre es nur, wenn ihr beide nicht lesen könntet«, sage ich.

»Josie«, sagt Mutter. Ich bin extra auf die andere Seite des Raums gegangen, wo ich außer Reichweite ihres sehr langen Arms und ihrer hummerähnlichen Kneiffinger bin.

»An einem so verstaubten und langweiligen Ort jemand so Wunderbares wie deine Schwester kennenzulernen, hatte für mich durchaus etwas Paradoxes«, sagt Geoff.

»Das ist nicht paradox«, halte ich dagegen. »Das ist nicht mal eine Koinzidenz.«

»Das reicht«, sagt Mutter, und ich lenke ein, indem ich sage: »Okay, aber paradox ist es nun wirklich nicht.«

»Freut mich zu hören, dass Sie ihren Beruf gerne ausüben«, sagt Dad.

»Ja, und ich kann den ganzen Tag lesen«, sagt Geoff.

»Lesen Sie dann in Ihrer Freizeit auch noch gern?«, fragt Maggie.

»Geoff liest alles, wirklich alles. Du kannst ihn fragen, was du willst, und wahrscheinlich hat er schon mal was darüber gelesen«, sprudelt es aus Kate hervor, während Geoff sie väterlich anlächelt.

»Wer sind Ihre Lieblingsautoren?«, fragt Ross.

»Da ich ein Intellektueller bin, lese ich nur anspruchsvolle

Literatur. Ich weiß nicht, ob Sie die Autoren kennen, die ich gern lese. Sie sind ziemlich arkan.«

»Klar, wir lesen in unserer Familie ja auch am liebsten Bücher mit schönen Bildchen drin«, sage ich, und er macht ein Geräusch wie ein Lachen, das aber eher ein Schnauben ist, das von diesem halben Lächeln begleitet wird.

»Ach, ja richtig«, sagt er, schnipst mit den Fingern – *wie bitte?!* – und zeigt auf mich. »Ich vergaß, dass ich mit der hochbegabten Schwester sprach.« Das Wort *hochbegabt* setzt er pantomimisch in Gänsefüßchen.

»Mit der *was?*«, frage ich ebenso ungehalten wie gekränkt nach.

»Josie«, sagt Kate und tut mich mit einer Kombination aus Lächeln und Augenaufschlag ab. »Du weißt, dass du es bist.«

»Und welche Sorte Schwestern seid ihr dann so? Maggie und du?«

»Vielleicht hab ich hier ja meinesgleichen gefunden«, sagt Geoff.

»Geoff ist auch hochbegabt, musst du wissen«, fügt Kate hinzu.

»Hochbegabt?«, frage ich. »Oder« – ich imitiere seine unkorrekt verwendeten Anführungszeichen – *»hochbegabt?«*

»Josephine«, sagen Mutter und Dad in ruhigem, ernstem Gleichklang.

»Nun ja.« Geoff tut so, als wäre er zurückhaltend, bevor er erzählt, er habe als Erstklässler schon so gut lesen können wie ein Viertklässler und sei der Liebling des Schulbibliothekars gewesen. Wahrscheinlich trugen sie die gleiche Sorte Schuhe.

»Hab ich's euch nicht gesagt? Er ist schlau«, sagt Kate und lehnt dabei ihren Kopf an Geoffs Schulter. »Du solltest Dad mal deinen IQ testen lassen. Er hat Josie auch getestet.«

»Ach, mir sind an dem Tag nur die Laborratten ausgegangen, und ich wusste nicht, was ich mit dem ganzen restlichen Käse anfangen sollte«, sagt Dad.

»Ich hab mich nie testen lassen«, sagt Geoff. »Solche Etiketten dienen ja nur dazu, die Leute in Schubladen zu stecken. Und ich verspüre kein Bedürfnis danach, mir durch eine Zahl bestätigen zu lassen, was meine wissenschaftlichen Leistungen längst gezeigt haben.«

»Wenn Sie sich testen lassen würden und dabei rauskäme, dass Sie zurückgeblieben sind, *das* hätte dann was Paradoxes«, sage ich und ernte dafür die bislang vorwurfsvollste Version *des Blicks* an diesem Abend. Wenn ich so weitermache, bin ich für den Rest der Woche meinen iPod los.

»Wie hoch ist denn deiner?«, fragt Geoff mich.

»Sagten Sie nicht gerade, das sei egal?«

»Ja, für mich schon. Aber da du deinen kennst, dachte ich, ich frage mal.«

»Meine Eltern haben es nicht gern, wenn ich die Zahl nenne«, sage ich.

»Tatsächlich?«

»Ja, tatsächlich. Das verstößt gegen die Hausordnung. Die etwas große und ausufernde Hausordnung«, sage ich, während Mutter sich räuspert. Aber ich ertappe sie dabei, wie sie ein Grinsen unterdrückt. »Auf Verstöße steht die Todesstrafe.«

»Nicht die Todesstrafe, aber qualvoller Hausarrest«, sagt mein Vater. »Nein, ich sage nur, dass er ganz schön hoch ist. Was die

Überraschung wettmacht, die du für uns darstelltest, was, Josie?«

Wir stupsen uns gegenseitig grinsend mit den Ellbogen an, während Katie ihrem Verlobten leise erklärt, dass ich ein Menopausen-Baby war. Mutter hat geglaubt, sie hätte die Grippe.

»Ah«, sagt Geoff zu meinem Vater. »Das war bestimmt eine ganz schöne Herausforderung.«

»Ja«, erwidert Dad mit gekünstelter Feierlichkeit. »Aber ich glaube, ich habe jede einzelne Wehe bewunderungswürdig gemeistert. Findest du nicht auch, Liebling?«

»Du warst sehr tapfer«, sagt Mutter, und ich erkläre mich freiwillig bereit, den Tisch im Esszimmer zu decken, nur um aus der Küche zu entkommen.

Ich hätte mich auch bereit erklären sollen, den Tisch bei den Wagemakers zu decken. Und den von Mrs Easterday. Sie wohnt nebenan.

Ist das nicht eine beliebte Art zu verschwinden? Die Leute behaupten, sie würden nur mal schnell was besorgen gehen. *Ich geh mal schnell Zigaretten holen. Bin gleich zurück.*

Ich muss dringend rauchen lernen.

Als wir uns später zum Abendessen ins Esszimmer begeben, hakt Dad sich bei mir unter und nimmt mich beiseite.

»Josephine, ich hätte gern, dass du bei Tisch alles genau beobachtest, aber möglichst wenig sagst«, sagt er und setzt seine autoritärste Miene auf, damit ich weiß, dass er es absolut ernst meint.

»Wenn ich dir meine Beobachtungen später mitteilen darf?«

»Darfst du.«
»In voller Länge?«
»Nichts Geringeres erwarte ich von dir.«
»In Ordnung.«
»Du bist ein braves Mädchen, Josie«, sagt er. »Jedenfalls meistens.«

Geoff richtet beim Abendessen nur einmal das Wort an mich. Er stellt mir eine vorhersehbare Frage über Musik, was die Sprache der Erwachsenen ist, die nicht wissen, wie man mit *Halbwüchsigen* redet. Diese Sprache besteht vor allem aus Fragen über Musik, die Schule und Hobbys. Es ist eine Sprache, die keine echten Gespräche hervorbringt, sondern lediglich so tut als ob.
Als Antwort auf Geoffs Frage grinse ich Ross an und schwärme dann von der Perfektion von Styx und Dennis DeYoung.
»Styx«, wiederholt Geoff. »Eine ehemals eigenwillige Rockformation, die sich dann erst dem Progressive-Rock und dann dem Synthie-Pop zugewandt hat, bevor sie anfing, Konzeptalben zu machen. Nicht unbedingt Soft- oder Mainstream-Pop, aber auch kein Jangle- oder Power-Pop, findest du nicht auch?«
Mehrere Sekunden lang herrscht Stille.
»Ich habe keine Ahnung, wovon Sie sprechen«, sage ich.
»Du hast wirklich deinesgleichen gefunden«, stichelt Kate, während ich mir eine Riesengabel voll Salat in den Mund schiebe und – in stummem Protest – übertrieben darauf herumkaue.
»Ach was«, sagt Geoff. »Das sind nur die Genres und Untergattungen der Musikstile, mit denen sie experimentiert haben. Ich

glaube, voll identifiziert haben sie sich mit keinem, was einer der Gründe dafür ist, dass ich ihre Musik nie so richtig gut fand.«

»Ähm …«, sage ich.

»Aber ich find's toll, dass du die Musik vorhergehender Generationen magst«, sagt er. »Das ist ein Zeichen für geschmackliche Reife. Also, sehr gut für dich.«

Er zwinkert mir zu und ignoriert mich für den Rest des Essens, während er Ross über aktuelle Behandlungsformen des Diabetes belehrt, Maggies perfekte Betonung des Namens *Renoir* in *Renwah* verschlimmbessert und dabei permanent Kates Brüste liebkost. Na gut, nicht wirklich, aber er berührt sie am Arm oder an der Hand, wann immer er spricht oder sie etwas sagt, und das passiert so häufig, dass es an sexuelle Belästigung grenzt. Ich kann nicht glauben, dass dem niemand einen Riegel vorschiebt.

Nach dem Dinner räumen wir Frauen den Tisch ab, während Geoff meinem Vater und Ross, der schon ganz glasige Augen hat, einen Vortrag über durch Zecken übertragene Krankheiten jenseits der »viel zu häufig diagnostizierten Borreliose« hält, den mein Vater mit allzu emphatischen Einwürfen wie »Nein, wirklich?« und »Wer hätte das gedacht?« kommentiert.

Als ich den letzten Teller hole, sagt Dad: »Hör dir das an, Josie. Tularämie wird sowohl von Bremsen als auch von Zecken übertragen.«

»Nein, wirklich?«, sage ich auf meinem Weg in die Küche mit der gleichen Emphase wie Dad.

Ross und Maggie haben es so eilig, nach Hause zu kommen, dass sie, glaube ich, Reifenspuren in der Auffahrt hinterlassen. Den

Wink verstehend, der an Geoff völlig vorbeigeht, verkündet Kate schließlich, dass sie auch losmüssen. Ich halte die Haustür schon auf, bevor einer von ihnen seinen Mantel anhat.

Sie sind noch nicht ganz draußen, da sagt Geoff: »Oh, und mein Kompliment an die Köchin des heutigen Abends.«

»Danke«, sagt Mutter.

»An der Sauce war ein Quäntchen zu viel Basilikum, wenn ich das sagen darf. Aber das ist ein weitverbreiteter Fehler unter amerikanischen Köchen.«

»Ist das so?«, fragt Mutter.

»Wenn Sie das nächste Mal ein Drittel weniger davon verwenden, werden Sie den Unterschied bemerken. So kann man auch die übrigen Aromen genießen, ohne dass das Basilikum alles andere erschlägt«

Mutter bedankt sich glaubwürdig für den Tipp, und sobald sie die Tür geschlossen hat, sage ich: »Ihr sollt unbedingt wissen, dass ich ihn nicht leiden kann. Und zwar nicht im Geringsten.«

Meine Eltern werden wütend, wenn ich das Wort *hassen* benutze; nur in Bezug auf Ungerechtigkeit, Vulgarität und Rüpel, die alte Damen ausrauben, lassen sie es gelten. Aber heute Abend bin ich sehr kurz davor, es auszusprechen.

»Habt ihr gesehen, wie er sie dauernd angefasst hat?«, frage ich empört, während ich mich bei der bloßen Erinnerung daran winde.

»Ich fand das ganz reizend«, sagt Mutter, worauf ich ein entsetztes »Was?!« ausstoße.

»Jetzt hör mir mal gut zu, Josie«, sagt Dad, hakt sich bei mir unter und führt uns drei langsam zu seinem Arbeitszimmer. »In dieser Familie mögen wir alle, die sich gegenseitig mögen, und wenn es sein muss, lieben wir sie auch.«

»Nein, tun wir nicht. Wir mögen auch Uncle Vic nicht. Du hast nach dem letzten Thanksgiving selbst gesagt, dass er dir geradezu körperlich unangenehm ist.«

»Das stimmt. Das habe ich gesagt. Glaubst du, er hat mich gehört?«, fragt er hoffnungsvoll.

»Dein Vater meint den engeren Familienkreis.«

»Geoffrey Stephen Brill wird niemals zum engeren Familienkreis gehören«, sage ich. »Ich zum Beispiel werde das nicht hinnehmen, und ich finde, ihr zwei solltet es auch nicht tun. Ihr solltet Kate noch heute Abend anrufen und ihr sagen, dass sie den Ring zurückgeben soll. Er ist absolut falsch für sie, und wir sollten ihm in dieser Familie keinen Platz geben.«

»Na, na, na«, sagt Dad. »Du solltest Geoff nicht schon nach einem Abend abschreiben. Gib ihm eine Chance. Könnte doch sein, dass er in deiner Achtung noch steigt.«

»Niemals.«

»Nein, mit dieser Einstellung wohl kaum. Aber vielleicht bist du eines Tages froh, jemanden wie Geoff zu kennen«, sagt Dad.

»Niemals.«

»Ich denke doch. Stell dir nur vor, Sophie Wagemaker geht mit einem ihrer vielen Bewunderer im Wald spazieren und erkrankt an durch Zecken übertragenem Rückfallfieber. Wen würdest du dann anrufen? Geoffrey Stephen Brill natürlich.« Dad tätschelt meine Hand. »Ja, er kann sich wirklich als sehr hilfreich erweisen. Ich glaube, du könntest eine Menge von Geoff lernen, wenn du ihn nur lassen würdest.«

»Über Zecken?«

»Über Zecken und anderes, mein Schatz.« Er legt seine Hände an meine Wangen und schenkt mir ein manisches Grinsen. »Man kann nie wissen, was man von einem anderen Menschen noch lernen kann – über ihn und über sich selbst.«

»Du willst Kate also nichts sagen?«

»Nein«, sagt er.

*Dann werde ich es wohl tun müssen*, denke ich, nehme einen Steinguttopf, auf dem das Wort *Blutegel* steht, sinke in einen der großen Ohrensessel und überlege mir eine Strategie, während ich die M&Ms knabbere, die Dad in diesem Behälter für mich aufbewahrt.

# 5

Am nächsten Morgen rufe ich als Erstes Kate an. Na gut, als Zweites. Minuten vorher habe ich durch eine gründliche Internetrecherche herausgefunden, dass Geoffrey Stephen Brill kein Vater ist, der seine Alimente nicht zahlt, kein gesuchter Verbrecher und auch kein registrierter Sexualstraftäter. Zumindest nicht in *diesem* Bundestaat.

Im Augenblick und auch in absehbarer Zukunft kann ich weder seinen dreiteiligen Namen verdrängen noch seinen widerlichen Händedruck vergessen. Bei der bloßen Erinnerung daran erschaudernd wische ich mir die Hände an meiner Jogginghose ab und wähle Kates Nummer.

Während ihr Telefon klingelt, betrachte ich das gerahmte, mit einem Autogramm geschmückte Dennis-DeYoung-Foto auf meinem Schreibtisch und sage, weil er mich streng ansieht, zu ihm: »Ja, wird sofort erledigt.«

Er würde dasselbe tun.

»Josie«, sagt Kate verschlafen. »Heute ist Samstag. Wie viel Uhr haben wir?«

Kate ist nicht so ein Morgenmensch wie Dad und ich. Er steht sogar noch eher auf als ich, damit er um halb acht in seiner Praxis ist. Ich stehe selbst samstags früh auf und gehe abends gegen zehn Uhr schlafen, was Ausgehen und Partys ziemlich anstrengend macht. Bevor ich ausgehe, muss ich mich meistens noch mal kurz hinlegen. Oder ich gehe früh nach Hause. Oder beides.

»Sieben Uhr dreizehn«, sage ich. »Ich weiß, dass das früh für dich ist, aber ich konnte nicht mehr warten. Ich muss mit dir über Geoffrey Stephen Brill reden.«

»Er ist großartig, findest du nicht auch?«, sagt Kate.

»Nein. Finde ich nicht. Er ist furchtbar.«

»Ist er nicht.«

»Er ist widerwärtig, unangenehm und überheblich, und wenn ich die Liste noch weiter vervollständige, komme ich irgendwann bei Arschloch an. Aber ich höre schon auf, damit du dich nicht zu sehr aufregst.«

»Josie! Du kennst ihn doch noch nicht mal.«

»Kate, er ist der uninteressanteste Mensch der ganzen Welt. Du willst ihn doch nicht wirklich heiraten, oder? Ist das eine Art verspätete Rebellion? Der Freund ...«

»Hör auf, Josie!«

»... den du mit sechzehn hättest haben sollen, um Mutter und Dad zu provozieren?«

»Josie, ich lege jetzt auf.«

»Krankheiten, die von Zecken übertragen werden? Hallo? Muss ich noch mehr sagen?«

»Ach das«, sagt sie, und ich höre, wie sie sich aufsetzt. »Er war einfach nervös, euch alle kennenzulernen. Denk doch mal nach. Ihr könnt ganz schön einschüchternd wirken auf jemanden, der neu dazukommt.«

»Wer?«

»Ihr. Ihr alle.«

»Du gehörst doch auch zu uns«, sage ich verärgert.

»Vor allem Dad und du.«

»Tun wir nicht.«

»Ja, auf Leute, die einen höheren IQ haben als Einstein, wirkt ihr wahrscheinlich nicht einschüchternd.«

»Du hast doch von dem Thema angefangen. Hat Dad dir nicht beigebracht, es zu meiden?«

»Ich bin ja wohl kaum diejenige, die er dazu anhalten würde.«

»Bitte?«

»Außerdem wäre Geoff schon von selbst darauf gekommen. Er wollte ja nur allen klarmachen, dass er auch schlau ist.«

»Indem er sein beeindruckendes Wissen über Zecken ausbreitet? Kate.«

»Hör auf, Josie. Ja, na ja«, räumt sie dann ein, »das Thema war vielleicht nicht so geschickt gewählt. Aber er hatte gerade einen Artikel darüber gelesen, darum fiel ihm das spontan ein.«

»Dann können wir ja von Glück sagen, dass er nicht gerade was über Rektumläsionen gelesen hatte.«

»Jetzt reicht's aber, Josie. Geoff ist ein toller Mensch. Wirklich. Gib ihm einfach eine Chance. Ich sorge dafür, dass du ihn besser kennenlernst. Dann ist er weniger nervös, und du wirst es einsehen.«

»Nein, du bist hier diejenige, die etwas einsehen muss.«

»Was soll ich denn einsehen?«

»Dass du dir den komplett Falschen ausgesucht hast. Wie immer. Großartig, brillant, interessant.« Ich zähle die einzelnen Punkte an den Fingern ab, und Kate weiß es. Sie spürt die Stiche durchs Telefon. »So hast du ihn charakterisiert.«

»Stimmt ja auch alles.«

»Nein, er ist nichts von alledem. Ich weiß nicht wieso, aber du kannst die Männer, mit denen du ausgehst, einfach nicht richtig einschätzen. Deswegen solltest du dich nicht auf dein eigenes Urteil verlassen, sondern auf mich hören und dich schleunigst von ihm trennen.«

»Josie. Ich liebe ihn, und er liebt mich. Wir werden heiraten, und du wirst ihn in dein Herz schließen.«

»Er ist …«

»Und wenn du es nicht sofort tust, wirst du es schon noch lernen«, sagt sie ziemlich patzig.

»Ja, und wie es aussieht, werde ich auch noch einiges über Zecken lernen müssen.«

»Lass gut sein, Josie.«

»Nein, Kate. Ich sage dir, das ist der falsche Mann für dich.«

»Du magst ja eine Fünfzehnjährige sein, die auf die dreißig zugeht, aber du bist immer noch fünfzehn«, sagt sie, das Wort *fünfzehn* wie ein Messer schwingend. »Und du hast keine Ahnung von dem Thema, über das du sprichst.«

»Von welchem Thema?«

»Liebe.«

»Ich weiß, was Liebe ist.«

»Ach ja, wo du ja so riesig viel Erfahrung auf dem Gebiet hast?«

*Autsch.* Sie dreht das Messer auch noch in der Wunde.

»Liebe ist mehr als eine Definition in einem Wörterbuch«, sagt sie. »Verlieb dich erst mal, dann reden wir weiter. Bis dahin stehst du auf dünnem Eis. Für mich ist dieses Thema damit beendet.«

»Aber für …«

Klick.

»… mich nicht.«
Ich lege verärgert und unter meiner eigenen kleinen schwarzen Rauchwolke zürnend auf. Ich hasse diese Wolke. Immer wenn Mutter mich in dieser Rauchwolken-Stimmung antrifft, sagt sie, ich würde aussehen wie jemand, der anderer Leute Schweißfüße riecht. Deswegen riechen schwarze Wolken für mich wie Schweißfüße. Wer hätte das gedacht?
»Ich geb's auf«, sage ich zu meinem Foto von Dennis und zeige dabei mit dem Finger auf ihn, damit er weiß, wie ernst es mir ist.

SMS von Stu, 9:05 Uhr
*Na, wie war's gestern?*

SMS an Stu, 9:06 Uhr
*Wir wurden von Basilikum erschlagen.*

SMS von Stu, 9:06 Uhr
*Tut mir leid, das zu hören. Lebensmittelvergiftung?*

SMS an Stu, 9:07 Uhr
*Fast.*

SMS von Stu, 9:07 Uhr
*Schon wieder besser?*

SMS an Stu, 9:07 Uhr
*Ich arbeite dran.*

SMS von Stu, 9:08 Uhr
*Also? Was passt dir nicht an Pgeoffff?*

SMS an Stu, 9:08 Uhr
*Er buchstabiert seinen Namen falsch.*

SMS von Stu, 9:09 Uhr
*Eine Tragödie.*

SMS an Stu, 9:09 Uhr
*Ich wusste, du würdest mich verstehen.*

Ich lege mein Telefon weg und verziehe das Gesicht wegen des Schweißfußgeruchs. Kate hat recht. Ich bin beklagenswert unerfahren in Liebesdingen und gezwungen, von Sekundärquellen wie Stu, Sophie und Jane Austen zu lernen.

Von meinen lebenden Experten auf diesem Gebiet hat Sophie, glaube ich, mehr Erfahrung – oder zumindest eine bessere Erfolgsbilanz – als Stu. Ihre Beziehungen halten, obwohl es schon einige waren, länger als Stus, und die Trennungen sind dramatisch und gehen immer von ihr aus. Bei Stu ist es meist andersrum. Auch wenn sie ihn nie ernsthaft aus der Bahn werfen.

SMS an Stu, 9:11 Uhr
*Du hast einen ziemlichen Frauenverschleiß.*

SMS von Stu, 9:12 Uhr
*Ist für dich offenbar kein Gedankensprung, aber … HÄH?*

Ich bin in meinem ganzen Leben genau drei Mal mit einem Jungen ausgegangen – ihr könnt diese Dates, wie ich, an grimmig erhobenen Fingern abzählen: Einmal zum Tanzen in der neunten Klasse, einmal zum Tanzen im letzten Jahr und dann zum Abendessen und Tanzen anlässlich des Schulballs im Oktober mit Stefan Kott, was erst fünf lieblose Monate her ist.

Ich hoffe, die Rate von einem Date pro Jahr entwickelt sich nicht zu einem durchgehenden Muster. Ich hatte ja gehofft, dass Stefan und ich ein bisschen häufiger zusammen ausgehen würden als nur diesen einen Abend, aber daraus wurde nichts. Er ist nett und auf seine schlaksige Art auch ganz süß. Er hat einen sandfarbenen Lockenkopf, der wie ein Mopp aussieht, weil seine Haare immer dicker statt länger werden, wenn er sie wachsen lässt. Und er spielt Bassgitarre in einer Band, die er mit drei Freunden hat. Sie nennen sich *Blue Lint Monkey*. Bezahlte Gigs hatten sie bislang keine, aber das kann ja noch kommen.

Ich muss zugeben, dass ich auf Musiker stehe.

SMS an Kate, 9:15 Uhr
*Kann Geoff singen oder Gitarre spielen?*

SMS von Kate, 9:17 Uhr
*Nein, wieso?*

*Ich wusste es*, grummele ich leise vor mich hin und lege das Handy auf meinen Schreibtisch.

Als Stefan und ich vor dem Schulball zusammen essen waren und wir fieberhaft nach gemeinsamen Gesprächsthemen gesucht haben – nun ja, ich zumindest –, hat er mir erzählt, er hätte mich nur wegen meiner Körpergröße gefragt. Er ist einer der Größten in unserer Stufe, und ich bestehe fast nur aus Beinen, noch dazu Flamingobeinen, langen, dünnen mit knubbeligen Knien, und fast genauso rosa sind sie auch; manchmal glaube ich, es sind mehr als nur zwei. Anschließend hat er so freundlich wie möglich hinzugefügt: »Aber wie ich sehe, ist es auch ganz nett, mit dir auszugehen.«

Ich habe mich bei ihm bedankt, aber ich fühlte mich so gründlich verunsichert, erst durch seine Bemerkung über meine Größe und dann wegen des Wortes *ganz*, dass ich mich still und leise auf diese beiden Punkte fixiert habe und nichts anderes mehr denken konnte als: *Ich bin groß, und er findet mich nur »ganz« nett?* Um die lange peinliche Stille, die danach entstand, zu kompensieren, habe ich fast den kompletten restlichen Abend einen Wortschwall produziert, der nur als Josie-Bewusstseinsstrom beschrieben werden kann.

Während unseres ersten langsamen Tanzes sagte er zu mir: »Meinst du, du könntest bis zum Ende dieses Songs mal aufhören zu reden?«

Sicher. Natürlich. Alles klar. Kein Wort während langsamer Tänze. Da die nicht sehr zahlreich waren, blieben genug andere Gelegenheiten zum Quasseln – während des gesamten Heimwegs bis zu unserer Einfahrt zum Beispiel, wo ich aus dem Auto sprang, noch bevor er den Motor überhaupt abstellen konnte, und wie der Blitz ins Haus flüchtete. Völlig ausgelaugt.

Ach ja, und irgendwo zwischen dem Rezept für die Spaghettisauce meiner Mutter und einem historischen Abriss über den Aufstieg des Englischen zur globalen Sprache des modernen Zeitalters bin ich ins Stolpern gekommen und hab mir so auf den Kleidersaum getreten, dass er abgerissen ist.
Am nächsten Tag war ich dann, nur um zu beweisen, dass ich auch still sein kann, wenn ich will, sehr einsilbig, als er mich anrief, und am darauffolgenden Montag, als wir uns in der Schule getroffen haben, ebenso. Und am Dienstag auch. Bis zum Freitag waren wir dann wieder beim einfachen *Hallo*, wenn wir uns auf dem Schulflur begegnet sind. Und ja, ich war enttäuscht, weil ich ihn nett fand. Aber Körpergröße? Die war für ihn ausschlaggebend? Ich bin gerade dabei, eine immer länger werdende Liste von Eigenschaften zu erstellen, die der Junge haben muss, in den ich mich verliebe. Bis jetzt sind es zwanzig, und ich gebe zu, dass Größe auch darunter ist, aber es ist nicht die *Einzige*.

SMS an Sophie, 10:02 Uhr
*Weißt du jemanden, der Lust hätte, mich zum Abschlussball auszuführen?*

SMS von Sophie, 10:04 Uhr
*Echt jetzt? Ok, ich frag mal rum. Wen findest du denn gut? BTW keiner sagt mehr »ausführen«.*

SMS an Sophie, 10:04 Uhr
*Thx! Er sollte so viel wie möglich mit Dennis DeYoung gemeinsam haben. BTW ich schon!*

SMS von Sophie, 10:04 Uhr
*Ich weiß und ich liebe dich dafür. Bei mir klingt das nur bescheuert.*

SMS an Sophie, 10:05 Uhr
*Ach wo. Niemals.*

SMS von Sophie, 10:05 Uhr
♥

SMS an Sophie, 10:06 Uhr
☺

Mir von Sophie ein Date für den Abschlussball einfädeln zu lassen, ist nicht gerade das moderne Äquivalent zu *ihre Blicke trafen sich in einem überfüllten Raum*, aber es ist ein Anfang. Wie Kate schon sagte: Ich brauche dringend Erfahrung in Sachen Liebe. Und wenn ich nicht bald welche sammeln kann, kann ich nicht verhindern, dass Kate den schlimmsten Fehler meines Lebens begeht. Und ihres.

# 6

»Ich bin definitiv so weit, mich zu verlieben«, sage ich.
»Möchte ich das hören?«, fragt Stu.
»O mein Gott, sei still! Ich will es hören«, sagt Sophie.
Es ist Montag. Wir sitzen in Stus Auto und sind an diesem letzten – mal wieder kalten und nieseligen – Märzmorgen unterwegs zur Schule. Er fährt einen hellgelben Subaru Kombi, den er letzten Sommer einer Frau abgekauft hat, die ihre Stoßstange komplett mit Quilting-Stickern beklebt hatte. Wir haben zu dritt einen ganzen Samstag damit verbracht, Slogans wie *I ♥ Quilten; Achtung, Patchwork-Fan! Ich flick dir gern am Zeug!* oder *Nähen, flicken, steppen, das ist nichts für Deppen!* von diesem Ding abzukratzen. Den einzigen Aufkleber, der nichts mit Quilten zu tun hatte, hat er draufgelassen: *Heiße Oma an Bord.*
An diesem Morgen dreht Sophie sich auf dem Beifahrersitz komplett zu mir um, ihre Augen leuchten vor Aufregung, die ich nicht teile und der ich auch nicht gerecht werden kann.
»Ich hab mir das genau ausgerechnet«, sage ich.
»Liebe lässt sich nicht berechnen«, sagt sie und wischt mit einem wehmütigen Blick ihre langen blonden Haare über die Schulter.
»Ich kann alles berechnen«, sage ich.
»Wie viel Ratte hast du in deinem Leben noch gleich gegessen?«, fragt Stu mit einem Blick in den Rückspiegel.

»Okay. Ich kann die meisten Dinge berechnen«, sage ich.

»Hört auf, ihr zwei«, sagt Sophie, löst den Sicherheitsgurt und klettert über die Mittelkonsole zu mir auf den Rücksitz. »Erzähl mir alles«, sagt sie. »Wie soll der Typ sein, den du suchst?«

Stu dreht das Radio an – es läuft irgendein nicht identifizierbares Jazzstück.

»Willst du das wirklich wissen? Ich hab nämlich eine Liste«, sage ich.

»Klar hast du eine«, sagt sie, verdreht die Augen und lächelt gleichzeitig, was nur Sophie in ihrer schönen Unbekümmertheit hinbekommt, ohne dass es beleidigend wirkt. »Schieß los.«

»Okay. Er muss älter sein als ich. Und größer. Am liebsten gutaussehend, aber nicht so gut, dass er es weiß. Und auf eine Art schlau, dass ich einfach nur dasitzen und ihn reden hören will.«

»Über was?«, fragt sie.

»Über … alles, was interessant ist. Wir müssen regelrechte Gesprächs-Marathons absolvieren können. Aber zugleich auch gut zusammen schweigen können.« Am besten, er schätzt den Wert bedächtigen Schweigens und weiß es vernünftig zu praktizieren, möchte ich hinzufügen, lasse es aber.

»Und er sollte ein paar Instrumente spielen«, sage ich. »Am liebsten Gitarre oder Klavier, aber wenn es ein Holzblasinstrument wäre, wäre das auch okay. Ein Dudelsack wäre meine erste Wahl, aber Schlagzeug kommt nicht in Frage.«

»Dudel…? Josie!«, sagt Sophie.

»Na ja, damit ich auch längerfristig interessiert bleibe, sollte er eben Sachen können, die ich nicht kann, die mich aber auch nicht wahnsinnig machen.«

»Wie zum Beispiel ganz normal geradeaus gehen, ohne hinzufallen?«, fragt Stu.

»Ja, zum Beispiel«, stimme ich zu, zeige auf Stu und setze ein falsches Lächeln auf.

»Hör auf, uns zuzuhören und fahr weiter«, befiehlt Sophie ihm.

»Ich hab gar nicht mit Fahren aufgehört, falls es dir entgangen ist«, sagt er.

»Sei still«, sagt sie. Dann fragt sie mich: »Was noch?«

Es gibt noch mehr. Noch viel mehr.

Er darf mich niemals bitten, graue, schleimige, gelatinehaltige Lebensmittel zu essen, und mir niemals durchs Haar wuscheln. Nicht dass er dazu überhaupt in der Lage wäre, da ich jeden Tag einen ordentlichen Pferdeschwanz trage, aber es gibt durchaus Zeiten – beim Duschen oder Föhnen zum Beispiel –, in denen auch meine Haare durchwuschelbar sind. Ich würde es einfach vorziehen, wenn er meinen Kopf nie berühren würde, oder falls doch, dann nur mit meiner Erlaubnis, die ich bei besonderen Anlässen wie dem Tag des Baums, diesem armen, vernachlässigten Feiertag, aber niemals an meinem Geburtstag erteilen werde.

Weder in seinen Augen- noch in seinen Mundwinkeln darf sich irgendwelches weißes Zeug sammeln. Er sollte athletisch, sein Interesse an Sportereignissen aber weit von jedweder Obsession entfernt sein. Ihm sollte klar sein, was der Unterschied ist zwischen:

- Koinzidenz und Paradoxie
- schlau und hochbegabt
- Zecken und interessanten Themen

Er sollte mir recht geben, wenn ich sage, dass Dennis DeYoung das größte musikalische Talent unserer Zeit ist, und wir bewahren dessen Bild im Foyer unseres ersten gemeinsamen Zuhauses in einem Schrein auf. Er darf niemals das Essen meiner Mutter oder das Haus meiner Eltern kritisieren und sollte sich stattdessen nahtlos in die Dynamik der Sheridan-Familie einfügen. Und sein Name sollte sich problemlos für das Voranstellen eines stummen Ps eignen.

Er wird Pperfekt sein.

Aber nichts von all dem sage ich Sophie. Stattdessen frage ich: »Was möchtest du denn noch wissen?«

»Gibt es jemanden in der Schule, den du gut findest?«

»Ich glaub nicht«, sage ich.

»Nicht mal Stefan?«

»Schulball?«, sage ich, um ihr Gedächtnis aufzufrischen.

»Ach ja«, gibt sie mit einem entschieden zu fröhlichen Schaudern zurück.

Stu hält vor der Schule an, und Sophie nimmt ihren Rucksack.

»Okay, komm heute Nachmittag vorbei. Dann erzähle ich dir, was ich rausgefunden habe«, sagt sie. Sie hat eine neue Aufgabe.

Stu beobachtet mich im Rückspiegel, sein Mund steht halb offen, und seine Mimik ist irgendwo zwischen einem Lächeln und einem Lachen erstarrt. Ich rutsche etwas tiefer in den Sitz und verbringe so – ungeduldig und pessimistisch, was die Zukunft meines Liebenslebens angeht – die ganze restliche Fahrt zur Cap.

Cap ist mein Spitzname für Capital University, eine kleine geisteswissenschaftliche Uni aus altem Backstein auf üppigen grünen

Rasenflächen, ungefähr eine Meile von der Bexley Highschool und zwei Meilen von meinem Elternhaus entfernt. Dieses Semester beenden Stu und ich unser erstes Jahr dort.

Wir sind im Hochbegabten-Programm unserer Highschool, auch wenn wir dafür eigentlich noch zu jung sind. Normalerweise ist es Schülern im letzten Highschool-Jahr vorbehalten, aber Stu und ich wurden letztes Jahr als Zehntklässler in das Programm aufgenommen.

Strenggenommen hätten wir also letztes Jahr die Highschool abschließen sollen, aber Dad hat in unserem Namen Einspruch eingelegt. Sein Spezialgebiet ist die Entwicklung von Bildungsprogrammen für hochbegabte Jugendliche, die auch den sozialen und psychologischen Bedürfnissen Rechnung tragen. Er hat auf dieser Aufteilung zwischen Highschool und College für eine altersgerechte Sozialisation bestanden.

Für ihn sind wir wie junge Kätzchen, die erst genug lernen müssen, bevor sie die Wurfkiste verlassen und die echte Welt erkunden dürfen. Er befürchtet, dass wir, wenn wir keinen normalen Umgang mit Gleichaltrigen pflegen, unser Leben lang übermütig und wunderlich werden, in Topfpflanzen pinkeln und Leute anfauchen, die uns doch eigentlich nur streicheln wollen.

Normal sozialisierten Katzenjungen entsprechend, darf ich also nicht aufs College gehen, bevor ich achtzehn bin, auch wenn ich dann bereits vier Jahre an der Cap hinter mir habe. Daher gehe ich davon aus, dass ich dort meinen Bachelor-Abschluss machen und dann zum weiteren Studieren an eine andere Uni wechseln werde. Es sei denn natürlich, mein Dad erwischt mich dabei, wie ich in eine von Moms Topfpflanzen uriniere. Das sollte ich eines

Tages wirklich mal machen, mit einer Kamera in Reichweite, einfach um seinen Gesichtsausdruck einzufangen.
»Und was war jetzt mit diesem Geoff?«, fragt Stu, als wir aus dem Auto steigen.
Ich öffne meinen Schirm, noch bevor ich richtig draußen bin, da Regen und eine Brille nicht zusammengehen. »Kate wird ihn nicht heiraten«, sage ich.
»Ach so?«
»Ja, das ist nur eine Phase. Eine Verlobungsphase.«
Wir haben ein paar Blocks vom Campus entfernt geparkt, weil Stu keinen Studenten-Parkausweis spendieren will. Bei schönem Wetter parken wir in der Nähe der Highschool und gehen zu Fuß.
»Sie wird bald zur Besinnung kommen und die Sache abblasen«, füge ich hinzu. »Ich weiß auch schon gar nicht mehr so genau, wie er aussieht, aber besonders toll mit Sicherheit nicht.«
»Wie kann es sein, dass du nicht weißt, wie er aussieht?«
»Ich kann meinem Gedächtnis nicht trauen. An das, was er gesagt hat, erinnere ich mich noch genau, denn jedes einzelne seiner Wörter missfiel mir. Und wenn ich jetzt an ihn zurückdenke, fällt mir sofort wieder ein, dass ich ihn nicht mag, und das wirkt sich negativ auf das Bild von ihm aus, das ich im Kopf habe. Also muss ich versuchen, mich unabhängig von meinen Gefühlen an ihn zu erinnern, was keine leichte Aufgabe ist.«
»Er könnte also durchaus ein ganz okay aussehender Typ sein?«
»Nein. Ich muss lediglich lernen, in meiner Erinnerung zwischen dem Ausmaß seiner Hässlichkeit und dem Ausmaß seiner Langweiligkeit zu unterscheiden.«

»Sag Bescheid, wenn's so weit ist.«

»Und er hat das hier gemacht«, sage ich und setze Gänsefüßchen in die Luft. »Als er von mir sprach.«

Stu grinst.

»Und er hat vor meiner Nase mit den Fingern geschnippt«, sage ich. »Und dann hat er, unmittelbar bevor er sich nach meinem Ergebnis erkundigte, IQ-Tests in Frage gestellt. Total unverschämt.«

»Nicht unbedingt«, sagt Stu. Wir nähern uns der Ecke Drexel Ave und Main Street direkt gegenüber vom Campus, wo auch die kleine Innenstadt von Bexley mit Boutiquen, coolen Restaurants, Cafés und teuren Wohnungen anfängt. »Wenn man bedenkt, was dein Dad beruflich macht, und dass du dabei warst, kann ich schon nachvollziehen, wie er auf dieses Thema gekommen ist.«

»Kate hat davon angefangen.«

»Sie ist eben stolz auf dich.«

Wir bleiben an der Ecke stehen und warten auf Grün.

»Nein, sie hat in Bezug auf Geoff davon angefangen, und der hat sich dann als Intellektuellen bezeichnet.«

»Aha«, sagt Stu, hebt die Schultern an und verzieht den Mund zu einem zaghaften Lächeln, wie immer, wenn er überlegt, ob er aussprechen soll, was ihm im Kopf rumgeht.

»Spuck's aus«, fordere ich.

»Also, ich finde ja, wenn man einer ist, braucht man es nicht an die große Glocke zu hängen. Bei dieser Sache mit dem IQ bin ich mir allerdings nicht sicher. Ich weiß es zu schätzen, dass so was erforscht wird, aber …«, er zuckt erneut mit den Schultern, »ich kenne auch Leute wie diesen Geoff, die es nicht tun.«

Stu hat einen IQ von einhunderteinundfünfzig. Das ist – je nach Skala – elf Punkte über Genie. Meiner ist drei Punkte höher als seiner. Das sage ich nur als Tatsachenbeschreibung, nicht um anzugeben, denn wir sind mit diesen IQs, diesen blonden Haaren – meine sind etwas dunkler als Stus –, diesen Augen, diesen Fingern, dieser Körpergröße, diesen flachen Brüsten und so weiter auf die Welt gekommen. Wir hatten damit nichts zu tun.

Ich stelle mir gern vor, dass Menschen aus einem göttlichen Automaten kommen, solchen wie denen, die man in Aufenthaltsräumen von Hotels oder auf alten Tankstellen findet. Man drückt einen Buchstaben und eine Zahl und kann zusehen, wie das gewählte Produkt nach unten fällt.

Drückt man B-3, bekommt man Sigmund Freud.

D-12 ist Beyoncé.

C-7 bin ich.

A-8 ist ein Twix.

Unsere Wege trennen sich immer in der Mitte des Campus. Stu geht von dort zu seinem Geschichtskurs und ich zu Algebra. Und später treffen wir uns dann in einem Literaturkurs zum Thema Modernes Drama wieder. Danach gehen wir zusammen zu Fair Grounds, unserem Lieblingscafé ein paar Blocks östlich vom Unigelände, wo wir das machen, was ich als Mittagspause betrachte und Stu als einen kurzzeitigen Aufschub vom Verhungern. Er isst wie ein Scheunendrescher und nimmt nie zu. Ich glaube, er hat wieder einen Wachstumsschub. Vor kurzem ist mir aufgefallen, dass seine Schultern meine ein klein wenig überragen.

Jeder unserer Tage ist aufgeteilt – morgens sind wir an der Cap und nachmittags an der Bexley High. Wenn ich an der Highschool am Eingang meinen Ausweis vorzeige, fühlt sich das an, wie am Flughafen durch den Zoll zu gehen. Jeden Tag tauchen wir in zwei verschiedene Kulturen ein, mit zwei unterschiedlichen Sprachen, die sich beide von meiner Muttersprache unterscheiden.

Die Highschool-Sprache könnte man OmeinG*tt nennen, nach dem Wort, das dort jeder ungefähr hundert Mal am Tag sagt. Aber ich kann es trotzdem nicht sagen, nicht mal als Namen für eine Sprache, weil ich es G-tt gegenüber unfair finde. Ist ja nicht so, als würde Er im Himmel rumsitzen und jedes Mal, wenn Er seinen Schlüssel verlegt hat oder Sein Computer abstürzt, laut OmeineJosie schimpfen.

Nur in der Highschool-Sprache ist *Ach, sei still* gleichbedeutend mit *danke*; *scharf* bedeutet entweder *wahnsinnig beliebt* oder *sexy*; *chillen* ist *entspannen* und *cool* und *süß* werden synonymisch verwendet. Im College wird OmeinG*tt 2.0 gesprochen, wobei das Vokabular sich teilweise überschneidet und teilweise anders ist. An der Highschool bin ich ein *Mädchen*, am College aber eine *Frau*. Ich reife und regrediere mehrmals am gleichen Tag, je nachdem wo ich mich aufhalte.

Ich lerne gern Sprachen. An der Cap habe ich die Romanischen Sprachen zu meinem Hauptfach gemacht, aber ich weiß noch nicht, was ich mit diesem Abschluss machen will. Über die Sachen, die ich gern studiere, hinaus bin ich nicht allzu ehrgeizig, und den Kursen gegenüber, die ich nicht mag, kann ich ganz schön bockig sein; dann mache ich nur das absolute Minimum, und zwar für die Note, nicht für das Wissen an sich. Ich weiß nur, dass ich etwas machen möchte, das mich wirklich reizt, und das Puzzle fremder Sprachen und das Gewirr, das auch die englische

Sprache manchmal ist, schaffen genau das. Wie OmeinG*tt und OmeinG*tt 2.0 gibt es sehr viel mehr Fremdsprachen in der Welt als die, die man mit nationalen oder internationalen Grenzen identifiziert.

Ich treffe Sophie am Nachmittag um kurz nach drei an ihrem Schließfach. Sie ist völlig in ein Gespräch mit ein paar Freundinnen aus der Kunst-AG vertieft, und ich bin auf dem Weg zum Lauftraining, weshalb ich ihr zurufe: »Wir telefonieren einfach später.« Aber sie hält mich am Handgelenk fest und sagt zu ihren Freundinnen: »Wartet mal kurz. Das ist wichtig.«

»Ich hab meine Fühler ausgestreckt«, sagt sie, als sie sich mir zugewendet hat. »Aber ich gehe behutsam vor. Und so diskret wie möglich.«

»Ja, die diskrete Methode ist mir erheblich lieber als ein Schild an meinem Schließfach, auf dem steht: Hilfe! Suche verzweifelt Begleitung für den Abschlussball!«

»Ich würde dir aber ein wunderschönes Schild malen.«

»Ja, daran habe ich nicht den geringsten Zweifel.«

Emmy Newall taucht neben mir auf und fragt: »Kommst du?« Sie geht nicht gern allein irgendwohin. Nie.

Sophie verspricht mir, mich später auf den neuesten Stand zu bringen, und wendet sich wieder ihren Freundinnen zu.

»Haltet euch fest!«, sagt Jen, die angerannt kommt, um Emmy und mich bis zur Turnhalle zu begleiten. »Habt ihr schon gehört, was heute in Chemie passiert ist?«

»Das mit Stefan Kott?«, fragt Emmy und Jen sagt: »Ja«, während ich frage: »Nee, was denn?«

»Stefan Kott«, sagt Jen, bleibt stehen und macht eine dramatische Pause, um ihren Worten den nötigen Nachdruck zu verleihen, »hat sich die Haare abgefackelt.«
»Was?«, rufe ich. »Ist ihm was passiert?«
»Nein, ihm geht's prima«, sagt Jen. »Er hat nur die Haare vorne erwischt, aber ...«
»Er hat doch so dicke Haare«, sage ich besorgt.
»Genau. Und es ging ...« Sie schnipst mit den Fingern. »So! Mein Gott, hat das gestunken!«
»Aber bist du sicher, dass es ihm gutgeht?«, frage ich.
»Ja. Ich meine, er hat das Feuer sofort erstickt. Und hat sich überhaupt nicht weiter verbrannt. Aber seine Haare ...« Sie zieht ein trauriges Gesicht. »Da wird er sich was einfallen lassen müssen. Und zwar am besten gleich heute.«
»O mein Gott, ist der blöd«, sagt Emmy, und ich drehe mich zu ihr um und starre sie an. »Was ist?«, fragt sie.
»Er ist nicht blöd. Mag sein, dass er ein bisschen tollpatschig ist, aber das ist nicht das Gleiche wie blöd.«
»Wenn du meinst.« Sie bläst genervt die Backen auf. »Komm, lass uns gehen.«
Wir verabschieden uns von Jen und gehen in den Umkleideraum. Dort sage ich: »Er ist sogar ziemlich schlau.«
Emmy zieht mit dem kleinen Finger ein Haar weg, das an ihrem Lipgloss kleben geblieben ist. Sie runzelt die Stirn und sagt dann wieder: »Wenn du meinst.« Und ein paar Sekunden später fügt sie hinzu: »Ich bin froh, dass ihm nichts passiert ist.«
»Ja«, sage ich. Und weil ich froh bin, dass sie das gesagt hat, gebe ich zu: »Er ist manchmal etwas unkonzentriert.«

Er weiß auch den Wert von bedächtigem Schweigen weder zu schätzen noch kann er es vernünftig praktizieren, würde ich gern noch hinzufügen, lasse es aber. Dass wir abgesehen von einem kurzen *Hallo* schweigen, wenn wir uns im Schulflur treffen, hat mit Ruhe und Bedacht nichts zu tun. Es ist einfach nur unangenehm.

# 7

Stu sagt mehrere Sekunden lang nichts und sieht mich einfach nur von der Seite an, während er darauf wartet, dass ich zugebe, dass ich übertreibe. Was ich auch tue, wenn ich es tue, aber heute sage ich die reine Wahrheit.

»Ein Vogel auf einem Hüpfstock?«, fragt er schließlich.

»Ja. Das ist mir heute Morgen eingefallen. So sieht Geoff aus.«

Es ist Dienstagmorgen, und wir gehen über den Campus der Cap. Es ist kühl heute und windig, aber für Anfang April in Columbus ist das nicht schlecht. Letztes Jahr hatten wir um diese Zeit Schnee. Stu und ich mussten schon zweimal stehen bleiben, damit ich die Naht an meiner linken Socke zurechtrücken konnte. Es macht mich wahnsinnig, wenn sie verrutscht. Stu trägt erst gar keine Socken mit Nähten, weil er Nähte nicht ausstehen kann. Also hat er volles Verständnis.

»Ich bin nicht ganz sicher, ob das ein unvoreingenommener Bericht ist, den ich da von dir bekomme«, sagt er.

»Erstens liefert niemand jemals einen hundertprozentig unvoreingenommenen Bericht über irgendwas ab. Das geht gar nicht. Aber es ist mir, zumindest größtenteils, gelungen, Geoff mental von meinen *Erlebnissen* mit Geoff zu trennen, mit dem Ergebnis, dass meine Erinnerung mir, wenn ich mich frage, wie er aussieht, das Bild von einem Vogel auf einem Hüpfstock ausspuckt.«

»Lass mich dich was fragen: Glaubst du, dass ein Mensch jemanden, den sie nicht mag, attraktiv finden kann?«

»Den *sie* nicht mag?«
»Oder er.«
»Ich würde sagen nein«, antworte ich.
»Dachte ich mir.«
»Aber dann beantworte mir auch folgende Frage: Glaubst du, dass ein Mensch jemanden, den sie liebt, attraktiver finden kann, als er tatsächlich ist?«
»Ja«, antwortet er ohne zu zögern.
»Das erklärt Kates Verhalten und *ihre* besondere Voreingenommenheit.«
»Dieser Geoff ist also, was sein Äußeres angeht, irgendwo zwischen verdammt attraktiv und Vogel auf einem Hüpfstock anzusiedeln«, sagt Stu.
»Wahrscheinlich. Er ist also ein Papagei in Khakihose, der eine Straße entlangspaziert.«
Stu zieht die Augenbrauen hoch, genau wie Auntie Pat, wenn sie skeptisch ist. »Inwiefern liegt ein Papagei in Khakihose irgendwo in der Mitte zwischen verdammt attraktiv und Vogel auf einem Hüpfstock?«
»Papageien können sprechen«, sage ich und halte meine Hände wie Waagschalen hoch. »Und Geoff auch.«
»Ich würde sagen, das ist ein ziemlich eigenwilliges Verständnis von goldenem Mittelweg, das du hier an den Tag legst.«
»Das denkst du nur, weil du Geoff noch nicht kennst.«
»Ruf mich an, wenn er das nächste Mal da ist«, sagt Stu. »Vor allem wenn er in der Mauser ist.«
Jetzt kann ich mir ein Lächeln nicht mehr verkneifen, was Stu stets amüsiert. Sein schiefes Grinsen ist voll stiller Genugtuung.

Unsere Wege trennen sich hier. Spanisch für Anfänger mit Vorkenntnissen II für mich, Musiktheorie für Stu.

Der französische Ausdruck für Hüpfstock ist *baton de pogo*. Ich habe keine Ahnung, woher ich das weiß, aber da ich diesen Ausdruck kenne, sollte ich auch den spanischen kennen und werde nach dem Unterricht gleich meine Dozentin danach fragen. Wenn ich es nicht tue, treibt mich diese Frage mein Leben lang um.

Es ist ein Vorteil, dass ich gut in Sprachen bin, denn die lokale Sprache zu können, ist immer der erste Schritt, um sich harmonisch einzufügen. Und das tun Stu und ich, sowohl an der Cap als auch an der Highschool, nicht mehr und nicht weniger als jeder andere. Wirklich. Es trägt dazu bei, dass wir keine sozialen Außenseiter sind, die vermöbelt oder in Schließfächern eingeschlossen werden. Wir haben Freunde. Wir treiben Sport. Wir tragen keine Aktenkoffer mit uns herum, erscheinen nicht in Anzug und Kostüm zum Unterricht, und wir haben auch keine Hobbys, bei denen Formaldehyd oder Drachen eine Rolle spielen. Unsere Mütter verpassen uns keine hässlichen Topfschnitte. Wir sind nicht gemein zu schlechten Schülern. Und niemand – zumindest niemand in dieser Highschool – hasst uns, weil wir schlau sind. Eine Menge Leute, die ich kenne, hassen Emmy Newall, aber nicht, weil sie letztes Jahr in den Chemiekurs für Hochbegabte aufgenommen wurde.
Nein, Stu und ich lernen die Sprachen und kopieren die Gepflogenheiten und kommen gut klar. Auch wenn es manchmal hart

ist. In fremden Kulturen zu leben und permanent OmeinG*tt in Josie zu übersetzen und zurück, kann ganz schön ermüdend sein. Für mich noch mehr als für Stu, ist mir aufgefallen. Er ist wie meine Mutter – ihn bringt nichts aus der Ruhe, nicht einmal ich.

Mir gefällt die Schule. Und mir gefällt das College. Und mir gefällt besonders, dass ich zwei verschiedene Ausweise habe, die zeigen, dass ich an beide Orte gehöre. Aber normalerweise ist es eine Erleichterung, zu Hause zu sein oder bei meinen Schwestern oder bei den Wagemakers, wo ich einfach Josie sprechen kann, ohne irgendetwas übersetzen zu müssen.

Emmy Newall wartet darauf, dass ich meine Laufsachen zusammensuche. Sie tippt wiederholt mit der Ferse gegen Danny Shievers Schließfach, das neben meinem liegt, und seufzt, als er vor ihr stehenbleibt und einigermaßen aggressiv »Was?« fragt. Was OmeinG*tt für *Verzieh dich* ist.

Emmy bezieht unbeeindruckt an der anderen Seite von mir Posten. Ich nehme meinen Rucksack, schließe mein Fach ab und halte inne, als ich Sophie erspähe, die auf mich zukommt und Mühe hat, nicht allzu offensichtlich zu grinsen.

»Können wir reden?«, fragt sie mit einem dezenten Blick auf Emmy.

»Ja«, sage ich. Emmy seufzt erneut und rückt ein paar Schließfächer weiter.

»Ich hab gute Neuigkeiten. Zumindest glaube ich, dass du sie gut finden wirst. Ich finde sie jedenfalls gut.«

»Geht es bei diesen Neuigkeiten um eine bestimmte Person?«, frage ich.

»Ja, allerdings«, sagt Sophie, während Emmy noch mal seufzt und auf ihre Uhr schaut.

»Hast du's ihr erzählt?«, fragt Jen Auerbach, die auf uns zugestürmt kommt und uns so an den Armen packt, dass wir uns praktisch in einen Trinityknoten verwandeln. Sophie entwirrt unsere Gliedmaßen und ermahnt Jen beiläufig: »Psst. Immer schön diskret und unauffällig.«

»Sag schon«, bettele ich förmlich – so viel zum Thema Unauffälligkeit –, und sofort rückt Emmy näher und fragt: »Moment mal, geht's hier um Josie und einen Jungen?« Dann stellt sie Jen zur Rede: »Und wie kommt es, dass du davon weißt und ich nicht?«

Jen atmet tief ein, als wollte sie zu einer Antwort ansetzen, aber bevor sie etwas sagen kann, drehe ich mich um und nicke Stefan Kott freundlich zu, denn er kommt gerade mit einigen Freunden vorbei, die ihn wegen seines stacheligen neuen Haarschnitts aufziehen.

»Hallo, Josie«, sagt er.

»Hallo, Stefan.«

Als ich mich wieder meinen Freundinnen zuwende, verraten mir ihre extrem amüsierten Mienen alles, was ich wissen muss. Es kostet sie einige Anstrengung, nicht in schallendes Gelächter darüber auszubrechen, wie lange ich, ihre idiotische Freundin, brauche, um auf das Offensichtliche zu schließen. Ich bemühe mich, ihre Begeisterung zu imitieren, aber das Einzige, was ich denken kann, ist: *oh.*

# 8

SMS an Kate, 15:22 Uhr
*Stefan Kott mag mich noch.*

SMS von Kate, 15:22 Uhr
*Dachte, du magst ihn auch.*

SMS an Kate, 15:23 Uhr
*Er mag mich, weil ich groß bin. Wie kann ich gern mit jmdm ausgehen, der mich nur mag, weil ich groß bin?*

SMS von Kate, 15:24 Uhr
*ICH BEZWEIFLE, dass das der einzige Grund ist. Warum gehst du nicht mit ihm aus und fragst ihn?*

SMS an Kate, 15:25 Uhr
*Vielleicht.*

SMS von Kate, 15:25 Uhr
*Lass uns später telefonieren. Möchte noch weiter drüber reden. Ist grade ungünstig.*

Während des ganzen Lauftrainings sehe ich Stefan Kott vor meinem geistigen Auge oder vielmehr mein in die Zukunft projiziertes Ich mit Stefan Kott beim Abschlussball und dem Abendessen davor. Einen Moment lang kehren meine Gedanken zu Stefans neuer Frisur zurück, die mir gefällt. Sie scheint sein ganzes Gesicht aufzuhellen, vor allem seine Augen, die jetzt eher golden als braun aussehen. Und sie passt total zu der Art Junge, die in die Rubrik »Über dich« auf seiner Facebook-Seite *Spielt Baseball, zieht gern lustige Fratzen und hilft alten Damen über die Straße, aber niemals alles zugleich* schreiben würde; und er hat es auch tatsächlich geschrieben.

Dass man dabei in Ruhe seinen Gedanken nachhängen kann, ist eins der Dinge, die mir am Laufen gefallen.

Ich weiß gar nicht, wie Paare zusammen laufen und sich dabei unterhalten können. Oder wozu das gut sein soll.

Ich muss mehr in meine Gedanken vertieft sein als sonst, weil Emmy sich nach dem Training geradezu an mich hängt – was ich absolut nicht ausstehen kann – und mich fragt: »Was ist los, Josie? Ignorierst du mich? Ich hab gerade ungefähr neunmal deinen Namen gerufen.«

»Tut mir leid. Hab dich nicht gehört.«

»Also?«

»Ich denke bloß nach.«

»Über Stefan?«

»Ja«, sage ich.

»Nee, echt?!«, sagt sie, und die Art, wie sie mich mit offenem Mund anstarrt, lässt nichts Gutes ahnen. Also erkläre ich ihr – im Einklang mit dem idiotischen Thema des Tages –, dass wir nur

Freunde sind, und bis Mittwochnachmittag ist in der ganzen Schule rum, dass Stefan und ich ein Paar sind. Und am Freitag bestätigen wir das, indem er mich fragt, ob ich mit ihm zum Abschlussball gehe, und ich zusage.

Er kommt zu meinem Schließfach, um mich zu fragen.

»Und ich frage dich nicht bloß, weil du groß bist«, sagt er. »Es war idiotisch von mir, das zu sagen. Ich bin so ein Penner.«

»Nein, du bist kein Penner. Und ein Idiot bist du auch nicht.«

»Na ja«, sagt er und lacht. »Ich hab gehört, dass du das Emmy erzählt hast.«

»Ja, stimmt.«

»Diese ganze Schulball-Geschichte tut mir leid. Ich weiß, dass du enttäuscht warst.«

»Ja, könnte man wohl sagen. Ich war ein bisschen eingeschnappt.«

»Ein bisschen«, sagt er und lächelt mich an. »Also? Gehen wir zusammen zum Abschlussball?«

»Ja. Das wäre schön«, sage ich.

»Ja? Cool«, sagt er. »Vielleicht rufe ich dich am Wochenende mal an. Wir könnten zusammen abhängen, irgendwas machen.«

»Klar«, sage ich und verliere mich beim Lauftraining wieder in fröhlichen Gedankenspielen, und falls Emmy Newall neunmal meinen Namen ruft, höre ich es nicht ein einziges Mal.

Sophie sitzt an diesem Nachmittag nach dem Unterricht im Kunstraum und arbeitet an einem abstrakten Ölgemälde für die Kunstausstellung der Schule im nächsten Monat. Nach meinem

Lauftraining geht sie mit mir ein paar Blocks weiter zur Drogerie, wo sie eine spezielle Lippenstiftfarbe für mich aussucht.
»Ich bin froh, dass der Abschlussball dieses Jahr erst am zehnten Mai ist«, sagt sie. »Ich möchte nämlich, dass es warm ist, damit ich keinen Mantel anziehen muss. Das sähe mit meinem Kleid zusammen total hässlich aus.«
»Du könntest niemals hässlich aussehen, Sophie. Nicht mal, wenn du's versuchen würdest.«
»Ach, sei still, Josie«, sagt sie und lächelt kurz zu mir hoch. Dann erspäht sie, was sie gesucht hat, und reicht mir einen blassrosa Lippenstift namens Candy Bliss. »Der sieht bestimmt perfekt an dir aus, ganz egal, welche Farbe dein Kleid hat. Vertrau mir. Er wird Stefan gefallen.«
Ich habe noch kein Kleid und nur noch ungefähr einen Monat Zeit, eins zu finden. Sophie hatte ihres schon, bevor sie wusste, wer ihr Begleiter sein wird. Es ist übrigens Adam Gibson. Einer aus der Zwölf. Ich kenne ihn genauso gut oder schlecht, wie ich alle an der Schule kenne und wie jeder jeden an der Schule kennt. In jede Stufe gehen nur ungefähr zweihundert Schüler, so dass wir uns alle einigermaßen kennen, ohne besonders miteinander vertraut zu sein.
Sophie hat ihren kompletten Abend – inklusive der Tatsache, dass er angenehm warm und mondbeschienen sein wird – bereits im Kopf und beschreibt ihn mir auf unserem langen Fußweg nach Hause. Wenn ich mir meinen eigenen Abschlussballabend mit Stefan ausmale, sehe ich weder das Wetter noch Mondlicht vor mir. Ich sehe nur mich selbst, wie ich aus meinen Schuhen kippe, auf den Fußboden krache und mir sowohl einen Knö-

chel als auch ein Handgelenk breche. Und Stefan reiße ich auch noch mit um. Aber er fällt nicht einfach zu Boden, sondern erst gegen einen Tisch, und die Kerzen darauf fackeln alles ab, was von seinen Haaren noch übrig ist. Wir landen in der Notaufnahme, ich mit zwei Gipsverbänden, er mit einem Verband um seinen kahlen Schädel. Er liegt auf der Bahre neben mir, und als die Krankenschwester nach ihm sieht, ziehe ich schnell meinen Candy-Bliss-Lippenstift nach. Später, wenn wir in Behandlungsraum 8 der Notaufnahme allein sind, fällt ihm das auf, und er sagt: »Diese Farbe gefällt mir wirklich gut an dir.« Und ich sage: »Das hatte ich gehofft.«

Gemessen an meinen bisherigen Erfahrungen mit Jungs wäre das geradezu romantisch. Ich freue mich wirklich sehr auf den Abschlussball.

Die Wagemakers kommen heute Abend zum Essen, um Geoff kennenzulernen und dem glücklichen – *grusel* – Paar zu gratulieren.

Kurz bevor sie ankommen, ermahnt Mutter mich: »Denk heute Abend erst nach, bevor du den Mund aufmachst, Liebes. Und dann überdenk deine ersten Gedanken noch mal.«

Einerseits mag ich diese Ermahnung, weil sie so kurz und prägnant ist, andererseits schäume ich aus demselben Grund innerlich über sie.

Wie immer, wenn die Wagemakers und die Sheridans unter einem Dach zusammenkommen, vergeht der Abend mit fröhlichen und häufig lauten Unterhaltungen wie im Flug, und Geoffrey Stephen Brill erhält über die anfänglichen Kennenlernfragen hinaus wenig Gelegenheit, sich über irgendetwas länger auszulassen. Er ist weder laut oder eloquent genug, um kurze Gesprächspausen für sich nutzen zu können, noch ausreichend couragiert, um sich brachial mitten in laufende Gespräche einzuklinken, wie wir es, abgesehen von meinen Eltern, alle tun.

Stattdessen bleibt er heute den ganzen Abend immer dicht an Kates Seite und sieht von Zeit zu Zeit aus wie ein Pappaufsteller seiner selbst, wie er da so passiv lächelnd inmitten dieses Stimmengewirrs sitzt.

Heute Abend ist Selbstbedienung angesagt – wir haben Essen vom Chinesen bestellt. Es gibt eine ausreichend große Auswahl von Gerichten, damit für jeden Geschmack etwas dabei ist, und die Menge genügt annähernd, um Stus Magen, das Fass ohne Boden, zu füllen. Nach dem ersten Drittel des Abends stehen er, Sophie und ich allein am Büfett, das auf dem Küchentisch aufgebaut ist, und ich frage sie: »Und?«

Stu zuckt mit den Schultern und belädt seinen Teller mit allem außer der Tischdekoration.

»Ich finde ihn ganz süß«, sagt Sophie. »Und Kate ist ja so was von verknallt. Es steht ihr quer im Gesicht geschrieben.«

»Wie bitte?« Ich wende mich Stu zu. »Hast du das gerade gehört?«

»Ich stehe einen Meter von dir weg, falls es dir entgangen ist, und bin auch nicht taub«, antwortet er.

»Findest du das etwa auch?«, hake ich nach.

»Was das Erscheinungsbild anderer Männer angeht, habe ich keine Meinung, weil ich selbst einer bin«, erwidert er achselzuckend. »Aber alles in allem ist er nicht so übel, wie ich dachte.«

»Na ja, er kriegt ja heute auch kaum mal den Mund auf«, sage ich, als Sophie mich mit einem gutgelaunten »Hallo« darauf hinweist, dass hinter mir gerade jemand in die Küche gekommen ist. Wie sich herausstellt, sind es Kate und ihr selbstklebender Verlobter.

»Geoff«, sagt Stu in einem falsch fröhlichen Ton, den ich kenne und fürchte, »Josie sagt, dass Sie immens viel über immens viele Dinge wissen.«

*O nein.*

»Das ist aber nett von ihr«, sagt er mit einem kleinen Nicken in meine Richtung.

»Kennen Sie sich auch mit Vögeln aus?«, fragt Stu.

»Mit Vögeln?«

»Ja. Speziell Papageien«, sagt Stu. »Josie hat mir gerade diese Woche noch erzählt, wie interessant sie Papageien findet.«

»Ja, Papageien sind sehr interessant«, bestätigt Geoff und fährt dann, mich ins Visier nehmend, fort: »Aber ich weiß nicht so viel über sie, wie ich über den Star weiß. Ihr kennt vielleicht den Maina, aber es gibt über zwei Dutzend verschiedene Starenarten, und der Maina gehört offiziell gar nicht dazu.«

Während Geoff fortfährt, steckt Stu sich eine komplette mit Schweinefleisch gefüllte Teigtasche in den Mund und wirft mir ein fies-fröhliches Grinsen zu, bevor er zum spaßigen Teil des Abends im Wohnzimmer zurückkehrt. Sophie und Kate beugen sich gurrend über Kates Verlobungsring, während ich mir irgendetwas über den Haubenmaina anhören muss und vor Langeweile so starr werde, dass ich fürchte, sogar das Blinzeln zu vergessen.

»Nimm dir für nächsten Samstag nichts vor«, sagt Kate mir an der Hintertür, während der jetzt noch breiter grinsende Geoff weiter dicht hinter ihr steht. Die Wagemakers sind vor zwanzig Minuten nach Hause gegangen, und Mutter hat mich am Arm festgehalten, damit ich nicht mit ihnen gehe.

»Dann gehen wir zwei shoppen«, sagt Kate. »Wir gucken nach einem Kleid für deinen Abschlussball. Und danach bleibst du über Nacht bei mir.«

»Nur wir zwei?«, frage ich.

»Nur wir zwei«, sagt sie, schaut dann über die Schulter und fragt Geoff: »Wenn das okay für dich ist.«

»Ja, natürlich. Wenn ich eine Schwester hätte, würde ich das Gleiche für sie tun.«

»Wirst du bald haben. Du bekommst sogar zwei. Na ja, Schwägerinnen sind ja fast dasselbe. In gerade mal …«

»Okay. Nächsten Samstag. Nur wir zwei«, sage ich. Wir küssen uns zum Abschied, und als ich die Tür schließe, ertappe ich mich dabei, wie mir durch den Kopf geht: *Anders als die meisten anderen Mainas hat der Haubenmaina statt eines orangefarbenen Schnabels einen cremefarbenen.* Erschrocken schüttele ich den Kopf, um Geoffs Sprache daraus zu vertreiben, denn ich fürchte, sie könnte sonst zu einer spontanen Lähmung meiner Augenlider führen.

Stefan ruft doch nicht an am Wochenende, schreibt dafür aber Dutzende SMS, die ich so schnell wie möglich zu beantworten versuche. In einer schreibt er: »Du benutzt sogar in SMS die korrekten Satzzeichen. Cool.«

Drei SMS von ihm kommen, als ich am Sonntagnachmittag bei

Mrs Easterday bin, aber ich ignoriere sie aus Höflichkeit, zumal ich meine Unterhaltung mit Mrs Easterday Kurznachrichten von so ziemlich jedem vorziehe. Ich gestehe: Ich mag die Sprache alter Damen. Sie ähnelt erstaunlich meiner eigenen, und daher beherrsche ich sie auch aktiv aus dem Effeff.

Die Easterdays haben ihr Haus schon sechzehn Jahre, bevor meine Eltern nebenan eingezogen sind, gekauft. Ich bin mindestens zwei Mal die Woche hier. Ich schaue vorbei, um Hallo zu sagen, Mrs Easterday ein bisschen Gesellschaft zu leisten, mit ihr Karten zu spielen und zu plaudern. Und wenn sie nichts Süßes im Haus hat, backen wir was, während sie mir perfekt aufgebaute Geschichten über das Aufwachsen in den 1940er Jahren erzählt und ich ihr von meinen Kursen an der Cap oder an der Highschool und von den Unterschieden zwischen OmeinG*tt und OmeinG*tt 2.0.

Mrs Easterday hat mehr als zwanzig Jahre lang Viertklässler unterrichtet und ihren Schülern stets verboten, *Yep* statt *Ja* zu sagen.

Mr Easterday ist drei Jahre vor meiner Geburt gestorben. Immer wenn Mrs Easterday eine Geschichte über ihn zu Ende erzählt hat, sieht sie einen Augenblick ganz abwesend aus, und auf ihrem Gesicht breitet sich ein versonnenes kleines Lächeln aus. Wenn ich ruhig bleibe, bleibt dieser Ausdruck bis zu einer Minute stehen. Und ich schaffe es immer, dann sehr ruhig zu bleiben.

Mrs Easterday hat Geoff am Freitagabend kennengelernt. Sie kam zum Aperitif vor dem Dinner vorbei – sie hat nur Cranberry-Saft getrunken – und hat Kate versprochen, die Hochzeit nicht zu versäumen, die übrigens auf Samstag, den achten November, festgelegt wurde. Ich arbeite also gegen eine Deadline an.

Als ich sie heute frage, wie sie Geoff findet, sagt sie: »Ich freue mich sehr für Kate, weil sie sich so sehr freut.«

»Yep«, räume ich ein, was Mrs Easterday veranlasst, missbilligend ihre Augenbrauen hochzuziehen. »Ja«, korrigiere ich mich und grinse sie freundlich an. *Yep* ist OmeinG*tt und OmeinG*tt 2.0, in die ich manchmal verfalle. *Ja* dagegen gehört zu einer ganzen Reihe von Sprachen, wie zum Beispiel der Lehrersprache, Elternsprache, Bewerbungsgesprächesprache und der Heiratsantragssprache. Ich bin sicher, dass Kate nicht *Yep* gesagt hat, als Meister Maina ihr den Antrag gemacht hat.

Ich habe keine Lust, auf dem Thema Kate und ihre Beziehung zu Geoff herumzureiten, vor allem weil der Gedanke an *die beiden* als Paar seit kurzem ein merkwürdiges Gefühl in mir hervorruft. Es fühlt sich an, als würde ich im Auto eine neu asphaltierte Landstraße entlangzockeln und plötzlich durch ein Schlagloch fahren, wodurch mein Magen einen Satz macht und höher rutscht, als er eigentlich sitzen sollte.

Grund Nummer neun, warum Geoff Kate nicht heiraten sollte, nach Haubenmainas, Hüpfstöcken, Halbwüchsigen, Intellektuellen, *Ren-wah*, unauffälligem Brust-Berühren, Zecken und Basilikum: Der bloße Gedanke an ihn verursacht Brechreiz.

»Ich glaube, ich habe einen neuen Freund«, sage ich zu Mrs Easterday, während sie ein Blech mit Schoko-Erdnussbutter-Keksen aus dem Backofen zieht. »Na ja, zumindest gehen wir zusammen zum Abschlussball.«

»Oh, das ist aber schön. Und? Magst du den Jungen?«

»Ja.«

»Und macht er dich glücklich?«

»Ja.«

»Denk mal an!«, sagt sie, und ich spüre erneut dieses Schlagloch in der Straße. Auf ihrem Gesicht erscheint ein feines Lächeln, und ich lenke das Gespräch schnell auf die Kekse, die geradezu dekadent und perfekt sind. Ich liebe diese Kekse. Was Mrs Easterday mir wahrscheinlich ansehen kann.

# 9

»So, so«, sagt Stu und macht eine dramatische Pause, in die er ein neckisches Grinsen einschiebt, wie ich aus dem Augenwinkel sehe. »Du und Stefan Kott also.«

»So, so, du und Sarah Selman also.«

Er zuckt mit den Schultern. Es ist Sonntagabend. Ich hab bei den Wagemakers zu Abend gegessen, und jetzt liegen Stu und ich auf seinem Bett und starren an die Decke.

»Du trennst dich eh von ihr«, sage ich.

»Stimmt ja gar nicht«, sagt er ein bisschen zu wenig überzeugend.

»Aber du wartest noch bis nach dem Abschlussball, hab ich recht?«

Er zuckt wieder mit den Schultern.

»Es funktioniert einfach nicht«, sagt er.

»Sieh an. Wie ich es *liebe*, recht zu haben.«

»Du hast gar nicht recht«, sagt er. Sophie kommt kurz ins Zimmer, wirft einen prüfenden Blick an die Decke und fragt: »Was macht ihr?«

»Wir reden darüber, warum ich recht habe, wenn ich sage, dass Stu einen hohen Frauenverschleiß hat«, sage ich.

»Warum sie nicht recht hat«, sagt er, während Sophie sich auf der anderen Seite von ihrem Bruder ebenfalls auf das Doppelbett zwängt.

»Sie hat so was von recht«, sagt sie ihm.

»Er will sich von Sarah trennen«, sage ich.
»Ich wusste es!«, sagt Sophie. »Weiß sie's schon?«
»Noch nicht«, sage ich.
»Vor oder nach dem Ball?«, fragt Sophie.
»Nachher«, sage ich.
»Wo bin ich denn, bitte schön, im wörtlichen Sinn hier zwischengeraten?« Er wendet seinen Kopf Sophie zu. »Und wer hat dich überhaupt eingeladen?«
»Sei still«, sagt sie. »Wir sind noch nicht fertig.«
»Okay, dann sagt Bescheid, wenn ihr fertig seid«, sagt Stu, steht auf und geht.
Sophie und ich sind ein paar Sekunden still, dann sagt sie: »Das ist lustig. Wir sollten öfter so reden.«
»Wir haben Stu aus seinem eigenen Zimmer vertrieben.«
»Ja, ich weiß«, sagt sie. »Das ist ja das Lustige.«

An jedem Tag dieser Woche wartet Stefan an meinem Schließfach und grinst von einem Ohr zum anderen. Was total ansteckend ist. Dann gehen wir zusammen zu meinem Lauf- und seinem Baseballtraining.
Am Montag reden wir über das Wochenende und Mrs Easterday.
Am Dienstag reden wir über die Cap und das Früh-College-Programm, an dem Stefan ab dem nächsten Jahr teilnimmt.
Am Mittwoch reden wir über das laute Gekreische, mit dem Emmy Newall mitten im Aufenthaltsraum der zwölften Klasse auf die Trennungsabsichten von Nick Adriani reagiert hat, der wiederum starr vor Schreck vor ihr stehen geblieben ist. Und am

Donnerstag reden wir weiter über das gleiche Thema, weil wir Emmy selbst zu viert nicht dazu bewegen konnten, sich zu beruhigen oder leiser zu sein, und sie für ihr Bierkutschervokabular schließlich mit zweitägigem Nachsitzen bestraft wurde.

Am Freitagmorgen sage ich auf dem Weg zur Cap zu Stu: »Er ist nett. Ich mag ihn wirklich gern, aber unsere Gespräche sind nicht gerade aufregend. Sie drehen sich immer nur um die Schule.«

»Habt ihr's denn mal mit längeren Unterhaltungen versucht?«

»Du meinst seit dem Schulball?«

»Zählt der Schulball bei dir als Versuch?«

»Der zählt bei mir als peinliches Desaster.«

»Bei ihm wahrscheinlich auch. Schließlich war er es, der gesagt hat, er hätte dich nur gefragt, weil du groß bist.«

»Ja, und er hat sich dafür entschuldigt. Und ich hab mich dafür entschuldigt, dass ich den ganzen Abend wirres Zeug gequatscht habe. Aber jetzt sind wir, glaube ich, an dem Punkt, an dem wir entdecken, wie sehr wir uns mögen. Also müssen wir uns auch zeigen, wer wir, jenseits von Körpergröße und Geschwafel, wirklich sind. Was eine Reihe von unangenehmen Eventualitäten mit sich bringt.« Ich zähle sie an vier Fingern ab und ignoriere währenddessen Stus übertrieben verständnislose Miene. »Was, wenn ich ihn lieber mag als er mich? Was, wenn er mich lieber mag als ich ihn? Was, wenn keiner von uns den anderen allzu gern mag? Und was, wenn wir eine Wiederholung des letzten Schulballs erleben?«

»Was, wenn sein Kopf explodiert, während ihr miteinander redet?«

Ich recke ihm meinen fünften Finger ins Gesicht.

»Du denkst zu viel, Josie«, sagt er lachend. »Und du redest zu viel.«
»Das hilft mir jetzt auch nicht weiter.«
»Nein«, sagt er und klingt jetzt etwas ernster. »Ich weiß.« Dann zuckt er mit den Schultern. »Beziehungen sind kompliziert. Man muss dieselbe Sprache sprechen. Oder die des anderen lernen, aber das funktioniert nicht immer.«
»Ist das der Grund, warum du so einen hohen Frauenverschleiß hast?«, frage ich aus echtem Interesse.
»Hab ich doch gar nicht.«
»Doch, hast du.«
»Hab ich nicht«, sagt er, schüttelt den Kopf und richtet den Blick selbstbewusst nach vorn.
»Du solltest mal meinen Dad aufsuchen wegen deiner Weigerung, die Realität anzuerkennen«, sage ich, und wir diskutieren noch eine Weile weiter.

Um 15:05 Uhr an diesem Nachmittag ist Stefan wieder da. Ich muss lächeln, als ich ihn lässig mit einer Schulter an meinem Schließfach lehnen und auf mich warten sehe.
»Wie war dein Unterricht heute Morgen?«, fragt er. »Spanisch für Anfänger mit Vorkenntnissen II und Soziologie des Alterns, richtig?«
»Richtig«, antworte ich. »Und es war interessant. Beides. Darf ich dich was fragen?«
»Schieß los.«
Ich denke darüber nach, seit Stu heute Morgen das mit der Sprache erwähnt hat. Also hole ich tief Luft und lege los: »Stell dir

vor, du überlässt deinen Sitzplatz im Bus jeden Morgen einer schwangeren Frau, entdeckst dann jedoch eines Tages, dass sie gar nicht schwanger ist, sondern nur so tut, damit ihr Freund sie heiratet. Würdest du ihr trotzdem weiter deinen Platz überlassen? Und würdest du ihrem Freund davon erzählen?«
Stefan sieht mich ein, zwei Sekunden unsicher an; seine Mimik ist irgendwo zwischen lässigem Grinsen und staunend geöffnetem Mund erstarrt. Ich sehe ihn in gespannter Erwartung an und frage mich sofort, ob ich nicht doch besser bloß etwas über Baseball hätte fragen sollen. Doch dann breitet sich sein Grinsen übers ganze Gesicht aus, und ich atme auf, während er sagt: »Coole Frage. Und jetzt noch mal langsam von vorn.«
Ich stelle die Frage erneut. Und er wiederholt sie noch mal. Dann tritt Emmy mit einem kurzen Hallo zwischen uns und treibt mich an, damit ich nicht zu spät zum Lauftraining komme. Also verabschieden Stefan und ich uns mit einem raschen *Bis später*.
»Ihr seid so süß, dass es schon ekelerregend ist«, sagt Emmy.
»Wie du, wenn du deine Haare so trägst«, erwidere ich und ziehe mehrere Haarsträhnen von ihren klebrigen pinkfarbenen Lippen.

Am Abend ruft Stefan mich an, um mir seine wohlüberlegte Antwort vorzutragen. Er würde ihr weiter seinen Platz überlassen, aber wenn er jemals den Freund treffen würde, würde er ihm sagen, was er weiß.
»Wenn jemand belogen wird, kann man das nicht einfach so stehen lassen«, sagt er.

»Auch wenn man damit eine Szene heraufbeschwört, die noch verstörender ist, als die zwischen Emmy und Nick es war?«
»Ja, auch dann. Ich meine, wie heißt es so schön: Ich bin ja nur der Bote. Und was würdest du tun?«
»Ich würde sofort etwas sagen und sie für alle Ewigkeit stehen lassen.«
»Cool.«
»Und auch wenn ich nur der Bote der schlechten Nachricht wäre, würde ich mich dafür wappnen, getötet zu werden.«
»Genau, das war's! Tötet nicht den Boten!«, sagt er.
»Niemand bekommt gern schlechte Neuigkeiten«, sage ich.
»Ja, aber manchmal muss es einfach sein. Ich glaube, die meisten Leute verstehen es auch irgendwann, also: alles cool. Und die, die es nicht verstehen, sollen zur Hölle fahren.«
»Ja, wahrscheinlich«, sage ich und denke darüber nach.
»Hey, hast du Lust, morgen mit mir frühstücken zu gehen?« Er schlägt ein beliebtes Diner gleich außerhalb von Bexley vor.
»Ich kann nicht«, sage ich.
»Dann am Sonntag.«
»Nein, da kann ich auch nicht«, sage ich, und bevor ich eine Chance habe, es zu erklären, kommt von ihm: »Okay, cool. Dann machen wir's irgendwann anders.«
*Cool* hat, wie ich sehe, eine Menge unterschiedlicher Bedeutungen in Stefans Sprache. Ich glaube, es macht mir Spaß, sie zu lernen. Aber wie bei allen Sprachen wird es sehr lange dauern, bis ich sie fließend beherrsche.
Samstagmorgens arbeite ich ehrenamtlich im Sutton Court Center, einer Einrichtung für betreutes Wohnen, die in einem kon-

servativen Backstein-Herrenhaus untergebracht ist. Dieses Herrenhaus steht auf einem drei Morgen großen Grundstück in New Albany, einer ganzen Gemeinde aus konservativen Backsteinbauten etwas mehr als zehn Meilen außerhalb von Bexley. Schulen, Kirchen, Synagogen, sogar Einkaufszentren bilden dort ein Meer aus Georgianischer und leicht verwässerter Geogianischer Architektur, die trotz ihrer Backstein-Uniformität überraschend schön und gar nicht eintönig wirkt.

Dad sitzt am Steuer. Er leistet dort ehrenamtlich therapeutische Dienste, während ich ehrenamtlich meine Bildung und Konversation anbiete sowie meine Kenntnisse in ungefähr drei Dutzend Kartenspielen, die ich Mrs Easterday zu verdanken habe. Dad singt in seinem perfekten Bariton; das Radio bleibt während der Fahrt aus. Wenn er eine anstrengende Therapiesitzung hatte, ist er auf dem Heimweg still. Neuerdings sagt er mir gern, was für eine Erleichterung es für ihn sein wird, wenn ich diesen Sommer endlich meinen vorläufigen Führerschein bekomme und auf dem Heimweg fahren kann, während er seinen Gedanken nachhängt.

Er fährt so, wie ich laufe.

Ich arbeite jetzt schon mehr als ein Jahr lang jeden Samstag ehrenamtlich am Sutton Court Center, nachdem ich zum ersten Mal mit Mrs Easterday hier rausgefahren bin. Damals haben wir ihre Schwester besucht, die nur vorübergehend hier untergebracht war, nachdem sie eine neue Hüfte bekommen hatte. Die Schmader-Schwestern – das ist ihr Mädchenname – sind robuste Frauen, die, wie Mrs Easterday gern betont, aus einer guten, hart arbeitenden, langlebigen deutschen Familie stammen.

»Unsere Ehemänner wussten schon, bevor sie uns geheiratet haben, dass wir gesunde Kinder zur Welt bringen würden«, sagte sie einmal zu mir. »Heute denkt keiner mehr über so was nach, aber das ist ein Fehler.«

Auswärts zu frühstücken ist für mich an den Wochenenden gar nicht möglich. Samstags bin ich im Sutton Court Center und sonntags in der Kirche und bei der Jugendgruppe. Dazwischen gibt es noch Leichtathletikwettkämpfe, Hausarbeiten, Keksebacken mit Mrs Easterday, und ich muss ja auch noch ein bisschen Zeit für Kate und Maggie freihalten. Also habe ich an Wochenenden nicht viel freie Zeit.

Stefan ruft am Samstagnachmittag an und lädt mich zu einem DVD-Abend und Pizza bei sich zu Hause ein, was, wie ich finde, eher ein Filmabend heißen sollte, weil DVD nur das Speichermedium ist, das wir nutzen, um uns den Film anzusehen, und nicht der Film selbst. Aber ich bin in der Minderheit, also übersetze ich Film in DVD, aber es wurmt mich insgeheim.

Ich erkläre ihm, dass ich mit Kate verabredet bin, was er wieder *cool* findet.

Er wird am nächsten Wochenende seine Großeltern in Indiana besuchen fahren. Und an dem Samstag danach habe ich auswärts einen Wettkampf. Wir gleichen unsere Kalender ab und stellen fest, dass wir bis zum Abend des Abschlussballs in drei Wochen keinen freien Termin mehr finden.

»Kein Problem; alles cool«, sagt er, klingt dabei aber resigniert. »Wenigstens sehe ich dich ja in der Schule.«

Nachdem ich aufgelegt habe, denke ich über *Wenigstens sehe ich dich ja in der Schule* nach. Ich denke über diese Worte nach, während ich die Tasche für meine Nacht bei Kate packe. Ich denke über diese Worte nach, während Kate mich zu Nordstrom im beliebten Easton Town Center fährt, und ich denke über diese Worte nach, während ich die ersten drei von sieben Kleidern anprobiere, die Kate im Stil eines Shopping-Einsatzkommandos ausgesucht hat.

Ich liebe diesen Einsatzkommando-Stil. Sie setzt ihre imaginäre Shopping-Brille auf, lehnt jede Hilfe des Verkaufspersonals ab, bewegt sich zielgerichtet, schnell und entschieden durch den Laden und hält das gewünschte Objekt oder die gewünschten Objekte innerhalb weniger Minuten in den Händen. Im Gegensatz zu Sophie und anderen Freundinnen, mit denen ich shoppen gehe, die eine Ewigkeit brauchen, dann ohne irgendwas wieder gehen und das Ganze trotzdem als Erfolg betrachten, was für mich absolut keinen Sinn ergibt, auch wenn ich es nicht sage.

Der einzige Mensch, mit dem ich gern einkaufen gehe, ist Kate.

Und der einzige Grund, warum ich aufhöre, über *Wenigstens sehe ich dich ja in der Schule* und das angenehme Gefühl, das diese Worte hervorrufen, nachzudenken, ist der Umstand, dass ein Schild in Kleid Nummer vier gerade versucht, mir die Haut über meiner untersten Rippe zu zerfetzen.

»Das hier taugt nichts«, rufe ich Kate durch die Tür zum Umkleideraum zu.

»Ich muss es sehen.«

»Nein, musst du nicht.«

»Josie, zeig es mir«, sagt sie, öffnet die Tür und späht herein. »Okay, es ist perfekt. Hör auf, dich anzustellen.«

»Ich stelle mich nicht an«, sage ich und ziehe den gefährlichen Stoff mit Daumen und Zeigefinger von meiner Haut weg. »Ich kann das nicht tragen.«

»Doch. Das ist *das* Kleid. Lass es dir gesagt sein, das ist es.«

»Dann muss ich es den ganzen Abend so tragen«, sage ich.

»Was ist denn? Ist da ein Schild?« Sie kennt mich zu gut. »Das kann eine Schneiderin entfernen.«

»Nein.«

»Doch. Kann sie.«

»Nein. Kann sie nicht. Was, wenn sie ein kleines Stück davon übersieht? Was, wenn sie dabei eine Delle oder Beule in den Stoff macht, wo jetzt gar nichts ist? Was, wenn sie ...«

»Okay, hör auf«, sagt Kate und seufzt. »Ich hab's kapiert. Zeig mir die anderen.«

Schließlich wählt sie ein langes Kleid aus marineblauem Satin mit Spaghettiträgern und einem enganliegenden Oberteil aus, das in der Taille mit einer großen, tränenförmigen Kristallbrosche gerafft wird.

»Die sorgt für die Illusion, dass du einen Hintern hast«, sagt sie.

»Oh, wenn das so ist, sollte ich hier und hier auch Broschen haben«, sage ich und greife mir an meinen nicht vorhandenen Busen.

»Es sitzt perfekt, Josie. Du brauchst gar nichts mehr, aber das erinnert mich an was«, sagt sie, holt ihr Handy aus der Handtasche und tippt etwas ein.

»Woran erinnert dich das?«

»Es erinnert mich daran, dass ich dir vor der Hochzeit noch einen trägerlosen BH besorgen muss«, sagt sie, lässt das Handy wieder in ihre Tasche gleiten und lächelt mich an.

»Ich habe einen trägerlosen BH. Aber der rutscht.«

»Du brauchst einen wattierten, und wir werden schon einen finden, der nicht rutscht. Für die Brautjungfernkleider, die ich ausgesucht habe, wirst du so einen brauchen.« Ihre Beschreibung dieser Kleider und wie sie sie gefunden hat, zieht sich hin, bis wir den Laden wieder verlassen haben, zum Parkplatz zurückgegangen und zu ihr gefahren sind. Zumindest vermute ich das. Ich höre nicht hin und denke nur noch: *Wenigstens sehe ich dich ja in der Schule.*

# 10

Ich sitze mit meinem Rucksack auf dem Schoß unter dem brennenden Licht auf den Stufen vor Kates Wohnung im German Village, einem historischen, aber angesagten Stadtteil, der hauptsächlich aus Backsteinhäusern besteht. Das German Village grenzt an Downtown Columbus, hat damit aber nichts weiter gemeinsam als die Nähe zur Stadtmitte. Dank eines warmen Mai-Anfangs hängt heute Abend der süße Duft von Holzapfelblüten in der Luft. Und es ist still, bis auf das leise Knacken der Motten über meinem Kopf, die gegen das Licht fliegen.

*Positive Phototaxis*, sage ich leise, während ich hochblicke. Kurz und prägnant. Zwei Wörter, um die Anziehungskraft zu beschreiben, die Licht auf Insekten ausübt. Auf manche Insekten. Kakerlaken fliehen das Licht, was man dann negative Phototaxis nennt. Mir fällt auf, dass ich wie Geoff und sein Zecken-Wanderzirkus klinge, aber es ist ja nicht meine Schuld, dass ich noch weiß, was wir im Biologieunterricht der achten Klasse in Insektenkunde gelernt haben. Außerdem bin ich nicht auf einer Dinnerparty. Nicht mehr.

Mutter trifft ungefähr eine Viertelstunde, nachdem Kate sie angerufen hat, ein. Ich steige ins Auto, stelle meine Tasche in den Fußraum, schließe die Tür und versuche, Mutters unausweichlichem Blick auszuweichen. Das Auto bewegt sich nicht von der Stelle. Mir ist klar, dass Mutter warten wird, bis ich klein beigebe, aber ich muss sie ein wenig fordern.

Also sage ich, nachdem ich eine Sekunde länger als nötig gewartet habe: »Es war ein Unfall.«
»Ich würde gern deine Version hören.«
»Meine Version ist die Wahrheit. Kate ist diejenige, die dir eine vollkommen voreingenommene *Version* erzählt hat, was an ihrer Verbindung zu Geoffrey Stephen Brill liegt. Ich glaube, er beeinträchtigt ihren Realitätssinn. Ihr solltet euch Sorgen machen.«
»Ich warte.«
»Also das war so.«

»Ich möchte dich am Tag deines Abschlussballs frisieren und schminken«, sagte Kate, kaum dass wir in ihrer Wohnung waren, die in warmen Burgunder- und Weißtönen eingerichtet ist und in der überall – auf Tischen, Arbeitsflächen und dem Kaminsims – Kerzen herumstehen.
Ich hatte noch nicht mal meinen Rucksack abgestellt, geschweige denn mein Kleid aufgehängt.
»In Ordnung«, stimmte ich zu.
»Dann lass uns schon mal üben. Oh, und ich habe eine Kette, die perfekt passen würde und die ich dir leihen kann.« Sie beugte sich vor, um mit gespielter Enttäuschung meine Ohren zu untersuchen. »Die perfekten Ohrringe hätte ich ja auch, aber –« Sie zuckte mit den Schultern. »Lass dir vor der Hochzeit einfach noch Ohrlöcher machen.«
Sie nahm einen Hocker, der an ihrem Frühstückstresen stand, und ich folgte ihr ins Bad. Das machen wir andauernd so. Wir tragen einen Hocker durch die Wohnung, damit ich bequem sitzen kann, während Kate mit meinen Haaren rumspielt.

»Du möchtest, dass ich mir Ohrlöcher stechen lasse?«, fragte ich auf dem Weg.
»Alle haben Ohrlöcher. Nur du nicht. Ich möchte, dass auf den Hochzeitsfotos alle gleich gestylt sind, und ich weiß genau, welche Ohrringe ich gern an dir sehen würde.«
»Aber ich lasse mir keine Löcher stechen«, sagte ich, während ich mich setzte.
»Warum denn nicht?«
»Weißt du, wie häufig sich die Ohren nach so was entzünden? Bakterielle Infektionen, Abszesse, allergische Reaktionen«, zählte ich an den Fingern auf. »So was kann richtig entstellend sein. Mit eitrigem gelbem Ausfluss. *Gelbem Ausfluss.* Und wie sieht das dann aus auf deinen Fotos?«
»Unsinn, Josie. Lass Mom es doch machen. Sie wird deine Ohren einen Monat lang steril halten.«
Sie zog mir das schwarze Band aus den Haaren, das meinen Pferdeschwanz an Ort und Stelle gehalten hatte.
»Vielleicht.«
»Komm schon, Josie, bitte. Tu's für mich, ja?«, sagte sie über den Spiegel zu mir, und es fiel mir schwer, ihrer reflektierten Bitte zu widerstehen. Also nickte ich stumm. »Du bist die Beste«, sagte sie und drückte mir einen Kuss auf den Kopf.
Kate ist der einzige Mensch auf der Welt, der meine Haare berühren darf, weil sie der einzige Mensch auf der Welt ist, der das tut, ohne mich wahnsinnig zu machen, indem er mich zu viel berührt, kitzelt, unsanft kratzt oder – am allerschlimmsten – meine Haare gegen ihren natürlichen Fall frisiert, was mich vollkommen aus der Haut fahren lässt.

Außerdem weiß sie, dass ich ausschließlich Pferdeschwänze trage, und kann mindestens sieben verschiedene Arten von Pferdeschwänzen, die ich akzeptiere.

Sie machte sich an die Arbeit und redete die meiste Zeit über ihre Hochzeit und darüber, dass alle Brautjungfern professionell frisiert und geschminkt werden würden. Meinen Vorschlag, Candy-Bliss-Lippenstift zu verwenden, weil diese Farbe den Männern gefallen würde, ignorierte sie jedoch. Kate ist talentiert genug, um uns alle selbst frisieren und schminken zu können, aber an ihrem großen Tag hat sie offenbar vor, ein psychotischer Freak zu sein. Sie hat gestresst gesagt. Und ich habe Kate schon gestresst erlebt. Es ist dasselbe.

Ich habe dreimal das Thema gewechselt – oder es vielmehr versucht. Es hat nicht funktioniert. Ich hätte Lust gehabt, sie zu fragen: »Wenn du deinen Sitzplatz im Bus jeden Tag einer schwangeren Frau überlassen würdest …«, ließ es aber.

Während sie das bisschen Lidschatten auftrug, das ich tolerieren kann – es ist vor allem das Gefühl, wenn dieser kleine schwammartige Applikator über meine Augenlider gezogen wird, das ich nicht ertrage –, schlug sie vor, ich solle doch mal darüber nachdenken, mir Kontaktlinsen anzuschaffen. Ohne Brille sähe ich viel hübscher aus. Und um zu retten, was noch zu retten war, schob sie schnell »Aber das ist ja bei allen so« nach.

»Schon okay«, sagte ich. Ich weiß ja, dass ich nicht wie Maggie aussehe. Oder wie Kate. Aber ich willigte trotzdem nicht in Kontaktlinsen ein. Ich mag meine Brille und fühle mich ohne sie tendenziell unvollständig.

Dann war sie fertig und befand alles für hübsch, und ich wusch mir das Gesicht, und Kate frisierte mir die Haare wieder zu dem ganz normalen, festsitzenden, ordentlichen Pferdeschwanz.

Ich hatte den Hocker gerade wieder zurück an seinen Platz zurückgestellt, als Kate verkündete, sie habe eine Überraschung für mich – und zwar offensichtlich eine, die sie lächeln und in freudiger Erwartung die Schultern hochziehen ließ.

»Was ist es denn?«, fragte ich.

»Wir kochen zusammen. Spaghetti.«

»Okay.«

»Aber nicht mit Moms Sauce, sondern mit einer neuen, anderen, authentischen Spaghettisauce.«

»Also quasi einer Überraschungs-Sauce?!«, fragte ich mit gespielter Fröhlichkeit.

»Nein, das ist nicht die Überraschung«, sagte sie, und in dem Moment klingelte es an der Tür. »Das ist die Überraschung.«

Sie huschte auf Zehenspitzen zur Tür, und als mir gerade dämmerte, warum sie diesen liebenden Blick aufgesetzt hatte, trat auch schon Geoffrey Stephen Brill ein, und sie küssten sich. Geoffs Hände auf ihrem Rücken verrieten mir, dass er noch mehr Liebesbekundungen austauschen wollte, aber Kate verkürzte und zensierte das Ganze. Ich spürte, wie meine Lippen sich schürzten, schaffte es jedoch, lediglich das Gesicht zu verziehen, als Geoff fröhlich »Hallo« zwitscherte und mir zuzwinkerte.

»Sie haben doch nicht vor zu bleiben, oder?«, fragte ich.

»Josie«, sagte Kate mit einem nervösen Lachen.

»Na, wie begrüßt du denn deinen zukünftigen Schwager?«, fragte er.

»Wenn ich ihn treffe, sage ich Ihnen Bescheid.«

»Josie.« Kate lachte erneut auf.
»Du bist schnell. Das mag ich an dir. Aber du sagst solche Dinge so häufig, dass ich dir noch irgendwann glaube«, sagte Geoff.
»Sie wissen ja, wie Halbwüchsige sein können«, sagte ich, als er an mir vorbei in die Küche ging, was es mir erlaubte, Kate unbehelligt und unzweideutig wütende Blicke zuzuwerfen.
»Ich wurde eingeladen, um euch beiden einen kleinen Kochkurs zu geben«, sagte er.
»Mag sein, aber dann hat sich die einladende Person« – vernichtender Blick – »im Datum vertan. Heute Abend wollten wir ganz unter uns sein.«
»Ach, Josie«, sagte Kate, kam näher und nahm meine Hände. »Das weiß ich ja. Aber ich dachte, es würde dir vielleicht gefallen.«
Ich ließ meine – verächtlich hochgezogenen – Augenbrauen für mich antworten.
»Okay, aber ich hoffe, es gefällt dir trotzdem«, sagte sie.
»Du musst den Verstand verloren haben. Aber das ist gar nicht schlecht. So bist du nicht zurechnungsfähig und darfst gar keine Ehe eingehen.«
»Bitte, bitte, Josie. Ich wusste, dass du nicht bleiben würdest, wenn ich es dir vorher sage.«
»Und hast dich deshalb für die hinterhältige Tour entschieden? Super Idee, Kate.«
»Ich weiß ja, dass du Geoff gegenüber Vorbehalte hast«, flüsterte sie.
»Vielleicht *hätte* ich ihm ja eine Chance gegeben. Ich hatte gerade angefangen, es in Erwägung zu ziehen.«

»Wirklich?«

»Ja, wegen etwas, das Mrs Easterday gestern gesagt hat.«

»Was hat sie denn gesagt?«

»Das sage ich dir nicht, vor allem jetzt nicht, wo ich sauer auf dich bin.«

Sie ignorierte meine Bemerkung und umarmte mich rasch.

»Ich war mir nicht sicher, ob du einlenken würdest, aber ich freue mich sehr, dass du es tust«, sagte sie. »Mir war klar, dass ich keine andere Wahl hatte, als es so einzufädeln.« Ich gab mich seufzend geschlagen. »Und jetzt ist er nun mal da. Also, bitte, ja? Bitte! Du interessierst dich für fremde Kulturen. Und Geoff tut es auch. Das habt ihr schon mal gemeinsam. Und er kann eine authentische italienische Spaghettisauce. Die hat er schon mal für mich gekocht. Sie ist echt gut.« Sie lehnte sich an mich. »Josie. Ihr beiden seid die wichtigsten Menschen in meinem Leben, und ich möchte, dass du ihn gern hast und er dich. Versuchst du also bitte, dich heute Abend zu amüsieren, mir zuliebe? Und bitte hör endlich auf, ihn zu siezen.«

Die Worte *mir zuliebe* landeten direkt auf meinem Herzen, genau da, wo sich Mrs Easterdays Bemerkung, dass Kate sich für sich selbst freue, eingenistet hatte. Also gab ich zum zweiten Mal an diesem Abend meine stillschweigende Einwilligung und sah, wie Kate vor Dankbarkeit und Freude strahlte. Dann setzte ich mich auf den Hocker, den ich gerade abgestellt hatte, und verfolgte die Koch-Show, die mich schon zwei Minuten später weder interessierte noch irgendwie einbezog, denn das Ganze hätte mit »*Der Meisterkoch und seine giggelnde Azubine* – Ein Spektakel« überschrieben sein können. Zwischen Schnippeln und Rühren tauschten sie verstohlen Küsse aus und fütterten sich gegenseitig mit in Sauce getunkten Brotstücken. Sie sahen fast so aus, als würden sie tanzen, was mich schrecklich nervte, weil Küchen nicht der Ort für solche Albernheiten sind.

Irgendwann fiel Kate wieder ein, dass ich auch noch existierte. Ich war derweil dazu übergegangen, den Stapel mit ihrer Post durchzusehen, der vor mir auf dem Tresen lag. Ich hatte ja keine Ahnung, wie viel Geld sie bei Ann Taylor lässt, aber es überrascht mich auch nicht weiter, da sie in all ihren Outfits immer perfekt aussieht. Und sie trägt nur komplette Outfits, inklusive passenden Schuhen und einem ausgefallenen Accessoire – für gewöhnlich ein riesiger Ring oder ein cooler Schmuckanhänger –, das verhindert, dass sie steif oder zu gewollt gestylt wirkt.

»Das *musst* du probieren, Josie!«, sagte sie.

»Nein, danke. Ich warte auf den großen Moment bei Tisch.«

»Essen sollte immer ein großer Moment sein«, sagte Geoff, um dann darüber zu dozieren, was er für die einzig wahre Art, Essen zu genießen, hielt:

»Als Erstes mit den Augen«, sagte er auf seine zeigend für den Fall, dass ich vergessen hatte, wo Augen im Allgemeinen sitzen. »Dann durch die Nase.« Er schnüffelte demonstrativ. »Dann über die Bewegung«, sagte er, während er schöpfkellenweise Sauce über die Pasta kippte. »Und schließlich, zu guter Letzt …«, fuhr er fort, während er eine Gabel aus der Schublade zog und ein paar Nudeln auf seine Gabel drehte: »… folgt der große Moment, in dem Geschmack und Textur sich auf der Zunge zum ultimativen Genuss verbinden.« Sagte es und steckte sich den Bissen in den Mund. »Essen sollte eine multisensorische Erfahrung sein.«

Wir nahmen im selten genutzten Esszimmer Platz. Erst als Kate das Tischgebet gesprochen hatte, schaute ich genauer auf meinen Teller und erblickte Nudeln, die geradezu in Sauce schwammen, welche für sich genommen absolut genießbar aussah und roch und von der ich glaubte, dass ich sie wahrscheinlich mögen würde. Aber die Nudeln-Sauce-Relation auf meinem Teller machte es mir schier unmöglich, meine Gabel auch nur in diese Masse einzutauchen, um davon zu kosten. Ich hatte wegen des großen Missverhältnisses eher Suppe als Sauce vor mir, die mit noch größerer Wahrscheinlichkeit kleckern, spritzen oder tropfen würde. Und bei der Vorstellung, dass bald ein Klacks davon an meinem T-Shirt hängen könnte wie ein Baby-Klammeraffe am Bauch seiner Mutter oder mir – schlimmer noch, viel, viel schlimmer – vom Kinn tropfen würde, lief es mir kalt den Rücken runter. Es schüttelte mich buchstäblich.

*Schüttel. Schüttel. Schüttel.*

Also nahm ich meinen Teller und machte mich mit den Worten »Ich hab zu viel Sauce« auf den Weg in die Küche.

»Nein, das ist nicht zu viel«, widersprach Geoff und legte eine Hand auf meinen Arm.

»Doch«, sagte ich. »Und lass mich bitte sofort los.«

»Oh, äh, Geoff, Josie mag nicht gern so viel Sauce. Ich hab vergessen, dir das zu sagen.«

»Aber so isst man das«, sagte er.

»Nein, so isst *du* das. Aber *ich* nicht«, sagte ich.

»Josie«, kam es besorgt von Kate.

»Ich finde, du solltest dich hinsetzen und es dir zeigen lassen«, sagte Geoff. »Du bist sehr unhöflich.«

»Weil *du* mir zu viel Sauce aufgetan hast?«

»Weil du dir nicht von mir zeigen lässt, wie man sie richtig …«

»Ich muss das nur schnell in Ordnung bringen. Lass meinen Arm los.«

»Geoff.«

»Setz dich hin, Josie.«

»Loslassen. Lass mich los!«

Ich blinzele zu meiner Mutter hinüber, die zurückblinzelt.

»Das ist alles«, sage ich. »So kam es, dass *mein* Teller in *seinem* Schoß landete. Es war ein Unfall. Oh, und er hat übrigens Oregano verwendet, was nicht sehr italienisch ist. Das ist griechisch, und du solltest sehr stolz auf mich sein, dass ich ihn nicht korrigiert habe.«

»Ja, du hast eine bemerkenswerte Zurückhaltung an den Tag gelegt. Kate sagt, du hättest gelacht.«

»Ich hab nicht gelacht.« Ich denke noch mal nach. »Nun ja, könnte sein, dass ich ein bisschen gekichert hab. Aber das kam von der nervösen Anspannung. Es war eine absolut spontane Reaktion, über die ich keinerlei Kontrolle hatte.«

»Und dann?«

»Na ja, was dann kam, weißt du ja schon.«

Kate und Geoff sprangen in diesem Chaos aus Sauce und Hose, Groll und Gram und – einem kleinen bisschen – Gekicher auf. Ich bot Geoff meine Serviette an, die er jedoch verschmähte, um dafür lieber die riesigen Mengen Papiertücher und den großen feuchten Schwamm zu Hilfe zu nehmen, die Kate aus der Küche holte. Sie säuberten ihn so gut sie konnten. Er erklärte seine Hose für ruiniert, wir nahmen unsere Plätze wieder ein, und Geoff machte ein großes Gewese um seine Hose, und Kate machte ein großes Gewese um Geoffs Gewese, und ich bat sie, mir den Brotkorb anzureichen, der zwischen ihnen stand, aber sie hörten mich nicht. Also griff ich hektisch und genervt selbst danach und stieß dabei, ich schwöre hoch und heilig, dass es keine Absicht war, Geoffs Rotweinglas um, und zwar, ja, genau, in seinen Schoß.

Kate bekam einen hysterischen Schreianfall – vor allem als ich etwas sagte wie »Der Schritt als Teil des ultimativen Genusses bei Tisch; wer hätte das gedacht?« –, dann rief sie Mutter an, damit sie mich abholen kam, die ich allein draußen auf den Stufen zu der Wohnung saß und leise kicherte.

# 11

Meine Eltern wollen sich in diese Querelen nicht hineinziehen lassen. Falls nötig, schlichten sie brisante Konflikte, die in unserer Familie selten sind. Sie sehen es allerdings lieber, wenn die Beteiligten ihre Differenzen selbst beilegen, bevor der Streit eskaliert.

Ein Unfall ist für mich schwerlich ein Konflikt, und er wäre nie passiert, wenn Kate Geoff nicht in unseren gemeinsamen Abend gezwängt hätte. Als Kausalzusammenhang betrachtet war es also voll und ganz ihr Fehler.

Ich scrolle schnell durch meine SMS und stecke das Handy dann weg, ohne auch nur eine davon zu lesen.

»Nichts von Kate dabei?«, fragt Stu.

Ich schüttele den Kopf.

»Sie redet immer noch nicht mit mir«, sage ich.

Wir gehen an diesem selten schönen Frühlingsnachmittag nach unserem Mittagessen im Fair Grounds zu Fuß zurück zur Highschool.

Stu stupst mich mit dem Ellbogen an und sagt: »Sie wird schon anrufen.«

»Wann? An meinem dreißigsten Hochzeitstag?«

»Ja«, erwidert er trocken.

»Wenn sie bis dahin wartet, gehe ich nicht ran.«

»Tust du doch.«

»Ja«, sage ich leise. »Du hast recht.«

Er stupst mich zum zweiten Mal mit dem Ellbogen an und sagt: »Sie wird anrufen, Josie. Und zwar viel eher, als du denkst.«

Ich danke Stu mit einem Nicken, hoffe aber eher, dass er richtig liegt, als dass ich mir da sicher bin. So was hat Kate noch nie gemacht, und ich kenne die Regeln in diesem Kampf nicht. Ich weiß nur, dass ich sie schrecklich vermisse. Auch wenn ich versuche, den Schmerz zu ignorieren, ist er immer da und wartet darauf, dass ich ihm meine Aufmerksamkeit schenke; egal, ob hinter meinen Spanisch-Hausarbeiten, meinen Spaziergängen mit Stu oder Stefans ansteckendem Lächeln – er lauert mir überall auf.

Ich spüre ihn zu Hause, an den Abenden, wenn Kate unter normalen Umständen zum Essen käme, nun aber absagt und mir von Mutter ausrichten lässt: »Sie hat keine Zeit.« Ich spüre ihn in der Schule, wenn Stefan irgendetwas Lustiges oder Süßes sagt, das ich Kate gern simsen würde, es aber nicht tun kann, da ich weiß, dass sie nicht antworten wird. Und am meisten spüre ich ihn beim Lauftraining, wenn ich an etwas anderes zu denken versuche, alle meine Gedanken aber wie eine Kompassnadel von der magnetischen Kraft des Problems angezogen werden, das ich zu ignorieren suche: Kate redet nicht mit mir, und das tut weh.

Immerhin finde ich beim Training irgendwann eine gute Ablenkung. Ich laufe mit Emmy Newall und lausche ihr, während sie Nick Adriani durch den Kakao zieht und mir erzählt, was für ein »Stück Scheiße« er doch sei, weil er so kurz vor dem Abschlussball mit ihr Schluss gemacht habe. Sie überlegt, ihm die Kosten für ihr Kleid, den Friseur und die Kosmetikerin in Rechnung zu stellen. Tage später höre ich mir dann an, dass sie sich wieder versöhnt haben, auch wenn sie immer noch wütend auf ihn ist. Sie kann sich nicht entscheiden, ob sie ihn lieben oder hassen soll, kommt dann aber lachend zu dem Schluss, dass es eigentlich auch egal sei, »weil beides doch ohnehin ganz dicht beieinanderliegt«.

»Finde ich nicht«, sage ich.

»Du warst ja auch noch nie verliebt.«

Weiß das eigentlich die ganze Welt?!

»Ich liebe meine Schwestern und bin ganz sicher, dass ich keine von ihnen so leicht hassen könnte«, sage ich.

»Ich rede von romantischer Liebe«, sagt sie. »Das ist nicht dasselbe.«

»Du meinst, wenn ich mich in einen Jungen verliebe, kann es jeden Moment passieren, dass ich anfange, ihn zu hassen?«

»Ja, vor allem, wenn er wie Nick ist und dir beinahe den Abschlussball versaut.«

Später an diesem Abend ruft Stefan an. Ich erzähle ihm, was Emmy über die Liebe gesagt hat, und frage ihn, ob er das auch so sieht.

»Keine Ahnung«, sagt er. »Ich war noch nie vorher verliebt.«

»Ja, ich auch nicht«, sage ich und bin froh, dass ich es endlich einer verwandten Seele gestehe.

»Cool.«

»Erklär mir doch mal, was du meinst, wenn du cool sagst«, sage ich.

»Wie meinst du das, was ich meine?«

»Na ja, es kann eine Menge bedeuten.«

»Ja, cool ist einfach cool, weißt du. Locker, lässig, cool. Alles klar. Was du willst.«

»Okay«, sage ich und hoffe, dass er mein Lächeln hört, als ich: »Cool« sage.

Ich spreche Stefan. Es ist eine nette, niedliche, einfache Sprache – genau das, was ich gerade brauche: eine Art Gegenmittel zu dieser quälenden Stille, der Sprache, die Kate gerade spricht.

Am Tag des Abschlussballs straft sie mich immer noch mit Schweigen. Maggie kommt gegen halb drei, um mir beim Frisieren und Schminken zu helfen.

»Die Farbe dieses Lippenstifts ist einfach perfekt für dich«, sagt sie, während sie ihn aufträgt. »Aber eigentlich hast du gar keinen nötig.«

Ich binde mir die Haare – natürlich – zu einem Pferdeschwanz und sehe zu, wie Maggie diesen mit der Rundbürste, die Kate mir bei ihrem Auszug geschenkt hat, zu einer großen Locke formt.

*Seufz.*

»Bitte sehr«, sagt Maggie zu meinem Spiegelbild, das ich erst erkennen kann, als ich meine Brille wieder aufgesetzt habe.

»Sehr hübsch«, sagt sie so, dass ich es ihr sogar beinahe abnehme. Auf jeden Fall bedanke ich mich dafür, dass sie es gesagt hat.

Maggie ist eine von drei schönen Frauen, die ich kenne, die mir keine Komplexe wegen meines Aussehens einflößen. Sophie ist die zweite. Kate war die dritte.

»Gefällt mir«, sagt Sophie und wiegt meinen gelockten Pferdeschwanz auf ihrer Handfläche.

Wir sind in ihrem Zimmer, völlig overdressed, um bloß rumzuhängen, aber heute ist schließlich Abschlussball. Sophie sieht in ihrem knielangen schokobraunen One-Shoulder-Kleid aus wie einem Katalog für Brautjungfern-Moden entstiegen. Ich sehe aus wie die Abschlussball-Begleitung von irgendwem, aber da ich das ja auch bin, macht es mir nichts aus.

»Stefan gefällt deine Frisur garantiert auch«, sagt sie, »aber erwarte nicht, dass er was sagt. Jungs machen so was nicht. Sie merken zwar, dass du anders aussiehst als sonst. Aber da sie nicht genau wissen, *was* anders ist oder wie sie es ausdrücken sollen, sagen sie einfach, dass du toll aussiehst. Wenn das also jemand zu dir sagt, bedank dich einfach. Frag ihn nicht, ob ihm irgendwas aufgefallen ist.«

»Gilt das auch für meinen perfekten Lippenstift?«, frage ich.

»Der ist echt perfekt. Aber erwarte nicht, dass Stefan das ausdrücklich so sagt. *Toll* ist das Äußerste der Gefühle. Mehr kannst du nicht erwarten. Pass mal auf, ich zeig's dir. Stu!«, ruft sie, als er gerade an ihrem Zimmer vorbeikommt. Er trägt einen Smoking, aber die Krawatte hängt ihm noch lose um den Hals.

»Na, was sagst du?«, fragt sie, zieht mich neben sich und gestikuliert zwischen uns hin und her, als wären wir Preise in *Der Preis ist heiß*.

Er zuckt die Achseln, sagt: »Ihr seht toll aus« und flieht, von unserem frechen Gekicher verunsichert, aus dem Zimmer.

»Kate redet immer noch nicht mit mir«, sage ich.

Ich stecke mir, peinlich darauf bedacht, keinen Krümel auf mein Kleid fallen zu lassen, ein riesiges Stück von einem Keks mit

Schokosplittern in den Mund, während Mrs Easterday bereits das zweite Blech in den Ofen schiebt.

»Das sieht Kate aber gar nicht ähnlich«, sagt sie und dirigiert mich mit einem Handwedeln aus dem Gegenlicht ihres Küchenfensters. »Bleib genau da stehen«, sagt sie und schießt ein Foto. »Vielleicht wirkte deine Entschuldigung nicht glaubwürdig genug«, sagt sie und betrachtet prüfend das Bild.

»Ich hab mich gar nicht entschuldigt«, erwidere ich kleinlaut.

»Hast du nicht? Hmm.«

»Na ja, das Ganze war doch ein Unfall.«

»Ja, natürlich«, sagt sie und lächelt mich mit ihren blassblauen Augen an, die durch die Brille leicht vergrößert wirken.

»Ich werde mich entschuldigen. Aber glauben Sie nicht, dass Kate sich auch bei mir dafür entschuldigen sollte, dass sie sich geweigert hat, mit mir zu reden?«

»Ich glaube, ihr zwei werdet das auf eure Art regeln«, sagt sie und bietet mir noch einen Keks an, den ich esse, während sie mir von den Bällen erzählt, die sie in meinem Alter besucht hat. Damals fanden alle Tanzveranstaltungen in der Turnhalle ihrer Schule statt. Sie tranken Punsch und aßen Plätzchen, und alle gingen um halb zwölf brav nach Hause. Ich glaube, ich hege nostalgische Gefühle für eine Zeit, die ich nie erlebt habe.

SMS an Kate, 16:47 Uhr
*Das mit den Spaghetti tut mir leid.*

SMS an Kate, 16:48 Uhr
*Und das mit dem Wein auch.*

SMS an Kate, 16:49 Uhr
*Das Ganze war WIRKLICH ein Unfall.*

Sie antwortet nicht.

Stefan kommt um fünf Uhr, unmittelbar vor Adam Gibson. Innerhalb weniger Minuten folgen auch Jen Auerbach und der eloquente Danny Shiever – die als Freunde zusammen auf den Ball gehen – und Emmy und Nick. Wir haben uns zu drei Paaren verabredet und machen bei uns zu Hause und bei den Wagemakers ein Gruppenfoto. Ross und Maggie sind hier, einfach nur um zuzusehen, und als Nick Adriani Maggie zu lange anstarrt, boxt Emmy ihn fest gegen die Brust.

Stu und Sarah gehen auf Sarahs Wunsch hin allein in ein kleines romantisches Restaurant, das Stu mir bereits als uninteressant beschrieben hat. Adam führt Sophie heute Abend mit einer Gruppe von seinen Freunden aus, um das hübscheste Mädchen der Schule als *seine Freundin* zur Schau zu stellen. Auch er starrt Maggie ein bisschen zu lange an, aber Sophie bemerkt es nicht mal.

Er sagt ihr bei der Begrüßung, dass sie toll aussieht.

»Und ich meine auch toll«, sagt er.

»Ach, sei still«, sagt sie und strahlt.

Emmy sagt zu ihr: »Du siehst so gut aus, dass ich dich hasse«, und Sophie quittiert das Kompliment mit ihrem Standardspruch: »Ach, sei still, das ist doch Quatsch.«

Stefan begrüßt mich mit: »Schönes Kleid« anstelle von »Hallo«, also erwidere ich in Stefan-Sprache: »Schöner Anzug«.

Später lächele ich ausreichend, wenn auch etwas krampfhaft, in die Kameras von Dad und Uncle Ken. Und während ich posiere, denke ich an Kate, die immer noch nicht mit mir redet und nicht einmal hier ist. Dass mir das Kummer bereitet, ist schwer zu verbergen. Nicht unmöglich, aber schwer.

Es ist ein wunderbar blauer Samstag, den Mrs Easterdays blühende Forsythien noch sonniger erscheinen lassen, wie ich finde. Mit fast 23 Grad ist es an diesem zehnten Mai etwas wärmer als normal. Sophies Wunsch ist in Erfüllung gegangen. Hässliche Mäntel werden keine gebraucht.

Erst posieren wir ausführlich im Vorgarten der Wagemakers und präsentieren uns noch eine Zeitlang Mrs Easterday und einigen anderen Nachbarn, die extra zum Zugucken vor die Tür getreten sind. Dann holen wir unsere Handtaschen wieder bei denen ab, die für uns darauf aufgepasst haben, und gehen zu den jeweiligen Autos. Stefan hält mir die Tür auf, und ich bin schon mit einem Fuß im Wagen, als ich jemanden »Josie! Josie!« rufen höre. Als ich aufschaue, kommt Kate über die Straße gelaufen. Sie begrüßt mich mit einer schnellen Umarmung und einem Kuss, womit sie zwar nicht unseren Konflikt beilegt, wohl aber ihren schrecklichen kleinen Feldzug gegen mich beendet.

Nie werde ich ihr erzählen, wie sehr sie mich verletzt hat.

»Ich bin so froh, dass ich dich nicht verpasst habe«, sagt sie.

»Dreißig Sekunden später, und es wäre so gewesen«, sage ich. So leicht lasse ich sie nicht vom Haken, vor allem, da sie sich für ihren Part in dem Ganzen noch nicht entschuldigt hat.

»Ich bin Kate«, sagt sie fröhlich zu Stefan, schüttelt seine Hand und wiederholt, was ich gesagt habe: »Schöner Anzug«, aber in einer vollkommen anderen Sprache als ich, einer Sprache, von der ich wünschte, ich hätte sie gesprochen. Sie hat Stefans Anzug nämlich aufmerksam beäugt, bevor sie diese Einschätzung abgegeben hat, weshalb ihr Kompliment auch wirklich wie ein Kompliment rüberkommt und nicht wie eine scherzhafte Begrüßung klingt.

»Lass uns ein Foto machen«, sagt sie zu mir. »Dad!«

Dad dirigiert uns zu einer Stelle im Vorgarten der Wakemakers. Auf dem Weg dorthin berührt Kate vorsichtig meine Pferdeschwanzlocke und sagt: »Hübsch. Das gefällt mir. So was könnte ich mir auch für die Hochzeit vorstellen.«

Dad macht ein paar Fotos und befindet sie nach rascher Prüfung sämtlich für exzellent – dabei kann der Mann ohne seine Brille, die er nicht trägt, gar nichts sehen –, und Kate strahlt mich an, während sie mir zuflüstert: »Kannst du dir vorstellen, wie lustig es mit ihm bei der Hochzeit werden wird?«

Und währenddessen ist mir die ganze Zeit über latent übel. Aber schlimmer übel, als wenn man durch ein unerwartetes Schlagloch auf einer ansonsten makellosen Landstraße fährt. Eher so, als würde wiederholt ein großes Gewicht von meiner Kehle in meinen Magen tropfen.

»Viel Spaß euch beiden!«, sagt Kate, umarmt mich und schickt mich zu Stefan zurück.

Während ich meiner Familie zum Abschied winke, denke ich über die nur notdürftig unterdrückten Gefühle nach, die Kates Auftritt in mir aufgewirbelt hat. Und auch die Fahrt zum Restaurant verbringe ich in stiller, wenn nicht gar verärgerter Kontemplation, die nur ein- oder zweimal von Stefan unterbrochen wird.

»Worüber denkst du nach?«, fragt er mich.

»Kate«, sage ich jedes Mal und versinke wieder in meinen Gedanken.

Dieser angebliche Waffenstillstand besänftigt mich keineswegs. Er gefällt mir, aber er besänftigt mich nicht. In Wahrheit bin ich sogar noch beunruhigter als vorher – oder *genauso* beunruhigt; jedenfalls ganz bestimmt nicht *weniger* –, und zwar weil diese ganze Schweige-Episode eigentlich absolut untypisch für Kate war. Nun ja, zumindest für Kate, bevor sie Geoffrey Stephen Brill kennenlernte.

»Wie kann Person A behaupten, Person B zu lieben, wenn Person B vollkommen falsch für Person A ist? Und wie kann Person A unfähig sein, das zu erkennen?«, frage ich.

»Wie bitte?«, sagt Stefan. »Von wem sprichst du?«

»Kate und Geoff«, sage ich. »Er ist absolut der Falsche für sie. Aber sie kapiert es nicht. Er vergiftet unser gutes Verhältnis. Er sorgt noch dafür, dass sich die ganze Familie zerstreitet, und darum muss ich ihn loswerden. Ich greife ungern zu einer Perfidie, aber ich muss Kate die Augen öffnen.«

»Perfiwas?«

»Perfidie. Eine Gemeinheit. Wie in perfide.«

»Gab es eigentlich schon mal einen Vokabeltest, in dem du keine Eins hattest?«

»Ehrlich gesagt nein.«

»Wundert mich nicht.«

»Wieso? Drücke ich mich irgendwie komisch aus?«

»Nein, alles cool. Ich bin froh, dass du von deiner Schwester sprichst. Ich dachte schon, du meinst uns.«

»Uns? Wir sind doch nicht vollkommen falsch füreinander, oder?«
»Nein, *ich* finde nicht.«
»Wir haben schließlich etwas gemeinsam: unsere Körpergröße«, sage ich neckisch, und Stefan grinst. »Nein, keine Sorge. Ich meinte nicht uns. Das würde ja voraussetzen, dass einer von uns in den anderen verliebt ist, aber soweit ich weiß, ist das ja nicht so.«
»Oh. Cool«, sagt er, und nach diesem *Cool* versinkt er für den größten Teil des Abends in etwas, das ich nur als stille Kontemplation beschreiben kann.
Ich mag diese Seite an ihm, und da ich seine Sprache spreche, spare ich mir die Frage *Worüber denkst du nach?* Denn die Frage *Worüber denkst du nach?* – oder schlimmer noch: *Was würde ich dafür geben, jetzt deine Gedanken lesen zu können* – unterbricht den Fluss der Ideen, die in stiller Kontemplation aufkeimen und sich entfalten, bis sie entweder einen Angriffsplan, einen Beschluss oder das Bedürfnis hervorbringen, *wie?* oder *warum?!* zu schreien.

Beim Essen fragt Jen flüsternd: »Ist mit Stefan alles in Ordnung?«
»Ja, dem geht's gut.«
Sie sieht mich mit großen Augen an und wartet – hofft – auf mehr, aber ich kann ihr nur sagen: »Ja, wirklich.«
Später auf der Damentoilette fragt Emmy für meinen Geschmack ein bisschen zu enthusiastisch: »Habt ihr euch auf dem Weg hierher gezofft?«
»Nein. Stefan denkt bloß nach.«

»Worüber denn?«
»Weiß ich noch nicht. Das wird er mir schon sagen, wenn er fertig ist.«
Daraufhin sieht sie mich genauso an, wie Jen mich vorher angesehen hat – so als wüsste sie etwas, was ich nicht weiß.
Auf dem Abschlussball plaudern Stefan und ich nett miteinander, und er lacht sogar ein bisschen, als ich ihm erzähle, wie ich meine Mutter über die Hygienestandards für die Röhrchen ausgequetscht habe, in die man pusten muss, bevor man eingelassen wird. Die Aufsichtspersonen haben vor einigen Jahren nämlich *endlich* festgestellt, dass die Paare, die zum Ball kamen, total dicht waren, und seitdem führt die Schulleitung Alkoholtests am Eingang durch. Meine Mutter musste mir versichern, dass jeder in sein eigenes Plastikröhrchen bläst, sonst hätte ich den Test verweigert – ich, die ich außerhalb der Kirche noch nie im Leben einen Tropfen Alkohol zu mir genommen habe. Und trotzdem hat mir dieser Test Sorgen bereitet. Was, wenn ich nicht fest genug hineinpuste? Was, wenn ich zu fest puste? Oder zu lange? Oder nicht lange genug? Das ist schließlich ein Test, und ich wollte gleich beim ersten Anlauf alles richtig machen.
»Nur du kannst eine Eins für das richtige Durchführen eines Alkoholtests bekommen wollen«, sagt Stefan mit einem dümmlichen Grinsen, was mich in die Verlegenheit bringt, zuzugeben, dass er recht hat.
Beim Tanzen fragt er mich: »Wie nennt man Leute, die über irgendwas brüten, das ihnen schwer auf der Seele liegt?«
»Tust du das?«, frage ich und neige den Kopf nach links, um ihn anzusehen.

»Na ja, vielleicht nicht unbedingt brüten. Aber was wäre ein gutes Wort für nachdenken?«

»Reflektieren, meditieren, sinnieren«, sage ich.

»Mensch, wo warst du letztes Semester? Du hättest mir bei all meinen Problemen im Eignungstest fürs College helfen können.«

Dann vergehen einige Sekunden, und wir nähern uns dem Ende des Songs, als er sagt: »Du musst wissen, dass ich dich wirklich gerne mag, Josie.«

»Ich mag dich auch wirklich gerne.«

»Ja?«, fragt er. »Gut.«

Aber dieses Eingeständnis kommt mir irgendwie seltsam vor. Ich hätte das zwischen uns für selbstverständlich gehalten. Wenn Person A einwilligt, mit Person B zum Abschlussball zu gehen, welche Person A vorher gefragt hat, dann kann man doch vernünftigerweise davon ausgehen, dass Person A und B sich gegenseitig mögen.

Ich bin drauf und dran, ihm das zu sagen, aber in seiner Sprache, nicht in meiner, als der Anblick von Stus gequälter Miene mich ablenkt und ich fast lachen – oder zumindest leise kichern – muss. Denn Stu ist offensichtlich tödlich gelangweilt, während er mit Sarah Selman tanzt, die sich geradezu an seinen Hals hängt. Sie sieht aus wie ein riesiges pinkfarbenes Trocknertuch, das via statischer Aufladung vorn an Stus Smoking klebt.

Ich verberge mein Gesicht an Stefans Hals, um nicht laut loszuprusten, und er überrascht mich, indem er seinen Kopf an meinen lehnt. So tanzen wir bis zum Ende des Songs und lächeln uns dann an. Ich kann sein Lächeln nicht so recht deuten, und ich weiß, dass er meins auch nicht deuten kann. Denn es ist das

Lächeln, das ich mir eigentlich für Emmy aufhebe und nur dann herauskrame, wenn ich mal wieder auf die Schnelle eine ihrer bissigen Bemerkungen in meine Sprache übersetzen muss. Das Lächeln, das ich aufsetze, während ich mir einen Reim auf das zu machen versuche, was sie sagt.

Ich habe eigentlich keine Lust, die Anschlussparty nach dem Ball zu besuchen, willige aber ein, da sie im Eintrittspreis inbegriffen ist. Allerdings halte ich es dort nur dreißig Minuten aus, bis meine seelische Verfassung Schaden zu nehmen beginnt.
Denn schon seit geraumer Zeit habe ich genug von:
- lauter Musik
- blinkenden Lichtern
- ständiger Bewegung
- ständigem Lärm
- schreien, um sich unterhalten zu können
- nur mühsam hören können, was der andere sagt
- OmeinG*tt-Sagen
- OmeinG*tt-Übersetzen

Mein Nervensystem ist vollkommen überreizt, und ich brauche dringend Frieden, Einsamkeit, Stille, Dunkelheit und Ruhe. Und es sollen unbedingt alle aufhören, mich anzufassen – Freunde, die mich am Arm berühren, wenn sie mir etwas sagen wollen, Leute, die sich in der Menge an mir vorbeiquetschen, und sogar Stefan und ich uns gegenseitig, wenn wir tanzen. Das alles ist mir viel zu viel.
Stefan wusste das vorher von mir. Ich habe ihm erklärt, dass ich mich schnell überreizt fühle, und sogar angeboten, dass meine

Eltern mich abholen, damit er weiterfeiern kann, und wiederhole mein Angebot jetzt noch einmal.

»Nein, alles cool. Ich komme mit«, sagt er, und mehrere lange, luxuriöse Augenblicke lang sitzen wir einfach nur in seinem Auto und saugen die Stille in uns auf. Ich könnte die gesamte Heimfahrt so verbringen. Und ich verbringe auch die gesamte Heimfahrt so und empfinde fast so etwas wie Enttäuschung darüber, dass die beruhigende Autofahrt vorbei ist, als Stefan in unsere Einfahrt abbiegt.

»So«, sagt er, als wäre das ein vollständiger Satz.

»Ich würde dich ja noch einladen, mit reinzukommen, aber ich bin so müde, dass ich ohnehin sofort einschlafen würde.«

»Warte aber noch so lange, bis ich dir was gesagt habe. Oder dich was gefragt habe.« Er denkt kurz nach, während er seine großen goldenen Augen nach oben und rechts bewegt. »Oder beides.«

»Okay«, sage ich und warte.

Er atmet ein. Und aus. Windet sich. Atmet wieder ein.

»Du hast zwar, ähm, du hast gesagt, keiner von uns, aber, nun ja, was würdest du sagen, wenn ich dir sagen würde, dass ich dich sehr mag?«

»Das hast du schon«, sage ich und lächele, weil er süß ist, wenn er nervös ist.

»Nein, ich meine sehr«, sagt er sehr ernst. »Wirklich sehr.«

Ich denke schnell nach, versuche *sehr* zu dechiffrieren, es in eine Sprache zu übersetzen, die ich verstehe, denn im Augenblick weiß ich nicht, was es in Stefans Sprache bedeutet. Sehr ist sehr, in hohem Maße, besonders, beträchtlich. Aber warum dieser große Ernst? Und gerade als ich glaube, dass mir was dämmert, sagt er: »Josie, ich glaube, ich könnte mich in dich verlieben.«

»Echt?«, frage ich erstaunt. Wirklich erstaunt. »Wieso?«

»Wieso?« Er lacht beinahe.

»Ja. Ich meine nicht, warum in mich? Ich meine, warum glaubst du, du könntest es tun? Dich verlieben, meine ich. Das würde dann automatisch in mich implizieren, also meine ich vielleicht auch warum in mich, aber eher *warum* als *in mich*.«

»Na ja«, sagt er und lacht kurz auf. »Genau das ist einer der Gründe. Die Art, wie du redest. Ich weiß nie, was mich erwartet, aber es ist immer gut. Auch wenn es manchmal ein bisschen dauert, bis ich es verstehe.«

»Bis du es übersetzt hast«, sage ich. »Das mache ich auch die ganze Zeit.«

»Genau. Manchmal brauche ich kaum was zu sagen. Es kommt mir vor, als wüsstest du immer was zu sagen, wenn mir gerade nichts einfällt. Das ist toll. Du bist witzig. Du bist interessant. Du bist klug. Und …« Er beugt sich vor und greift nach meiner Brille, was mich zusammenzucken lässt. »Entschuldige«, sagt er und nimmt sie mir ab.

»Dir ist schon klar, dass ich …?«

Er küsst mich.

»… ohne sie nichts sehen kann?«, sage ich.

»Dann mach die Augen zu«, sagt er und küsst mich noch mal, und diesmal denke ich über den Kuss nach, seinen Kuss, seine Lippen, seine Zunge und seine Zähne, als unsere Zähne aneinanderstoßen, und all das ist angenehm. Ganz weich und schöner, als ich es mir vorgestellt habe. So weich und so schön, dass es

völlig anders auf mein Nervensystem wirkt, als es sollte. Es überreizt mich nicht, es beruhigt mich.
Irgendwann rückt er ein paar Zentimeter von mir ab und sagt: »Jetzt wäre ein guter Zeitpunkt, mir zu sagen, was du für mich empfindest.«
»Ja, jetzt *wäre* ein guter Zeitpunkt«, sage ich fast. Es ist eine exzellente Idee mit einem perfekten Timing. Er wartet und sieht mich gespannt an, während ich über diese ganze Situation nachdenke.
»Glaubst du, ähm, glaubst du, du könntest dich auch in mich verlieben?«, fragt er.
»Darf ich darüber nachdenken?«, frage ich. »Ich möchte nämlich nichts Falsches sagen.«
Ich meine das vollkommen ernst, und Stefan lächelt sein ansteckendes Lächeln und sagt: »Ja. Wenn jemand anders das gesagt hätte, wäre ich vielleicht beleidigt, aber wenn du das sagst … Siehst du, das ist der Grund, warum ich wirklich glaube, dass ich mich in dich verlieben könnte.«
Und er küsst mich noch einmal, was mir anfangs auch gefällt, aber ich gestehe, dass ich jetzt mehr auf die Frage und ihre potentielle Beantwortung konzentriert bin als auf seine Lippen. Was zu schade ist, weil ich wahrscheinlich einen richtig guten Kuss verpasse.

# 12

Als ich um 7:10 Uhr aufwache, finde ich eine Handvoll SMS wie diese von Jen Auerbach auf meinem Handy:

SMS von Jen, 0:53 Uhr
*Du verpasst echt was auf dieser Party ruf mich an wenn du das liest es sei denn das ist vor 14 h was wahrscheinlich ist also ruf mich nach 14 h an.*

Als ich die restlichen Nachrichten durchscrolle, finde ich diese hier von Stefan, die er mir gestern direkt nach dem Nachhausekommen geschickt haben muss:

*Nacht, Josie. War ein toller Abend mit dir. Danke.*

Lächelnd scrolle ich weiter runter.

SMS von Stu, 7:03 Uhr
*Sarah hat gestern Abend mit mir Schluss gemacht.*

SMS an Stu, 7:13 Uhr
*Stefan hat gesagt, er könnte sich in mich verlieben.*

SMS von Stu, 7:14 Uhr
*Und was hast du gesagt?*

SMS an Stu, 7:14 Uhr
*Brauche Zeit, um darüber nachzudenken.*

SMS von Stu, 7:15 Uhr
*Sarah hat geweint.*

SMS an Stu, 7:15 Uhr
*Stefan nicht.*

SMS von Stu, 7:16 Uhr
*Ich auch nicht.*

SMS an Stu, 7:16 Uhr
*Ich möchte die ganze Geschichte hören. Sag Auntie Pat, dass ich zum Frühstück komme. In 15 Min. in eurer Küche.*

Ich sitze in der Küche der Wagemakers am Granittresen und knabbere an meinem Buttertoast herum, als Kater Moses auf den Hocker neben mir springt, der Stus Platz wäre, wenn er schon hier wäre. Stu ist ein Pseudo-Morgenmensch – früh hellwach und zu stringenter Argumentation fähig, aber noch stundenlang zu faul, sich aus dem Bett zu bewegen, wenn er die Wahl hat. Ich tauche meine Fingerspitze in geschmolzene Butter und halte sie Moses zum Ablecken hin, bevor Auntie Pat etwas davon mitbekommt.

Als ich Stu auf der Treppe höre, kraule ich Moses am Kopf und hebe ihn in meine Arme, um ihn auf den Fußboden zu setzen. Aber er entwindet sich meinem Griff, und ich verliere den Halt.

Er springt vom Hocker, während ich umkippe und, die Beine und Arme in den seltsamsten Winkeln zusammengefaltet, als Schweizer-Taschenmesser-Josie vor Stus Füßen auf dem Boden lande.

»Guten Morgen«, bringe ich trotzdem hervor, blicke hoch und entfalte mich wieder.

»Beeindruckend«, sagt er, während er sich hinsetzt. »Sogar für deine Verhältnisse.«

»Stu! Josie!«, ruft Auntie Pat und eilt herbei, um mir aufzuhelfen.

»Dieser Kater kommt nie wieder freiwillig in meine Nähe«, sage ich und rücke meinen Pferdeschwanz gerade, sobald ich wieder in der Vertikalen bin.

»Selbst *ich* traue mich das ja kaum noch«, sagt Stu mit einem übertrieben verwirrten Blick.

Innerhalb weniger Minuten sitzen wir wieder am Frühstückstresen. Stu isst Müsli und antwortet mir zwischen den einzelnen Löffeln mit vollem Mund, was mir nichts ausmacht. Ich spreche auch Stu mit vollem Mund.

»Euer Essen war also langweilig«, sage ich, seine Geschichte bis hierhin rekapitulierend. »Der Abschlussball war okay. Und was ist dann auf der Anschlussparty passiert?«

»Jie wur… jauer au mi«, sagt er.

Sie wurde sauer auf mich.

»Warum?«

Er schluckt runter, und ich lege eine Hand auf seinen Arm, um zu verhindern, dass er gleich den nächsten Löffel nachschiebt. Ich spreche zwar Stu mit vollem Mund, aber ich möchte das jetzt laut und deutlich hören.

Er schiebt die Schüssel weg, sieht mich an und sagt: »Sie hat mir gesagt, dass sie in mich verliebt ist.«
»Und du hast nicht gesagt, dass du sie auch liebst!«, rufe ich fröhlich und schnell dazwischen, bevor er die Geschichte zu Ende erzählen kann.
»Yep. Richtig. Hab ich nicht.«
»Ich wusste es«, sage ich leise.
»Sie rennt also raus und ich hinter ihr her, und weil wir danach nicht mehr reinkommen, fahre ich sie nach Hause, was ihr die Gelegenheit gibt, die ganze Zeit aus nächster Nähe ihr Gift zu verspritzen und meine Vergehen aufzuzählen. Unter anderem dass ich nie zuhöre, auf ihren Gefühlen rumtrample, sie nicht liebe – wobei sie wohl ignoriert hat, dass ich ihr immer nur gesagt habe, dass ich sie *mag* – und dass ich ihr den Abend verdorben habe, der der schönste ihres Lebens werden sollte.« Er seufzt.
»Und was hast du gesagt?«
Er zieht die Schultern hoch und gesteht widerstrebend: »Dass es mir leidtut und ihr nächster Ball hoffentlich schöner für sie wird.«
»Oje.«
»Ja, diese Antwort hat sie auch nicht gerade glücklicher gemacht. Sie hat angefangen zu weinen.«
Stu hasst es, wenn Mädchen weinen. Er sagt, dass kein Junge weiß, wie er darauf reagieren soll, und er in solchen Momenten immer Angst bekommt, dass er dem Mädchen sein Auto anbietet oder seine Nieren, nur damit sie aufhört. Er bezeichnet das als einen mündlichen Vertrag, sagt aber, dass er den auf jeden Fall brechen würde.

Ich erkundige mich nach seinem Auto und seinen Nieren, und er sagt: »Ich bin weiterhin im Besitz von allen dreien.«
»Allen *dreien*?«, frage ich, während er seine Schüssel wieder zu sich hin zieht. »Das setzt voraus, dass du nicht einer der seltenen Menschen mit drei Nieren bist.«
»Ja, johe i ha che… la.«
*Ja, sollte ich mal checken lassen.*

»Ich mag ihn«, sage ich am Samstag darauf zu Kate. Wir liegen Kopf an Kopf auf ihrem Bett und betrachten die langen, kurvigen Schatten, die die Straßenlaternen und Vorhänge auf ihre Wände und die Decke werfen.
»Das ist sehr schön, Josie«, sagt sie. »Aber glaubst du, daraus könnte Liebe werden?«
»Ich weiß es nicht.« Ich habe ihr gerade erst von Stefan erzählt. »Wie kann man so was vorhersagen? Hast du Geoff am Anfang gern gemocht und dann irgendwann entdeckt, dass Liebe daraus geworden war?«
»Ich weiß nicht, wie ich es erklären soll … Ich wusste einfach irgendwann, dass ich in ihn verliebt war. Ich meine, natürlich mochte ich ihn von Anfang an, aber dann, ja, ich glaube sogar ziemlich schnell, ist mehr draus geworden.«
»Warum? Und wie? Woran hast du es gemerkt? Und wo wir gerade beim Thema sind: Du mochtest Geoff echt auf Anhieb?«
»Josie, wir waren uns doch einig. Kein Geoff heute Abend.«
»Kein Geoff live und in eigener Person«, stelle ich klar.
»Du hast gesagt ›kein Geoff‹, und ich hab dir versprochen, kein Geoff. Das dehne ich auch auf unsere Gespräche aus.«

»Ich versuche ja nur zu verstehen, warum du ihn heiraten willst.«

»Nein, tust du nicht. Du versuchst, einen Streit mit mir über ihn zu provozieren. Ich weiß, dass du ihn nicht magst.«

Ich stütze mich auf meine Ellbogen.

»Ich glaube einfach nicht, dass er der Richtige für dich ist«, sage ich.

»Ach ja?« Sie setzt sich auf. »Und wer, glaubst du, ist der Richtige für mich?«

»Jemand anders als Geoff.«

»Zum Beispiel?«

»Such dir einen aus. Ich fühle ihm dann auf den Zahn und sag dir Bescheid. Oder besser noch: Lass mich diesmal einen für dich aussuchen.«

»Josie«, sagt sie und hält eine Hand hoch, als wäre ich ein Auto, das sie anhalten will. »Ich diskutiere nicht mit dir, und ich werde Geoff auch nicht verteidigen.«

»Weil du verlieren würdest, denn es gibt keine Argumente für ihn.«

Sie reckt mir erneut ihre Verkehrspolizisten-Hand entgegen. Das ist neu, und es gefällt mir ganz und gar nicht. Dann wiederholt sie sich – *Ich diskutiere nicht mit dir* –, was mir noch weniger gefällt.

»Erzähl mir von Stefan«, sagt sie, und nach einigen angespannten Sekunden, in denen ein Patt herrscht, lasse ich mich wieder auf ihr Bett fallen. Sie macht es mir nach und imitiert auch meinen Seufzer, versucht sich jedoch bei mir einzuschmeicheln, indem sie mich mit der Schulter anstupst.

»Ich weiß, dass du versuchst, mich vom Thema abzulenken«, sage ich.
»Es ist unmöglich, dich vom Thema abzulenken. Aber ich hab dich trotzdem lieb.«
»Ich weiß«, sage ich und stupse sie ebenfalls mit der Schulter an. »Ich dich auch.«
Wir reden über Stefan und alles, was ich an ihm mag, bis wir irgendwo zwischen seinem Lächeln und seiner Art zu küssen einschlummern.

Am Morgen höre ich ein Telefongespräch mit, das Kate mit Geoff führt.
»Ja, wir hatten einen sehr schönen Abend«, sagt sie, »und es hat perfekt funktioniert. Ich hab genau das gesagt, was du vorgeschlagen hattest, und dabei die Hand hochgehalten, so wie du es mir gezeigt hast.«
Wie bitte?!
»Fabelhaft«, sagt sie kichernd. »Ich glaube, Josie hat zum ersten Mal im Leben ihren Meister gefunden.«

Meine Eltern holen mich um zwanzig vor zehn für die Kirche ab, und statt einer Begrüßung sage ich zu ihnen: »Ich möchte, dass ihr wisst, dass ich Geoffrey Stephen Brill nicht mehr lange hinnehmen werde. Ich habe weder die Absicht, dieser Hochzeit beizuwohnen, noch werde ich jemals wieder mit Geoff sprechen, wenn Kate die Sache durchzieht. Bitte nehmt euch kurz die Zeit, euch vorzustellen, wie spaßig dann die Feiertage sein werden. Wenn euch davor genauso graut wie mir, solltet ihr euch meinem

Widerstand gegen diese Hochzeit anschließen. Der Mann wird durch seine bloße Anwesenheit die perfekte Harmonie zerstören, die in unserer Familie herrscht. So, soll ich uns jetzt mit einem erbaulichen Bericht über die Ereignisse des gestrigen Abends aufheitern?«

»Wenn es dir nichts ausmacht, Schatz«, sagt meine Mutter, und ich tue ihr den Gefallen, lasse Kates neuen Job als Verkehrspolizistin aber unerwähnt.

# 13

Stefan und ich werden den ganzen Mai hindurch mit Lernen für die Prüfungen, Klausuren sowie Leichtathletik- und Baseball-Landesfinals auf Trab gehalten. Keins von unseren Teams erreicht eine nennenswerte Platzierung, aber jedes Team, das zum Landesfinale fährt, ist eine gute Ablenkung von der generellen Lethargie, die alle – selbst die Lehrer – gegen Ende des Schuljahres befällt.

In der dritten Maiwoche sind wir alle erschöpft und wandeln mit schweren Lidern durch etwas stillere Flure.

Und die Stille ist angenehm.

Stefan und ich telefonieren an den meisten Abenden. Ich war ein paarmal zum Essen bei ihm zu Hause oder um Video-Spiele zu spielen, worin ich furchtbar schlecht bin. Was dazu führt, dass er hemmungslos grinst, während er mich ein ums andere Mal vernichtend schlägt. Seit dem Abschlussball war er nicht mehr bei uns, einfach weil es sich nie ergab. Und keiner von uns hat je wieder das Thema der potentiellen Liebe aufgegriffen, da in unseren Gesprächen andere Themen dominierend sind.

Ich hab schon fast alle siebenunddreißig Fragen an ihm ausprobiert, die ich mir für Geoff ausgedacht habe.

Die letzte, bevor ich ihn frage, wie er das Wort Tipi findet, lautet: »Du kommst in den Besitz eines Zaubertranks, der für alle Zeiten jede Art von Krebs besiegen kann, wenn er von einem Menschen getrunken wird, den du liebst, aber dieser Mensch wird daran sterben. Würdest du den Zaubertrank jemandem verabreichen, den du liebst, oder würdest du ihn unangetastet lassen?«

»Coole Frage«, sagt er, als wir neben meinem Schließfach stehen. »Darüber muss ich nachdenken.«

Er denkt bis zum nächsten Morgen darüber nach und gesellt sich dann erneut am Schließfach zu mir. Die Kurse an der Cap haben schon vor zwei Wochen aufgehört, und da ich eine Frühaufsteherin bin, komme ich jeden Morgen in die Highschool, um meiner ehemaligen Spanischlehrerin bei der Korrektur der Klausuren zu helfen. Stu schläft einfach aus.

Es ist der letzte Freitag im Mai, der letzte Freitag des Schuljahres, und in den Fluren ist es ruhiger und sogar noch trostloser als sonst, weil draußen ein Dauerregen vor sich hinplätschert, der nicht genug Mumm hat, um Donner und Blitz oder irgendwas anderes Interessanteres als Regenwasser zu produzieren.

Emmy Newall kommt hereingestapft und zieht von allen Seiten nasse Haare aus ihrem Gesicht.

»Schirm vergessen?«, fragt Stefan sie.

»Offensichtlich«, sagt sie im Vorbeigehen, woraufhin Stefan nur lacht.

Ich falte meinen eigenen Schirm zusammen und hänge ihn in mein Schließfach.

»Also, zu diesem Zaubertrank, der den Krebs besiegt, wenn ihn jemand trinkt, den ich liebe«, beginnt Stefan. Dann lächelt er mich an, und zwar vielsagender, als ich ihn je habe lächeln sehen. Es sind seine Augen, die den Unterschied hervorbringen. Ich fühle, wie ich knallrot anlaufe – oder mir zumindest warm wird –, gebe mir aber alle Mühe, es zu ignorieren.

»Einem Menschen, den ich liebe, könnte ich das einfach nicht antun«, sagt er.
»Weißt du, was sogar noch interessanter wäre?«, frage ich. »Was wäre, wenn du ihn einem Menschen geben würdest, den du liebst, aber er stirbt gar nicht, weil sich herausstellt, dass du ihn gar nicht wirklich liebst?«
»Meiner Gefühle für einen bestimmten Menschen bin ich mir aber ziemlich sicher. Weshalb du heute keinen Zaubertrank in deinem Schließfach finden wirst.«
Dann geben wir uns schnell einen Kuss, bevor wir zur ersten Stunde gehen und ich mich frage, wie es sich wohl anfühlen würde, wenn ich mir meiner Gefühle für ihn sicher wäre. Ich bin nicht sicher, ob ich es riskieren würde, ihm den Zaubertrank zu geben. Und ich würde es mir nie verzeihen, wenn ich dafür verantwortlich wäre, dass ich den Krebs nicht ausrotte, wenn ich die Chance dazu hätte.

Stefan ist wahnsinnig geduldig und völlig entspannt, während ich weiter unsicher über meine Seite unserer Beziehung bin. Er kommt an diesem regnerischen Abend zu uns zum Essen, muss sich vorher aber die medizinische Antiquitätensammlung meines Vaters ansehen und bezeichnet die Geburtszangen, die zur Zeit des Amerikanischen Bürgerkriegs verwendet wurden, als cool, während er sie auf- und wieder zuschnappen lässt.
Dann erregen die blauen und braunen Glasflaschen mit den zerbröselnden gelben Etiketten seine Aufmerksamkeit: *Schaffners berühmte Influenza-Mixtur, Dr. Bicknells Blutreiniger, Dudas Feigensirup gegen Verstopfung, auch für Kinder geeignet.*

»Alles Quacksalber«, sagt mein Vater manisch grinsend.
»Das ist ein Josie-Wort«, sagt Stefan.
»Kannst du dir denken, was alle diese Arzneien gemeinsam haben, Stefan?« Er schüttelt den Kopf, und mein Dad sagt: »Heroin.«
»Nein!«, sagt Stefan, und mein Dad erzählt uns kurz etwas über die hochgiftige Geschichte der Medizin, und nachher erzählt Stefan mir, dass er eines Tages einen Hund namens Quacksalber haben will.
»Und eine Katze namens Perfidie«, fügt er hinzu.
Später, als es still im Haus ist, nur noch wenig Licht brennt und Stefan und ich allein im Wohnzimmer sind, küssen wir uns noch ein bisschen, und dann noch ein bisschen mehr. An meinen Lippen fühlt sich das weich und gut an, in meinem Bauch aber seltsam, und in meinem Kopf sogar noch seltsamer, während ich überlege, wie genau ich das Gefühl in meinem Bauch beschreiben könnte. Es ist weder Schmerz noch Übelkeit, aber eine Art von Unbehagen.
Schließlich rutsche ich ans andere Ende des Sofas und sage leicht scherzhaft, ich bräuchte ein bisschen Luft.
Dann führe ich mein frühes Aufstehen und die lange Fahrt als Grund an, den Abend für beendet zu erklären, und verabschiede ihn. Meine Prüfungen sind schon vorbei, und ich werde die nächsten vier Schultage schwänzen und morgen für einen Monat nach Michigan fahren. Das Chaos, das während der letzten Schultage immer in den Schulfluren herrscht, wenn sich alle laut schreiend unterhalten und sich gegenseitig in die Arme fallen und ihr Gerümpel aus den Schließfächern auf dem Boden verteilen, werde ich ganz gewiss nicht vermissen.

Seit der Zeit vor meiner Geburt mieten meine Eltern jeden Sommer für vier Wochen eins der vielen Cottages am Lake Michigan; in einer Stadt namens Holland, die ursprünglich mal von Holländern erbaut wurde, zu denen auch die wahnsinnig blonden Vorfahren von Uncle Ken und Auntie Pat gehörten. Sie waren es auch, die meinen Landratten-Eltern diesen Ort überhaupt erst gezeigt haben.

In Holland ist das Hope College beheimatet, das wahnsinnig blonde Gegenstück zur Cap, wo ich im letzten Sommer eine *Einführung in die globale Politik* besucht habe. Diesen Sommer habe ich mich für *Ökologie des Planeten Erde* eingeschrieben, einen Kurs, der während einer vierwöchigen Sommeruniversität stattfinden wird. Er beginnt am Montag, und ich freue mich darauf, auch wenn der Kurs gähnend langweilig klingt. Ich liebe die Beständigkeit dieser Reise – den Umstand, dass sie sich zuverlässig wiederholt – und finde es toll, dass ein College-Kurs, der mir an der Cap als Wissenschafts-Schein anerkannt wird, sogar so weit von zu Hause entfernt nahtlos in unser wohlgeordnetes Leben passt.

»Ich kann gar nicht glauben, dass du einen ganzen Monat lang weg sein wirst«, sagt Stefan, als ich unsere Haustür öffne, worauf ich ihm von Stus achtwöchigem Archäologie-Kurs im Crow Canyon, Colorado, erzähle.

»Ich bin froh, dass du nicht mit ihm fährst«, sagt Stefan. »Ein Monat ohne dich wird schon hart genug. Ich weiß nicht, ob ich acht Wochen ertragen könnte. Ich werde dich wirklich vermissen.«

»Ich werde dich auch vermissen«, sage ich, und füge dann, bevor ich mir über das Gewicht meiner Worte klarwerden kann, hinzu:

»Ich verspreche, dass ich über uns nachdenken werde, während ich dort bin, und dir, wenn ich zurück bin, sagen werde, wie ich zu uns stehe.«

»Gut«, sagt er. »Ich glaube, du weißt, was ich für dich empfinde.«

»Hmm«, sage ich lächelnd, wohl wissend, dass er es als *Ja* missdeuten wird, während es in Josie heißt: *Ich möchte momentan wirklich noch nicht sagen, was ich denke. Ich brauche mehr Zeit.*

Ich habe meinen vorläufigen Führerschein noch nicht. Ich war einfach zu faul, ihn zu machen, weil ich fast überall hinlaufen kann, wo ich hinmuss, oder mich von Stu oder anderen Freunden mitnehmen lassen kann. Ohne die Ablenkung durch den Straßenverkehr bin ich mit meinen Gedanken allein, die nicht mal Dennis DeYoungs perfekte, durch meine Ohrhörer dringende Stimme ganz verdrängen kann. Ich habe Stefan versprochen, über uns nachzudenken. Und auf der sechsstündigen Fahrt nach Holland, die ich allein auf dem Rücksitz des Wagens verbringe, stelle ich fest, dass ich fast nichts anderes tun kann, als an ihn zu denken, aber ich komme trotzdem zu keinem Schluss – außer dem, dass die kahle Stelle an Dads Kopf einen größeren Durchmesser bekommt.

Auch bei unserem Einzug ins Ferienhaus, wo sich zu meiner Erleichterung seit dem letzten Sommer nichts verändert hat, denke ich weiter über Stefan und süße Küsse und merkwürdiges Bauchgrimmen nach. Es ist ein weißes Haus mit vier Schlafzimmern, blauweißen Möbeln und Böden und Wänden aus hochglänzendem poliertem Pappelholz. Von der großen Veranda aus führen zweiunddreißig Stufen zum Strand hinunter. Allerdings habe ich es noch nie nach unten geschafft, ohne mir Splitter zu holen. Und mit Flipflops gerate ich ins Stolpern.

Ich denke zwei Tage lang über meine Gefühle für Stefan nach, nur unterbrochen von meinem Kurs über *Ökologie des Planeten Erde*, aus dem ich gleich am ersten Tag in der Pause wieder aussteige. Ich muss einfach. Der Dozent hat ständig Schweißperlen auf der Oberlippe stehen, und er sagt Politiek statt Politik, weshalb ich bis zur Pause nur noch dieses einzige Wort raushöre, was mich an den Rand des Wahnsinns bringt. Im Studentensekretariat schreibe ich mich auf Sportphysiologie um, was mir in der Cap als Schein in Gesundheitswissenschaft anerkannt wird und meinen Vater amüsiert, als ich es ihm beim Abendessen erzähle.

»Vielleicht kannst du deinen Dozenten ja mal zum Thema Koordination befragen«, sagt er. »Du könntest dich als Testperson für eine Projektarbeit des Kurses zur Verfügung stellen.«

»*So* tollpatschig bin ich gar nicht«, protestiere ich und zürne schon zwei Abende später unter einer nach Schweißfuß riechenden Wolke, als ich die letzte Stufe zum Strand übersehe und bäuchlings im Sand lande.

»Das hast du sehr schön gemacht, Schatz«, sagt Dad und steigt mit einem großen Schritt über mich drüber.

»Meine Flipflops waren schuld!«

Dennis DeYoung hätte mir aufgeholfen. Und Stefan bestimmt auch.

SMS von Stefan, 9:45 Uhr

*Hab grad Come Sail Away im Auto gehört u. an dich gedacht.*

SMS von Stefan, 9:53 Uhr
*Nehme Come Sail Away in meine Playlist auf – auch wenn's ganz schön lang ist*

SMS von Stefan, 10:17 Uhr
*Vermisse dich. Kommen meine SMS da oben an*

Ich sitze in meinem Sportphysiologie-Kurs. Es ist Mittwoch, Tag drei des Kurses. Ich warte bis zur Pause, antworte Stefan dann und erkläre ihm, dass die Dozenten hier auch nicht anders sind als die Lehrer an der Highschool. Die Handys müssen während des Unterrichts ausgeschaltet bleiben.
Heute Abend entwerfe ich einen Standard-Schlusstext für die Nacht:

SMS an Stefan, 22:32 Uhr
*Denke an dich. Gute Nacht.*

SMS von Stefan, 22:33 Uhr
*Und ich an dich. Gute Nacht.*

Nächster Abend:

SMS an Stefan, 22:32 Uhr
*Denke an dich. Gute Nacht.*

SMS von Stefan, 22:33 Uhr
*Und ich an dich. Gute Nacht.*

Nächster Abend:

SMS an Stefan, 22:32 Uhr
*Denke an dich. Gute Nacht.*

SMS von Stefan, 22:33 Uhr
*Und ich an dich. Gute Nacht.*

Nächster Abend:

SMS an Stefan, 22:32 Uhr
*Denke an dich. Gute Nacht.*

SMS von Stu, 22:33 Uhr
*Echt? Wieso?*

»Oh, verdammt!«, sage ich, aufs Handy blinzelnd.

SMS an Stu, 22:34 Uhr
*Falsche Taste. Sollte an Stefan gehen.*

SMS von Stu, 22:35 Uhr
*Josie & Stefan sitzen im Baum …*

SMS an Stu, 22:36 Uhr
*Josie sitzt allein am Strand und denkt nach.*

SMS von Stu, 22:36 Uhr
*Du bist allein am Strand? Es ist nach halb elf.*

SMS an Stu, 22:37 Uhr
*Nein, bin im Bett.*

SMS von Stu, 22:37 Uhr
*Warum schreibst du dann, du wärst am Strand?*

SMS an Stu, 22:38 Uhr
*Warum schreibst du, ich säße im Baum?*

SMS von Stu, 22:38 Uhr
*Na weil du da mit Stefan hochgestiegen bist.*

SMS an Stu, 22:39 Uhr
*Bin ich das?*

SMS von Stu, 22:40 Uhr
*Josie & Stefan sitzen im Baum,*
*knutschen rum, man glaubt es kaum …*

SMS an Stu, 22:40 Uhr
*Gute Nacht, Stu.*

SMS von Stu, 22:41 Uhr
*Gute Nacht, Josie.*

Knutschen im Baum oder allein am Strand. Das muss doch rauszukriegen sein.

# 14

Ich bin zum Strand gegangen, um die Liebe zu suchen. Das stimmt natürlich nur teilweise. Aber nach Aussage eines hohen Prozentsatzes aller Romane, die ich gelesen habe, scheint es sowohl leichter als auch schöner zu sein, sich am Strand zu verlieben als in einem Lebensmittelladen oder einem Einkaufszentrum. Bislang finde ich aber nicht, dass es einfach ist. Eigentlich ist es sogar eher so, dass sich immer, wenn ich mir vorstelle, die Worte *Ich liebe dich* zu Stefan zu sagen, alles in mir sträubt, so als wäre es gelogen. Ich *möchte* es gern sagen, aber ich kann es nicht. Es geht einfach nicht.

Ich beobachte, wie ruhig und entspannt Ross und Maggie, die ein langes Wochenende hier verbringen, miteinander umgehen. Er schaut hin und wieder von seinem Buch auf. Sie versucht, nicht zu lächeln, kann aber nicht anders. Ich beobachte meine Eltern, während sie am Strand entlanggehen; wie sie lachen, sich gegenseitig mit den Ellbogen anstupsen und hin und wieder die Köpfe in den Nacken legen, um in den Himmel zu gucken. Ich teile mit Stefan nicht das, was Ross und Maggie miteinander teilen oder meine Eltern – eine tiefe und sehr persönliche Verbindung, die eine Sprache für sich ist. Ich spreche Stefan und ich spreche auch gern Stefan, aber das ist nichts, was mir ganz besonders gut liegt. Nicht mehr als ihm Josie liegt.

Aber ohne das glaube ich nicht, dass ich sagen kann, dass ich in ihn verliebt bin.

Kate und Geoff sprechen *nicht* dieselbe Sprache. Jedenfalls nicht, dass ich es wahrnehmen könnte. Sie und er sind diese Woche hier; ich kann sie also fünf ganze Nachmittage und Abende beobachten, was ich aus einer gewissen Distanz heraus auch tue. Er liest endlos und sagt dauernd Sachen wie »Das hier könnte dich interessieren« oder »Diese Formulierung wird dir gefallen«. Dann liest er ihr die Stelle laut vor, als wäre sie fünf, und sie darf sich glücklich schätzen, wenn sie ihm beim Umblättern helfen darf.

Wenn sie nicht gerade über die Arbeit oder ihre Hochzeitspläne mit ihm diskutiert, rennt sie laut kreischend und lachend ins Wasser, wobei sie Geoff eher amüsiert, als dass er wirklich mitmachen würde. Er begleitet sie zwar, teilt aber ihre Begeisterung nicht.

Wenn sie aus dem Wasser kommen, sehen sie aus wie zwei Leute, die sich einen Wettlauf im Abtrocknen liefern. Kate gewinnt, und ich kichere auf der Veranda, als Geoff sich windet und krümmt, während Kate ihm Sonnencreme aufsprüht. Als er damit an der Reihe ist, sie einzucremen, nimmt er sich Zeit, womit ich sagen will: Es dauert Ewigkeiten. Er berührt Kate so zaghaft, als wäre sie aus Glas, was sie ja fast auch ist, das verstehe ich also. Danach unterzieht er sein Werk noch mal einer genauen Inspektion und erklärt es für gelungen. Und anschließend fängt er wieder an, ihr vorzulesen, während sie aufs Wasser hinausschaut.

»Kann es sein, dass Geoff wie Rasputin ist und Kate hypnotisiert hat, damit sie glaubt, dass sie in ihn verliebt ist?«, frage ich meinen Dad, der neben mir auf der Veranda sitzt und die gestrige Ausgabe des Lokalblatts liest.

»Nein«, sagt er ohne aufzuschauen.
»Ich bin fest entschlossen, eine Erklärung dafür zu finden, warum sie sich zu ihm hingezogen fühlt.«
»Nichts Geringeres erwarte ich von dir.«

Die vier Wochen gehen viel zu schnell vorbei, und kaum dass wir wieder zu Hause im schönen, aber see-losen Bexley sind, liege ich am Nachmittag dieses 4. Juli auf Stus Bett, starre an die Decke hoch und sehe nichts als gähnende Leere.
»Es muss eine bessere – oder behutsamere – Art geben, jemandem zu sagen ›Ich glaube nicht, dass ich mich in dich verlieben könnte‹«, sage ich, und Sophie seufzt zum ungefähr achten Mal. Ich habe den Überblick verloren.
»So kannst du das nicht sagen. Sag einfach: ›Ich bin nicht in dich verliebt.‹ Das ist besser. Glaub mir.«
»Aber das ist nicht das, was Stefan mich gefragt hat. Er hat gefragt, ob ich glaube, dass ich mich eines Tages in ihn verlieben *könnte*, und ich glaube nicht, dass das passieren wird.« Ich stütze mich auf meine Ellbogen. »Nimm's mir nicht übel, aber in dieser Frage brauche ich Stus Rat.«
»Meiner ist aber besser«, sagt Sophie. »Ich bin immer die, die Schluss macht. Er ist meist der, mit dem Schluss gemacht wird.«
»Ich möchte bloß hören, wie er das sieht.«
»Na dann«, sagt sie, setzt sich und zieht ihre Schuhe wieder an. »Ruf ihn doch an.«
»Schlechter Empfang.«
»Oder schreib ihm eine SMS.«
»Die kriegt er aber nicht vor heute Abend.«

»Oder warte, bis er wieder hier ist.«
»Ich habe keinen Monat Zeit. Ich habe nicht mal mehr zwei Stunden.«
Sophie dreht sich zu mir um. Sie lächelt, aber ihr Lächeln wirkt ein bisschen traurig. »Sag Stefan einfach, dass du ihn, auch wenn du ihn nicht liebst, wirklich gern hast und dass du gern weiter mit ihm befreundet sein willst.«
»Du bist mit keinem einzigen von deinen Ex-Freunden befreundet.«
»Ich weiß«, sagt sie lachend. »Das funktioniert nie. Aber es klingt gut.« Sie steht auf. »Tu's einfach, Josie. Bring es hinter dich, und dann komm wieder her. Ich warte hier auf dich.«
Sie geht. Ich lasse mich wieder auf Stus Bett fallen und ziehe mein Handy aus der Tasche.

SMS an Stu, 15:47 Uhr
*Du bist mir momentan echt keine Hilfe. Außerdem ist da ein Riss in deiner Decke. Ich sag Uncle Ken Bescheid, damit er sich drum kümmert. Keine Ursache.*

Heute Morgen gab es eine Parade. Ich habe sie geschwänzt. Mutter und Dad und ich sind erst vor zwei Tagen nach Hause gekommen, ich war gestern zu müde und zu sehr damit beschäftigt, hier wieder alles klar Schiff zu machen, um zum Feuerwerk in der Innenstadt zu gehen. Und heute zu dem in Bexley gehe ich auch nicht. Das war die Ausrede, die ich verwendet habe, als Stefan mich zu beidem eingeladen hat, aber weil ich weiß, dass ich die notwendige Aussprache nicht ewig hinauszögern kann,

gehe ich im Anschluss an meine kurze und unergiebige Rücksprache mit Sophie zu ihm.
Nach einer ungelenken Umarmung zur Begrüßung – ich bin so froh, dass seine kleine Schwester im Raum war – setzen wir uns auf die Stufen zur Veranda, und er zieht mich auf, weil ich gar nicht braun geworden bin. Ich halte ihm einen Vortrag über Hautkrebs und liefere ihm dann sowohl eine Beschreibung als auch eine kleine pantomimische Einlage, um ihm zu demonstrieren, wie gründlich ich mich zweimal täglich mit Breitspektrum-Sonnencreme eingerieben habe.
»Ich hab dich wirklich vermisst«, sagt er. »Hast du auch an mich gedacht und daran, worüber wir gesprochen hatten?«, fragt er.
»Tag und Nacht«, sage ich.
»Und?«, fragt er und kommt näher, um mich zu küssen, was ich torpediere, indem ich mich zurücklehne und meine Hand auf seine Brust lege, eine Geste, die keinerlei Übersetzung erforderlich macht.
»Ich mag dich wirklich gern, Stefan.«
»Du magst mich?«, fragt er. »Das heißt, du liebst mich nicht.«
»Nein«, gestehe ich und lasse einen langen, traurigen Seufzer folgen. »Es tut mir leid. Ich glaube nicht, dass das, was ich für dich empfinde, Liebe ist oder werden könnte. Aber das ändert nichts daran, wie sehr ich dich mag. Und das schmälert es auch nicht.«
»Aber es ist nicht dasselbe.«
»Doch, ist es«, sage ich. »Ich mag dich doch deshalb nicht weniger. Und ich sage auch nicht, dass ich nicht mit dir zusammen sein will.«

»Ich weiß wirklich nicht, wie ich jetzt noch mit dir zusammenbleiben kann. Und bevor du mir jetzt erklärst, wie das geht«, sagt er und schenkt mir ein schnelles, trauriges Lächeln, »lass mich dich was fragen: Würdest du mit jemandem zusammen sein wollen, der dir gerade gesagt hat, dass er dich niemals lieben könnte?«

»Aber das ist nicht das Einzige, was ich sage. Ich sage ja, dass ich dich mag. Sehr sogar.« Und da Stefan jetzt nicht mehr nur traurig guckt, sondern schmerzlich das Gesicht verzieht, stürze ich mich in eine Aufzählung all seiner wunderbaren Eigenschaften, in der so ziemlich alles vorkommt, was man bei Trennungen üblicherweise so aus der Schublade holt.

»Und deine Posts auf Facebook sind wirklich superwitzig. Und du hast so ein tolles Lächeln, das ich jetzt in diesem Moment nur zu gerne sehen würde und für dessen plötzliches Verschwinden ich mich hasse, weil ich der Grund dafür bin. Und …« Die Liste geht noch weiter und umfasst Tanzen, Liebenswürdigkeit und sportliche Fähigkeiten. »Und du bist ein guter Freund. Ein richtig guter Freund. Und für mich sogar mehr als das. Das ist unglaublich wertvoll für mich, und ich möchte es nicht verlieren. Ich möchte niemanden verlieren, der mir näher steht als ein Freund. Ich möchte dich nicht verlieren.«

»Aber ich fürchte, das hast du bereits«, sagt er mit Tränen in den Augen, und auch meine Augen werden nass. Er räuspert sich und steht auf. »Ich muss gehen.«

Er geht ins Haus und schließt die Tür hinter sich. Und ich laufe als heulendes Elend nach Hause und schniefe Sophie unterwegs am Telefon was vor. Sie nimmt mich an der Hintertür in Empfang und zieht mich in ihre Arme, und ich sinke schluchzend an ihre Schulter. Als ich mich wieder von ihr löse, weint sie ebenfalls, aber bevor ich nach dem Grund fragen kann, sagt sie: »Es tut mir nur weh, dass es dir so weh tut.«

Ich sitze mit angezogenen Beinen auf einem der Liegestühle auf unserer Terrasse und habe den Kopf auf die Knie gelegt. Nur aus dem Wohnzimmer fällt noch ein wenig Licht auf mich. In wenigen Minuten müsste ich über den Wipfeln der Bäume im Südosten das Feuerwerk in Bexley sehen und das dumpfe Knallen der lautesten Böller hören können.

Kate schiebt die Tür auf, tritt hinaus und setzt sich aufs andere Ende meines Liegestuhls.

»Alles in Ordnung?«

»Ja, mir geht's gut«, sage ich und wische mir mit dem Handrücken über die Augen. »Ich bin nur traurig.«

»Tut mir leid, dass du traurig bist.«

Sie wartet auf die Details, die nicht lange auf sich warten lassen.

»Und er hat mich aus seinem Facebook-Account gelöscht«, sage ich am Ende meines Berichts, lasse mein Gesicht in meine Armbeuge sinken und schluchze einmal laut auf.

»Josie«, sagt Kate und drückt mir sanft das Knie. »Das wird schon wieder.«

»Ich weiß«, sage ich in meinen Arm. »Aber im Augenblick tut mir alles weh.«

»Was tut am meisten weh?«, fragt Kate.

»Ich weiß nicht.«

»Ich schon«, sagt Geoff. Ich bin so überrascht, dass ich aufschaue

und entdecke, dass er sich lautlos neben Kate materialisiert hat. Und das auf meinem Knie ist seine Hand, nicht ihre! Ich rücke langsam zurück.
»Es ist schlimm, einen Freund zu verlieren«, sagt er, und ich – *ähm* – muss ihm recht geben, was ich mit einem Nicken hinter mich bringe. »Vor allem, wenn man nicht so viele hat.«
»Wie bitte?!«, schreie ich beinahe.
»Geoff!« Kate lacht nervös.
»Ich habe Freunde«, ich wische mir mit beiden Händen die Tränen aus den Augen.
»Nein, ich weiß … Ich meinte nur …«
»Reizend«, sage ich und stehe auf. »Wirklich sehr reizend.«
Auf dem Weg in mein Zimmer verbreite ich Geoffs Bemerkung per SMS, und gleich darauf zirpt mein Handy und zeigt mir tröstende Reaktionen. Dann poste ich das Ganze auf Facebook und stelle am nächsten Morgen fest, dass vierunddreißig Leute aus meiner Klasse, meinem Team und aus meiner Gemeinde, Bekannte aus der Cap und entfernte Verwandte mir beipflichten, dass er ein Idiot ist. Meine Seite ist eine einzige Liste von Liebesbekundungen mit lauter Herzen geworden, und mit Beteuerungen, dass Geoff, mal wieder, auf ganzer Linie im Unrecht ist.
»Siehst du? Ich habe Freunde!«, sage ich zu meinem Dennis-DeYoung-Foto.
Aber selbst in meinem stillen Triumph dort an meinem Schreibtisch ist es mir schwer ums Herz wegen der einen Antwort, von der ich wünschte, dass sie auch gekommen wäre – die von Stefan, den ich immer noch genauso gern mag wie immer, auch wenn ich nicht sagen kann, dass ich ihn liebe.

# 15

SMS von Stu, 10:44 Uhr
*Alles in Ordnung? Sophie hat erzählt, du hast dich von Stefan getrennt.*

SMS an Stu, 10:45 Uhr
*Bin traurig, aber sonst okay. Danke.*

SMS von Stu, 10:45 Uhr
*Tut mir leid. Trennungen sind hart.*

SMS an Stu, 10:46 Uhr
*Außer man ist du.*

SMS von Stu, 10:46 Uhr
*Auch dann. Nicht gerade meine Lieblingsbeschäftigung.*

SMS an Stu, 10: 47 Uhr
*Was denn dann?*

SMS von Stu, 10:48 Uhr
*Affen beim Lausen zusehen. Und deine?*

SMS an Stu, 10:49 Uhr
*Dasselbe.*

SMS an Stu, 10:50 Uhr
*Kopf hoch, Josie. Das wird bald besser. Versprochen.*

Es gibt ein Ereignis, auf das ich mich freuen kann und das meine Laune beträchtlich hebt: Kate zieht Anfang August vorübergehend nach Hause, wenn der Mietvertrag für ihre Wohnung ausläuft. Ihr altes Zimmer ist durch ein Bad mit meinem verbunden, und ich bin schon ganz glücklich und aufgeregt, wenn ich mir vorstelle, wie wir bis spät in die Nacht plaudern werden oder uns einfach nur durch die geöffneten Türen *Gute Nacht* zurufen.

Den Juli habe ich damit verbracht, ihr beim Packen zu helfen. Das Wochenende vor ihrem Einzug habe ich damit verbracht, das Bad zu putzen, in dem sie mir über Jahre hinweg jeden Morgen bis zur Perfektion die Haare gebürstet hat. Bis das College sie mir – bis auf die Sommer – weggenommen und eine vermeintliche Hochzeit sie mir jetzt zurückgebracht hat. Ich erwäge, Geoff dafür Gefühle von Dankbarkeit entgegenzubringen. Aber ich wäre noch beträchtlich dankbarer, wenn er die Hochzeit absagen würde und sie für immer hierbliebe. Dann kann ich ganz zur Uni wechseln und im Sommer zurückkehren und sie zur Abwechslung mal sehnsüchtig auf mich warten.
Aber erst einmal kommt der fünfte August, der Tag, an dem Kate wieder nach Hause zieht. Leider nimmt sie von dem blitzsauberen Komfort ihres alten Zimmers und den mit ihm verbundenen

Erinnerungen keinerlei Notiz und bringt ihre Sachen stattdessen in Maggies altes Zimmer am anderen Ende des Hauses. »Weil ich da mehr Platz und Privatsphäre habe«, sagt sie. Zwischen der Arbeit und ihren Abenden, die sie mit Freundinnen oder dem Verlobten verbringt, den zu heiraten sie entschlossen zu sein scheint, sehe ich sie nur selten.

Sie ist zu weit weg, als dass ich ihr *Gute Nacht* zurufen könnte. Blödes etwas zu großes und ausuferndes Haus.

Paradoxerweise sind meine liebsten Abende die Sonntagabende, wenn Geoff zum Essen kommt. Wenigstens kann ich darauf zählen, Kate mit wöchentlicher Regelmäßigkeit zu sehen. In letzter Zeit habe ich mir für die Sonntage gern Spaghetti gewünscht, ich helfe Mutter immer beim Auftragen und schaffe es stets, die wackelnden Teller unfallfrei an Geoff vorbeizukriegen. Ich weiß genau, wie heftig ich meine Hände zittern lassen muss, um ihn nervös zu machen.

Kate und ich decken an diesem schwülen Abend Mitte August den Tisch auf der Terrasse. Dabei kommen wir an Geoff und meinem Dad vorbei, die den Grill bedienen. Geoff zeigt pantomimisch, wo Dad die Burger platzieren und wie er sie umdrehen soll, und Dad kopiert seine Gesten mit gespielter Begeisterung.

»Oh, tut mir leid, Josie, aber ich muss dir was gestehen«, sagt Kate plötzlich und verzieht dabei derart schmerzlich das Gesicht, dass ich Geoff und Dad kurzzeitig völlig vergesse. »Ich hab total vergessen, dass ich morgen einen Termin bei der Floristin habe.«

Sie hatte mir versprochen, morgen mit mir Klamotten für die Schule kaufen zu gehen, die am Mittwoch, den 27. wieder anfängt. Ein Termin, den ich mit bedeutend weniger Begeisterung in den Kalender in meinem Handy eingetragen habe als den morgigen *Shoppen mit Kate*-Termin.

»Aber das dauert doch nicht den ganzen Tag, oder?«, frage ich.

»Wer weiß? Es gibt so viel zu planen. Deshalb wollte ich fragen«, sie lächelt verlegen, »ob wir uns auf nächsten Samstag vertagen können? Ich verspreche auch, dass du dann der einzige Punkt in meinem Terminkalender bist.«

»Klar«, sage ich, und sie umarmt mich und sagt: »Du bist die Beste«, und am darauffolgenden Freitagabend fällt ihr dann plötzlich ein, dass sie und Geoff am nächsten Tag eine Verabredung mit dem Organisten haben, um die Musik auszusuchen. Sie schwört, dass sie um zwei zurück ist, was sie aber nicht ist, und sie denkt nicht einmal daran, mich anzurufen oder mir eine SMS zu schreiben.

Stattdessen fährt Mutter mit mir einkaufen. Wir fegen im Eiltempo durch einige Läden im Easton, mustern Farben, begutachten T-Shirts und Jeans, indem wir den Stoff zwischen den Fingern reiben, Unterwäsche ebenfalls, und erzählen jeder Verkäuferin, die auf uns zukommt: »Nein, danke, wir schauen uns nur mal um.« Wir schreiben Listen und setzen uns später an den Computer und bestellen alles in meiner Größe und der Farbe, die ich mir ausgesucht habe, im Internet.

Zu Hause fragt Dad: »Wie war denn eure Einkaufstour heute?«

»Interessant«, sagt Mutter.

»Erfolgreich«, sage ich.

»Exzellent«, sagt er.

Aber ich gehe trotzdem lieber mit Kate.

Heute Morgen wache ich als Zwölftklässlerin auf und begrüße den schwülen Tag mit einem Achselzucken. Kate hat mir den ganzen Sommer hindurch erzählt – die seltenen Male, an denen sie mal nicht über ihre rasch näherrückende Hochzeit gesprochen hat – ihr letztes Jahr an der Highschool sei das Beste gewesen, und sie prophezeit mir, dass es bei mir genauso sein wird. Ich dagegen sage voraus, dass es tragisch werden wird, wenn sie darauf besteht, kommenden November diese Farce durchzuziehen, und es sieht ganz danach aus, als hätte sie das vor. Ich werde den ersten Teil dieses Schuljahrs damit verbringen, mich vor diesem Tag zu fürchten, und den anderen Teil damit, ihn zu betrauern. Tausend Dank, Kate!

Die meisten von Kates Brautjungfern glauben, *tausend Dank* wäre *ein* Wort.

SMS von Jen Auerbach, 7:04 Uhr
*OMG!! Letztes Schuljahr!!!!*

In der Küche sage ich Dad, der hastig zur Arbeit aufbricht, schnell Hallo und Auf Wiedersehen und sehe, dass Kate am Tisch sitzt und ein albernes Lächeln zur Schau trägt, das sie irgendwie sogar während zweimaligen Trinkens an ihrem Kaffee aufrechterhalten bekommt.

»Jaaaa?«, frage ich, womit gemeint ist: Warum bist du schon auf, und warum starrst du mich so an?

»Dein letztes Schuljahr bricht an, Josie«, sagt sie, steht auf und umarmt mich. »Ich musste dich einfach sehen, bevor du aufbrichst. Lass mich ein Foto machen«, sagt sie.

»Nein.«

»Ach, komm schon. Nur eins.«

»Nein«, sage ich und beginne mit meiner morgendlichen Routine.

Kate setzt sich mir gegenüber hin, während ich die Zeitung durchblättere und düstere Schlagzeilen überfliege, die den Weltuntergang verkünden.

*Kate Sheridan besteht mutwillig auf Hochzeit*
*und versaut Schwester so das Leben*

Weniger unheilvolle Schlagzeilen berichten von Orkanen und Bankenkrächen.

Kaum dass meine Mutter in die Küche kommt, sage ich ohne aufzublicken: »Mutter, bitte sag Kate, dass man Leute nicht anstarrt.«

»Sag's ihr doch selbst«, erwidert sie und küsst erst mich und dann Kate auf die Wange.

»Ich möchte doch bloß ein Foto machen, Josie. Du bist so süß. Macht Mutter nicht jedes Jahr am ersten Schultag ein Foto?«

»Frag sie doch selbst«, sage ich und blicke gerade rechtzeitig zur Seite, um zu sehen, dass meine Mutter in sich hineinschmunzelt.

»Ja, mache ich.«

»Gut, dann will ich dieses Jahr mit drauf sein. Komm.« Kate springt auf und versucht mich zu ködern, indem sie sagt: »Das von heute wird so gut, dass ihr es einrahmen und an die Wand hängen müsst.«

Wir suchen uns eine Stelle in der Nähe des Kamins und legen locker unsere Arme um uns, während Mutter die Kamera holt.

Sie drückt zweimal auf den Auslöser und seufzt zufrieden, als sie sich die Bilder anschaut. Ich kichere, und hätte es noch ein bisschen länger getan, wenn Kate nicht sagen würde: »Noch ein paar. Aber diesmal nimm deine Brille ab, Josie.«

»Wieso?«

»Wir üben für die Hochzeit«, sagt Kate und nimmt wieder ihre alte Pose ein, indem sie den Arm um mich legt.

»Was?«, frage ich.

»Wir müssen wirklich bald was wegen deiner Brille unternehmen«, sagt sie. Ich löse die Pose auf und erkläre das Fotoshooting für beendet, während Kate hinter mir herruft: »Ich meine, für jeden Tag ist sie ja super, aber nicht für besondere Ereignisse.« Dann seufzt sie, als wäre sie achtzig, und sagt: »Ich weiß noch, wie mein erster Tag des letzten Schuljahres war. Es war einfach so toll.«

Ich spüle meine Müslischüssel aus und stelle sie in den Geschirrständer, bevor ich eine SMS an Stu und Sophie schreibe. Als ich meine Sachen zusammensuche und mein Handy in den Rucksack fallen lasse, wendet Kate sich Mutter zu und fragt: »Findest du nicht auch, dass es an der Zeit ist, dass Josie Kontaktlinsen bekommt?«

»Frag sie doch selbst«, sagt Mutter, aber ich bin aus der Tür, bevor sie das tun kann.

Auf der anderen Straßenseite begrüßt Auntie Pat mich mit: »Köstliche Fischvariation oder Geflügel und Leber in Sauce?« Sie hält mir zwei Dosen mit Katzenfutter hin.

»Fühlt sich an, wie ein guter Morgen für Köstliche Fischvariation«, sage ich und füge hinzu: »Ich mach das schon.«

»Danke, Liebes. Du bist ein Schatz.«
Ich löffele das stinkende Zeug auf einen Teller und setze es Moses vor, der sich erst mal schön den Kopf kraulen lässt, bevor er ihn in sein Frühstück taucht. Endlich lässt er sich wieder von mir streicheln.
»Ist es in Ordnung, wenn ich zu Sophie hochlaufe?«, frage ich.
»Natürlich. Sag ihr, wenn sie nicht eher als ihr Bruder hier unten ist, kriegt sie Geflügel und Leber in Sauce zum Frühstück.«
Auf der Treppe sehe ich Stu, bevor er mich sieht. Er gähnt und kratzt sich die linke Schulter, und er hat nur ein T-Shirt und die Shorts an, in der er wahrscheinlich geschlafen hat.
Nach seinem Aufenthalt in Colorado kam er viel zu sonnengebräunt nach Hause und musste sich von mir erst mal einen Vortrag über schwarzen Hautkrebs anhören. Er ist über den Sommer ein wenig kräftiger geworden und hat seine Haare zu einem kurzen, welligen Pferdeschwanz wachsen lassen; außerdem hat er einen weichen ungleichmäßigen Bart, der um einige Schattierungen dunkelblonder als seine anderen Haare ist. An seinem ersten Tag zu Hause hat er erzählt, er hätte sich das Rasieren einfach abgewöhnt. Und als ich ihn fragte, ob er sich auch abgewöhnt hätte, drinnen zu pinkeln, hat er nur gegrinst, während er mit zwei Bissen einen riesigen, mit Puderzucker bestreuten Donut verdrückt hat.
»Es gibt Köstliche Fischvariation zum Frühstück«, sage ich.
»Das ist der Grund, warum ich so früh auf bin.«
Ich bin oben an der Treppe und er unten, als er sagt: »Ach, ich hab deine SMS bekommen, und die Antwort ist nein.«
Ich lächle.

Darin stand: *Kate will, dass ich aufgeregt bin, weil das letzte Schuljahr anfängt. Bin ich aber nicht. Du?*

Ich klopfe an Sophies Tür und höre: »Herein, wenn's nicht Stu ist.«
Als ich eintrete, sitzt sie mit ihrem Handy in der Hand an ihrem Schreibtisch und stellt es schnell aus.
»Ich wollte dir gerade antworten«, sagt sie. »Und ja. Ich freue mich auf die anderen. Aber ich wäre aufgeregter, wenn ich du wäre.«
»Warum ich?«
»Weil's dein letztes Schuljahr ist. Ich kann's gar nicht erwarten, bis es bei mir so weit ist. Das letzte Jahr ist doch immer das beste.«
»Warum?«
»Das sagt doch jeder«, sagt sie. »Aber dieses Jahr hat ganz schön viel Potential.«
»Irgendwas Neues?«
»Noch nicht.« Sie grinst.
Sie hat sich Ende Juli von Adam Gibson getrennt und ein erstaunlich trostloses Bild von einem verlassenen Strand gemalt. Seit allerneustem hat sie sich in den Kopf gesetzt, sich in Josh Brandstetter zu verknallen – den gutaussehenden Typen aus meiner Stufe, der so gut riecht. Aber erst, wenn *er* sich in *sie* verknallt. Sie ist nie die, die die Initiative ergreift.
»Er ist …«, setzt sie an, unterbricht sich aber, blinzelt mich kritisch an und fragt dann mit einiger Dringlichkeit: »Was ist los?«

Ich sinke auf eine Ecke ihres Bettes und frage: »Findest du nicht, dass Kate einen Riesenfehler macht, wenn sie Geoff heiratet?«

»Nein, finde ich nicht, und ich fasse es nicht, dass du dir immer noch *darüber* Gedanken machst, wo doch heute dein letztes Schuljahr anbricht.«

»Ich mache mir täglich Gedanken darüber.«

»Dann hör damit auf. Ich kann ihre Hochzeit gar nicht mehr erwarten. Ach ja, sag ihr doch bitte, sie soll *mit Begleitung* auf meine Einladung schreiben, ja?« Sie versucht, ihr Lächeln zu unterdrücken, als sie sagt: »Vielleicht bringe ich Josh mit. Wär das nicht toll? Sich auf einer Hochzeit zu verlieben?«

»Ich geh da nicht hin.«

»Es ist Kates Hochzeit. Natürlich gehst du da hin.«

»Das steht auf der Liste der Dinge, die zu tun ich mich mein Leben lang weigern werde, an fünfter Stelle – direkt nach ›mir die Hornhaut unter den Füßen von fleischfressenden Doktorfischen in der Türkei abknabbern lassen‹.«

»Und was steht unter Punkt eins bis drei?«

»Die drehen sich alle um Verbrechen und Körperflüssigkeiten.«

»Josie«, sagt Sophie seufzend und mit so etwas wie einem geduldigen Lächeln auf den Lippen.

»Und was ist eigentlich so schlimm an meiner Brille?«

»Nichts. Ich liebe deine Brille.« Ist auch besser so. Sie hat sie schließlich ausgesucht.

»Kate sagt, die kann ich auf der Hochzeit unmöglich tragen.«

»Sie möchte nur nicht, dass irgendwas auf den Fotos spiegelt«, sagt Sophie. »Sie will, dass alles perfekt ist.«

»Dann sollte sie Geoff definitiv nicht heiraten.«

»Hör auf, Josie. Wie oft soll ich das noch sagen. Kate ist verliebt. Und das ist das Tollste auf der Welt. Und sie wird eine großartige Hochzeit feiern, und es wird wahnsinnig romantisch sein und du wirst hingehen. Außerdem solltest du dich für sie freuen.«
»Tu ich aber nicht. Ich mag Geoff nicht. Und ich bin gar nicht glücklich darüber, dass sie ihn heiraten will.«
»Josie.«
»Hoffentlich finde ich noch einen Weg, um das alles zu verhindern.«
»Das kannst du nicht. Sie lieben sich, und Liebe besiegt alles«, sagt sie, lässt sich auf ihr Bett fallen, so dass ihre Haare sich wie ein Fächer um ihren Kopf ausbreiten, und seufzt langsam und lange, während sie etwas vor sich sieht, das nur sie sieht. »Das gehört zu den Dingen, die ich an der Liebe liebe.«
Ihr Telefon piepst.
»Das ist Josh«, sagt sie und strahlt ihr Telefon an. »Ich muss rangehen.«
Ich gehe wieder nach unten und versuche die aufkeimende Sorge zu unterdrücken, dass dieses in Wirklichkeit das ätzendste Schuljahr von allen wird. Es ist nicht gerade hilfreich, bei so gut wie jedem Schritt, den ich tu, daran erinnert zu werden, dass ich nicht verliebt bin und noch nie verliebt war und mich bedeutend mehr auf mein letztes Schuljahr freuen würde, wenn ich es wäre. Vor allem, wo es doch heißt, das letzte Schuljahr sei das beste.

# 16

Gestern hat der Unterricht an der Cap begonnen. Wegen meines Sommerkurses hab ich sogar einen Schein mehr beisammen als nötig, und um das zu feiern, haben meine Eltern mir eine Karte mit einem Pony vorne drauf geschenkt. Auf die Rückseite hat Dad geschrieben: »Wenn du einen Abschluss mit Auszeichnung machst, kaufen wir dir ein echtes.«
Er weiß, dass ich lieber eine Ziege hätte.
Stu hat sich von Amanda Meyers getrennt, mit der er zwei Wochen, nachdem Sarah Selman mit ihm Schluss gemacht hat, zusammengekommen war. Amanda hat ihn gebeten, nicht acht Wochen wegzufahren, und sie haben sich gestritten. Sie hat ihm vorgeworfen, er interessiere sich nicht genug für sie, und er hat gesagt: »Wenn der Beweis für ausreichendes Interesse der ist, dass ich hierbleibe, anstatt diesen geilen Kurs in Colorado zu besuchen, dann bin ich wirklich nicht genug interessiert. Aber ich würde ›Interessiert-Sein‹ auch anders definieren als du.« Ui, danach flogen auf Facebook aber die Fetzen.
Jetzt hat er eine andere aus unserer Stufe ins Auge gefasst. Er will mir nicht sagen, wen, aber ich glaube, es ist Jen Auerbach. Er leugnet es ein bisschen zu hartnäckig.
»Du musst mir sagen, wer es ist«, sage ich. »Ich verspreche auch, dass ich mich nicht einmische.«
Er sieht mich volle fünf Sekunden von der Seite an und lässt seine ungläubige Miene für sich sprechen.

»Wirklich nicht«, sage ich. »Es sei denn, es wird notwendig.«
»Was es werden wird. In deinen Augen ganz sicher.«
»Natürlich wird es das. Ich mag Jen, und wenn ihr jetzt zusammenkommt, seid ihr an Halloween schon wieder getrennt. Das sollte sie von vorneherein wissen, finde ich. Aber eigentlich tut sie das auch. Ich hab es ihr letztes Jahr schon mal gesagt.« Er sagt nichts, weshalb ich hinzufüge: »Es gibt also doch keinen Grund, mich einzumischen. Dann kannst du es mir ja auch sagen.«
Aber er tut es nicht.
Es ist ein schöner Morgen. Darum parken wir an der Highschool und laufen zu unseren ersten Mittwochskursen an der Cap. Dieses Jahr besuchen wir, wie letztes Jahr, jeder für sich zwei Kurse und einen gemeinsam: einen Soziologiekurs mit dem Thema Soziolinguistik. Auf den freue ich mich schon, seit ich gelesen habe, dass es ihn gibt, aber zuerst musste ich mich durch ein paar Grundkurse quälen.
Aus der Kursbeschreibung: *Soz. 310 ist eine Einführung in die Soziolinguistik, speziell in die soziale Funktion von Sprache. In diesem Kurs werden die Studenten die Ursprünge und Entwicklung der Sprache moderner Sprecher untersuchen, unter besonderer Berücksichtigung der Frage, wie Sprache soziale Gruppen kennzeichnet und sich im Hinblick auf Gewichtung und Bedeutung von Gruppe zu Gruppe unterscheidet.*
Dieser Kurs ist wie für mich gemacht. Und er ist das Einzige, worauf ich mich im Augenblick so richtig freue.
»Und was ist mit Stefan?«, fragt Stu. »Hast du ihn getroffen? Oder was von ihm gehört?«
Ich schüttele den Kopf und sage: »Weder noch.«

»Wahrscheinlich siehst du ihn ja heute. Bist du dafür gewappnet?«

»Mir graut davor«, sage ich. »Aber ich habe mehrere mögliche Wortwechsel geprobt.«

»Die es alle so nicht geben wird«, sagt Stu und zuckt dann die Achseln.

»Ich weiß. Deshalb dachte ich mir, ich schenke ihm einfach ein breites, herzliches Lächeln und sage dann ebenso freundlich Hallo.«

»Mach mal vor.«

»Das kann ich nicht vormachen. Ich bin doch noch gar nicht in der Situation. Das sieht bestimmt bescheuert aus.«

»Komm schon, Josie«, sagt er und stupst meinen Ellbogen an.

»Na gut«, sage ich, und wir bleiben stehen. Ich hole tief Luft, lächele zaghaft und sage »Hallo«.

»Japp«, sagt Stu und nickt. »Du bist wirklich noch nicht drin. Das war definitiv bescheuert.«

Ich schlage ihn gegen die Schulter. »Sag ich doch. Ich werde es schon richtig machen, wenn ich ihn sehe.«

»Sag einfach Hallo.«

»Ja«, sage ich. »Ich möchte es nur so machen, dass er weiß, dass ich ihn immer noch als Freund mag, auch wenn er mich gar nicht mehr so sehr mag.«

»Na dann viel Glück«, sagt Stu in einem Ton, der eigentlich besagt: *Das wird eh nichts.*

Ich weigere mich einfach, eine Freundschaft so leicht aufzugeben oder zu glauben, dass Liebe und Hass auf der Gefühlsskala auch nur annähernd dicht beieinanderliegen. Ich mag Stefan

und habe allen Grund zu glauben, dass das immer so bleiben wird.
Dann gehe ich in meinen Soziologiekurs, und alles verändert sich.
*Ihre Blicke trafen sich in einem überfüllten Raum …*
Ich habe dutzende Beschreibungen eines solchen Moments gelesen, hätte aber nie gedacht, dass so etwas außerhalb des fiktionalen viktorianischen Englands tatsächlich passieren könnte. Aber es passiert. Mir. Jetzt in diesem Moment.
Ich sehe ihn – ihn, den ich noch nie zuvor gesehen habe – den mit der schönen Brille mit dem braunen Gestell, das perfekt zu seinen schönen braunen Haaren passt. Plötzlich, im Bruchteil einer Sekunde, trifft mich ein fühlbarer Schlag wie eine seismische Welle, aber statt mich umzuwerfen, wickelt sie sich einmal um mich, bevor sie den Weg ins Innere meines Körper findet, wo sie mir den Magen umdreht, die Lunge zusammendrückt und gegen das Herz trommelt. Klänge werden zu undeutlichem Gemurmel. Die ganze periphere Welt verblasst. Ich kann mich nicht bewegen, aber gleichzeitig ist mir so, als könnte ich fliegen. Und jetzt – meine Füße im Boden verankert, Flügel sprießen – sieht er mich an, ganz direkt, mit diesen Augen in der Farbe des Himmels, und lächelt. Und er nickt, einmal nur – eine elegante, kultivierte und absolut persönliche Anerkennung, allein zwischen ihm und mir.
So könnte ich Stefan Kott nicht mal grüßen, wenn ich es ein Jahr lang üben würde.
*Was ist das?*
Herzklopfen. Beschleunigte Atmung. Und nichts davon kann ich

kontrollieren. Ich schaffe es, einen Fuß so weit freizubekommen, dass ich einen Schritt auf ihn zu machen kann, als ich von einer weniger kosmischen Energie gestoppt werde.

»Such dir einen Platz aus«, sagt Stu zu mir und breitet die Arme aus.

Ich verharre einige Sekunden vor drei Stühlen etwas rechts von der Mitte und erstelle mein sensorisches Gutachten. Keine Zugluft, kein blendendes Licht, kein fauler Geruch und keine merkwürdigen Geräusche von irgendwoher. Wenn die Person, neben der ich sitze, durch die Nase pfeift oder nach Essiggurken oder sonst etwas Essbarem riecht, muss ich den Platz wechseln. Sofort.

»Die hier sind gut«, sage ich, und wir schlagen unser Lager auf.

Da es noch ein paar Minuten dauert, bis der Unterricht beginnt, beschließe ich, zu dem Typen zu gehen, der diese eigenartige – fast übernatürliche – Reaktion in mir hervorgerufen hat, um herauszufinden, wer er ist und was es mit all dem auf sich hat. Mr Braunschopf und Brille muss denselben Wunsch haben, denn er hat noch zweimal in meine Richtung geguckt, seitdem unsere Blicke sich zum ersten Mal begegnet sind. Geguckt und gelächelt.

Er steht bei einer Gruppe von vier Leuten, die ich aus vorhergehenden Kursen kenne. Also spaziere ich hin und sage Hallo.

Ein Mädchen namens Samantha, eine freundliche, aber reservierte Studentin, die immer die Arme vor der Brust verschränkt hält, begrüßt mich mit einem Nicken und sagt: »Hey, Josie. Wie war dein Sommer?«

»Schön, danke. Und deiner?«

»Gut, danke. Ich hab gerade von dem Praktikum erzählt, das ich gemacht habe, und es stellt sich raus, dass er aus Chicago kommt«, sagt sie und nickt in – *Herz klopf* – seine Richtung.
»Ich bin Ethan«, sagt er in einem herzlichen, selbstbewussten Ton und reicht mir die Hand.
Sehr kultiviert.
»Ich bin Josie.«
»Sehr nett, dich kennenzulernen, Josie.«
»Ganz meinerseits.« Ethan, sage ich im Stillen zu mir und kann mich gerade noch davon abhalten, laut zu seufzen. »Ich hab dich noch nie auf dem Campus gesehen. Bist du neu hier?«, frage ich.
»Ja, bin ich. Ich bin neu an der Cap und in Columbus.«
»Beides wird dir gefallen. Die Leute sind sehr nett.«
»Ja, ich merke es gerade«, sagt er auf mich und Samantha zeigend, und Samantha, die immer noch die Arme fest um sich gelegt hat, sagt: »Die Leute hier sind toll.«
»Na dann«, sagt Ethan und schaut auf seine Uhr. Seine Uhr? »Ich finde, wir sollten loslegen.«
Loslegen?
»Entschuldige, Josie«, sagt er und berührt mich sanft an der Schulter, bevor er vor den Kurs tritt und entschieden sagt: »Okay, nehmt bitte alle Platz, wir fangen an. Willkommen im Kurs Soziologie 310: Einführung in die Soziolinguistik. Ich bin Ethan Glaser, und ich werde in den nächsten fünfzehn Wochen euer Dozent sein.«

# 17

Dies ist einer der Momente, in denen meine laut rasenden Gedanken mich vorübergehend taub machen, und ich verpasse die nächsten Sätze, die Ethan – oder Dr. Glaser oder Professor Glaser oder wie nenne ich diesen Typen? – sagt, aber plötzlich sehe ich, wie der Kurs die Tische im Kreis aufstellt, und tue es den anderen wie ein Roboter einfach nach.

Als ich wieder auf Sendung bin, höre ich, wie er sagt: »… ein paar Minuten, nur um euch vorzustellen. Ich fange an.« Das machen die meisten meiner Dozenten an der Cap so, vor allem wenn die Kurse, wie hier in Soziolinguistik, klein sind, und sich im Laufe des Semesters jede Menge Diskussionen ergeben werden.

»Wie ich schon sagte, ist mein Name Ethan Glaser, und ihr könnt mich gern Ethan nennen. Ich bin Dozent, kein Professor, und«, er lächelt, »ich glaube nicht, dass ich sehr viel älter bin als einige von euch, also ist Ethan absolut in Ordnung. Oder Mr Glaser. Was immer euch lieber ist. Ich bin sechsundzwanzig. Ich hab an der University of Chicago meinen Master in Soziologie gemacht, und dort einige Jahre Bildungsforschung betrieben, mich dann aber entschieden, das stille Kämmerlein zu verlassen und in die Lehre zu gehen, und da bin ich.

Ich bin neu in dieser Gegend und erst seit ungefähr drei Wochen hier. Und bislang gefällt es mir gut.« Er sieht mich an – MICH – und lächelt, als er sagt: »Die Leute sind wirklich sehr nett.«

»Mal sehen«, fährt er dann fort. »Ich bin Läufer und werde mir hier ein paar 5000-Meter-Läufe suchen, an denen ich teilnehmen kann. Ich spiele gern Hockey und Fußball. Ich spiele Gitarre, komponiere hin und wieder ein bisschen und – ja, was noch? Ach ja.« Er lacht. »Ich mag sehr viele verschiedene Arten von Musik, aber vor allem bin ich Riesenfan von Styx.«

Stu stößt mir seinen Ellbogen in die Seite, kippt dabei auch gleich das Lächeln aus meinem Gesicht, das mit Sicherheit komplett debil aussah, und schubst mich fast vom Stuhl. Ich tue so, als würde ich irgendwas in meinem Rucksack suchen, damit es nicht so aussieht, als litte ich an irgendeiner merkwürdigen Störung, die dafür sorgt, dass ich gelegentlich vom Stuhl falle.

Als ich an der Reihe bin, mich vorzustellen, sage ich: »Ich bin Josie Sheridan. Ich bin im zweiten Jahr an der Cap und im letzten Jahr an der Bexley Highschool, wo ich in der Volleyball-Mannschaft und im Leichtathletik-Team bin. Ich bin 5000-Meter-Läuferin, also kann ich dir« – ich sehe Ethan an – »eine Liste geben. Übers Jahr verteilt gibt es jede Menge davon.«

Er nickt und – *ah* – lächelt wieder.

Ich sage etwas über mein Hauptfach, an das ich mich im Moment kaum erinnern kann, und dann: »Außerdem bin ich auch totaler Styx-Fan. Aber nur, wenn es um die Dennis-DeYoung-Jahre geht. Und ich halte damit nicht hinterm Berg. Ich erzähl es jedem.«

»Das kann ich bestätigen«, sagt Stu.

»Highschool?«, fragt Ethan erstaunt.

Er ist neu hier. Ich vergaß. Und aus der ganzen »Sieh nur, was wir alles gemeinsam haben«-Liste erregen genau die falschen Sachen seine Aufmerksamkeit.

»Sie und Stu sind unsere ortsansässigen Genies«, sagt ein Junge, den ich aus dem letzten Semester kenne, ein Football-Spieler. »Sie sind beide zirka zwölf.«

»Ja«, erwidere ich trocken. »Wir sind groß für unser Alter.«

Ich ernte lautes Kichern vom Großteil des Kurses, inklusive Ethan, der dann die allerpeinlichste Frage der Welt stellt:

Wie viele Pickel hast du im Moment genau am Hintern?

Aber er formuliert es so:

»Wie alt bist du denn, wenn ich fragen darf?«

»Ich werde im Oktober sechzehn«, antworte ich und tue so, als hätte ich gerade gesagt: *Ich bin knapp dreißig und habe ein eigenes Haus, ein Büro und einen Ex-Mann.*

»Fünfzehn? Und schon im zweiten Jahr hier?«, sagt er. »Alle Achtung!«

»Ja, sie sind gruselig, nicht wahr?«, neckt Mr Football.

»Dann sind diese beiden hier die, die den Durchschnitt anheben werden, hab ich recht?«, fragt Ethan, und einige aus dem Kurs stöhnen zur Bestätigung laut auf, was Stu amüsant findet, aber ich spüre, wie mir erneut Hitze – und Hitze bedeutet Röte – ins Gesicht steigt. Und es macht die Sache nicht besser, sondern schlimmer, dass Mr Football hinzufügt: »Aber sie sind eigentlich ganz cool. Ist schon okay.«

Sind wir das?

Ist es das?

Und welche Variante von *cool* ist hier gemeint? Und welche Sprache – OmeinG*tt, OmeinG*tt 2.0? Football? Stefan? Nein, nicht Stefan. Oder doch? Ich kann nicht mehr denken.

»Also, um die Karten auf den Tisch zu legen«, sagt Ethan, »ging es mir während der Schulzeit genauso. Ich hab die Highschool

mit sechzehn abgeschlossen; ich weiß also, wie ihr euch fühlt«, sagt er mit einem Blick zu Stu und mir.
»Mit anderen Worten: Sie waren immer das Genie der Klasse«, sagt Mr Football.
»Yep«, sagt Ethan. »Aber«, er reckt einen Finger hoch. »Ich hab nie einen Aktenkoffer besessen.«
»Cool«, sagt Mr Football.
Dann nickt Ethan Stu zu, damit er aus seinem Leben erzählt, und danach dem Nächsten, bis wir durch sind, aber ich höre nichts von all dem. Dazu bin ich viel zu sehr damit beschäftigt, im Stillen über all das nachzudenken, was ich gerade über Ethan erfahren habe, und hauptsächlich über meine erste Reaktion auf ihn. Und darüber, warum ich jetzt schon das zu ihm sagen könnte, was ich zu Stefan niemals sagen könnte, nämlich: Ja, ich glaube, ich könnte mich eines Tages, in der Zukunft, in dich verlieben. Das ist sehr gut möglich.

Nach dem Unterricht würde ich gern noch eine Weile im Kursraum bleiben, ein bisschen mit Ethan plaudern und vielleicht so aufbrechen, dass wir zusammen gehen, aber das wird heute nichts. Samantha ist sofort zu ihm hin gestürmt, um ihr Gespräch über Chicago fortzusetzen. Also raffen Stu und ich unsere Sachen zusammen und gehen zu Fair Grounds.
Unterwegs schreibe ich eine SMS an Kate.

SMS an Kate, 9:54 Uhr
*Was würdest du sagen, wenn ich dir erzählen würde, dass ich gerade ein außergewöhnliches Erlebnis mit einem Typen hatte,*

*den ich gerade erst kennengelernt habe. Keine Ahnung, was das ist, glaube, was Ernstes, aber …*

»Schreibst du einen Roman?«, fragt Stu. Ich ignoriere ihn und tippe weiter.

SMS an Kate, 9:55 Uhr
*… es gibt einige offensichtliche Hindernisse.*

SMS von Kate, 9:56 Uhr
*Josie! Was ist passiert?*

SMS an Kate, 9:56 Uhr
*Ich weiß es nicht, aber ich glaube, es ging tief.*

SMS von Kate, 9:57 Uhr
*Ich will alles wissen!*

SMS an Kate, 9:58 Uhr
*Sag ehrlich: Glaubst du an Liebe auf den ersten Blick? Oder zumindest daran, dass sie das Potential hat, sich zu Liebe zu entwickeln?*

SMS von Kate, 9:59 Uhr
*Ja, Josie! Ja, ja, ja! Kann es gar nicht erwarten, mit dir zu sprechen. Küsse, K.*

Ich stecke das Handy weg und lege den restlichen Weg zu Fair Grounds grinsend zurück, weil ich glaube, dass Kate recht behalten könnte. Das könnte das beste Schuljahr von allen werden.

Es gibt nur ein Problem. Ich glaube nicht an Liebe auf den ersten Blick. Aber vielleicht irre ich mich ja.

# 18

SMS an Mutter von der Bexley Highschool, 12:57 Uhr
*Hab Mrs Beckwith in Französisch bekommen. Sie ist ein Idiot.*

SMS von Mutter, 12:58 Uhr
*Komm drüber weg.*

Dieses Jahr habe ich in der Highschool nur zwei Kurse am Nachmittag: Französisch und Politik & Wirtschaft.
Die gesamte Französischstunde hindurch denke ich fieberhaft nach. Es muss einen Weg geben, rauszukriegen, was das war. Wobei mit *das* das gemeint ist, was auch immer mir heute Morgen an der Cap passiert ist. Mit Ethan.
In Politik und Wirtschaft werde ich von meinen Überlegungen abgelenkt, weil Cassie Ryerson, die vor mir sitzt, nach Pfannkuchen riecht. Das ist ein Geruch, der sauren Gurken insofern ähnlich ist, als beides Lebensmittel sind. Und ich finde, man sollte nicht nach Lebensmitteln riechen, es sei denn, man hat sie gerade in der Hand oder befindet sich in einer Küche. Zähne putzen, Zahnseide benutzen, gurgeln, lüften. Essensgerüche gehören in Räume, die mit Essen zu tun haben, nicht in Kursräume. Und überhaupt? Wer riecht um zwei Uhr nachmittags nach Pfannkuchen? Pfannkuchen isst man zum Frühstück.

Das ist also der Grund, warum ich mich nicht auf meine Gefühle für Ethan konzentrieren kann, bis ich beim Drei-Uhr-Klingeln an meinem Schließfach bin. Aber auch dort werde ich in meinen Überlegungen gestört, weil Jen und eine ungewöhnlich fröhliche Emmy kreischend auf mich zustürmen, ebenso wie vier andere begeisterte Freundinnen aus der Volleyballmannschaft, die, wie unsere Trainerin uns jedes Jahr erzählt, für immer unsere besten Freundinnen sein werden.

Sie haben den ganzen Tag, den ganzen Sommer, die ganze Highschool hindurch darauf gewartet, das letzte Schuljahr feiern zu können. Also feiere ich mit ihnen, in ihrer Sprache, und kopiere ihre Gepflogenheiten, die im Augenblick aus Umarmungen, breitem Grinsen und atemloser Begeisterung bestehen. Kreischen tue ich allerdings nicht. Es gibt gewisse fremde Worte und Sätze, die ich einfach nicht reproduzieren kann, und dazu gehört auch Kreischen. Ebenso wie Cheerleader-Jubel. So etwas klang aus meinem Mund noch nie authentisch und wird es auch niemals tun; ich brauche es also gar nicht erst auszuprobieren.

»Ist es zu fassen? Wir sind im letzten Highschool-Jahr! Wie cool ist das denn?«, sagt Jen, während sie mir zum zweiten Mal um den Hals fällt, und ich sage: »Ich weiß. Es wird unser bestes Jahr werden.«

»Okay, warte«, sagt Jen, zieht ihre neue Kamera aus ihrem Rucksack und sagt: »Ich liebe diese Kamera! Die ist neu. Warte. Hier.« Sie zerrt die nächststehende Person am Arm. »Hey, kannst du uns mal fotografieren?«, fragt sie, und ich lächle den Fotografen an, kriege aber die Begrüßung nicht so hin, wie ich sie geprobt habe. Es bleibt bei einem schwachen: »Hallo, Stefan.«

Er macht das Foto, nickt mir zu und geht weg, worauf Jen und die anderen Mädchen Sachen sagen wie: »Arme Josie« und: »Mach dir nichts draus, Josie, das wird schon wieder.« Emmy beugt sich ganz nah zu mir heran und sagt hämisch: »Siehst du? Liebe und Hass. Praktisch dasselbe.«

Heute Abend decke ich den Tisch für fünf, was bedeutet, dass Geoff kommt. Er kommt ein paar Minuten nach Kate, die bei ihrem Eintreffen gerade mit ihm telefoniert. Kurz darauf schlüpft er durch einen Spalt in der Tür, huscht zu ihr hin und versucht, ihr das Blut auszusaugen, aber da Zeugen anwesend sind, gibt er ihr nur schnell einen Kuss zur Begrüßung.

Er ist dazu übergegangen, meine Mutter auf die Wange zu küssen, und macht gelegentlich Anstalten, dasselbe bei mir zu tun, aber diese Annäherungsversuche enden jedes Mal in peinlicher Unschlüssigkeit. Weshalb er mir für gewöhnlich einen Luftkuss zuwirft. Manchmal zwinkert er mir auch zu.

»Geoff«, sage ich als Reaktion darauf, mit Betonung auf dem »e« in seinem Namen.

Kurz bevor das Abendessen serviert wird, drückt Kate meinen Arm und flüstert: »Heute Abend. Wenn Geoff weg ist. Ich will alles wissen.«

Und ich strahle, um ihr meine Zustimmung zu diesem Plan zu signalisieren, aber das Strahlen, die Zustimmung und der Plan lösen sich mit Geoffs erstem Satz in der Pause gleich nach dem Tischgebet in Luft auf.

»Josie«, sagt er. »Kate hat erzählt, du hättest was Tolles erlebt heute. Liebe auf den ersten Blick, sagte sie, glaube ich. Du musst wissen, dass es dazu einige interessante Forschungsansätze gibt.«

Kate stößt ihn mit dem Arm an und zieht unauffällig die Augenbrauen hoch, aber nicht unauffällig genug, als dass es unbemerkt bliebe.

»Was denn?«, flüstert er.

Meine Eltern essen weiter, als wenn nichts wäre, und warten auf weitere Informationen.

»Es stimmt«, sage ich. »Ich hab mich verliebt.«

»In wen?«, fragt Mutter.

»In das Football-Team an der Cap«, sage ich. »Ich hab den Jungs beim Training zugesehen, und schon war's um mich geschehen.«

»Du hast also vor, dieses Jahr aktiv am Sozialleben teilzunehmen, Josie?«, fragt mein Vater. »Exzellent. Aber wir müssen die Spieler natürlich erst kennenlernen.«

»Nun, das ist das Jahr, ab dem ich mit Jungs vom College ausgehen darf. Hast du gesagt, und Mom auch.«

»Wollen wir sie einzeln kennenlernen oder als Team?«, fragt Vater meine Mutter.

»Das hängt wohl davon ab, wie Josie sich entscheidet, wie sie mit ihnen ausgehen will«, sagt sie.

»Verabrede dich mit allen zugleich«, schlägt Kate ein wenig nervös vor.

»Nein, ich hab beschlossen, in den nächsten – sagen wir – neunzig Wochen immer mit einem pro Woche auszugehen. Das ist Runde eins. In Runde zwei gehe ich dann nur mit den Jungs aus, die ich mag. Wieder mit einem pro Woche. Und so siebe ich sie während der nächsten Jahre langsam aus, bis nur noch eine Handvoll übrig ist.«

»Dating-K.-o.-Runden. Ein exzellenter Plan«, sagt Vater. »Aber dir ist hoffentlich klar, dass ihr, also du und die meisten von den Jungs, längst mit der Schule fertig sein werdet, bis der Sieger feststeht. Und es ist auch nicht sehr wahrscheinlich, dass ihr dann alle noch in Ohio wohnen werdet.«

»Dann muss ich eben bei manchen Dates pendeln. Oder sie.«

Und während Dad diesen Plan weiter seziert, versucht Geoff, meinen Blick auf sich zu ziehen, formt das Wort *Sorry* mit den Lippen und setzt dazu noch eine leicht bekümmerte Miene auf, was mich so überrascht, dass ich ihm mit einem angedeuteten Nicken die Absolution erteile. Eigenartigerweise bin ich nicht sauer auf ihn, sondern auf Kate. Aber trotzdem hätte er erst nachdenken können, bevor er den Mund aufmacht. Natürlich tue ich das auch nicht immer, aber – egal – ich höre weiter Dad zu.

Später sind Mutter und ich allein in der Küche und spülen Geschirr. Geoff und Dad sind in Dads Arbeitszimmer und unterhalten sich über Antiquitäten, und wo Kate ist, ist mir egal.

»Danke«, sagt Mutter, als ich ihr eine Auflaufform aus den tropfenden Händen nehme, um sie abzutrocknen. Und der schnelle Blick, den sie mir zuwirft – erwartungsvoll hochgezogene Augenbrauen und die winzig kleine Andeutung eines Grinsens –, verleitet mich dazu, zu sagen: »Ja, ich hab heute an der Cap jemanden kennengelernt, der mir gefällt. Ich glaube, er könnte mir sogar sehr gefallen. Irgendwann.«

»Hab mir schon gedacht, dass das passieren würde. Irgendwann.«

»Ja. Irgendwann«, sage ich leise und ignoriere den Anflug von Traurigkeit, den so ein vages Wort in mir auslöst. Irgendwann. Irgendwann aber ganz bestimmt. Ich räuspere mich und räuspere dabei auch den bitteren Beigeschmack einer so schönen Begebenheit weg. »Er wirkt einfach perfekt. Nett und klug. Und er mag sogar Styx.«

»Aber er ist älter.«

»Er ist älter«, sage ich und *irgendwann* werde ich es auch sein. Wie kann ich ein und dasselbe Wort ebenso sehr mögen wie fürchten?

»Nun«, sagt Mutter. »Wir haben ja gesagt, wenn du sechzehn bist, darfst du mit Jungs vom College ausgehen, aber die Regel …«

»Ich kenne die Regel. Ihr wollt sie vorher kennenlernen. Ich glaube ja, diese Regel existiert nur, um Dad neue Leute zuzuspielen, denen er seine Antiquitäten zeigen kann.«

»Ja, das ist exakt der Grund, warum er sie aufgestellt hat.«

»Vielleicht mag er Geoff deshalb so sehr. Er ist noch relativ neu und kennt noch nicht alle von Dads Geschichten über Aderlässe und Heilmethoden für weibliche Hysterie, an der Kate, wie ich übrigens finde, leidet.«

»Dein Vater und ich mögen Geoff aus einer ganzen Reihe von Gründen, und nicht zuletzt deshalb, weil er Kate, die nicht hysterisch ist, glücklich macht.«

»Mich macht er aber unglücklich. Zählt das gar nicht?«

»Du musst ihn ja nicht heiraten.«

»Da er aber in diese Familie einheiratet, sollte die Familie auch mitreden dürfen.«

»Dann wiegt meine Stimme deine Stimme aber auf, Liebes«, sagt sie, bevor sie aus der Küche geht.

»Noch gebe ich nicht auf«, rufe ich hinter ihr her.

»Daran besteht bei mir nicht der geringste Zweifel«, sagt sie und lässt mich – mit einem Hauch von Schweißfußgeruch – in der Küche zurück.

Lange nachdem das Geschirr abgetrocknet ist und ich gehört habe, wie Geoffs Auto aus der Einfahrt gefahren ist, klopft Kate an meine Zimmertür und tritt ein, während sie noch fragt: »Kann ich reinkommen, Josie?« Ich sitze – bereit, ihr eine Abfuhr zu erteilen – mit dem Gesicht zur Tür auf meinem Schreibtischstuhl, die Arme verschränkt, die Beine übereinandergeschlagen.

»Josie, lass es mich erklären«, sagt sie und setzt sich rasch auf die Ecke des Bettes, die mir am nächsten ist. »Ja, ich habe Geoff von deinen SMS erzählt, und das hätte ich wahrscheinlich nicht tun sollen. Okay, nein, ich hätte es nicht tun dürfen. Zumindest nicht ohne deine Erlaubnis. Aber ich … ich hab mich so gefreut, als ich deine Nachrichten bekommen habe, Josie, und ich wollte diese wirklich schönen Neuigkeiten mit Geoff teilen, der sich auch sehr für dich freut. Das ist großartig. Wir freuen uns sehr. Das ist alles, und wir wollen alles wissen und die Freude mit dir teilen. Und das ist … Es tut mir leid, dass ich es ihm erzählt habe, ohne dich zuerst zu fragen, ob ich darf. Bitte sei nicht sauer auf mich.«

»Okay«, sage ich.

»Nein, du bist sauer.«

»Ich wüsste nicht, dass ich sauer wäre. Ich weiß nur, dass ich erstaunt bin, dass du so etwas tun kannst. Ich schwöre dir, seit du dich mit ihm verlobt hast, hast du völlig den Verstand verloren. Es ist so, als wärst du, seit du ihn kennst, nicht mehr so sehr meine Schwester wie vorher.«

»Gib Geoff nicht die Schuld daran.«

»Ich gebe ihm ja gar nicht die Schuld. Ich gebe dir die Schuld. Können wir ab jetzt keine Geheimnisse unter Schwestern mehr haben?«

»Josie. Es tut mir leid. Ich weiß nicht, was ich noch anderes sagen soll, als dass es mir leidtut. Ehrlich«, sagt sie, legt ihre Hand auf mein Knie und drückt es. Ich drehe mich unvermittelt zum Schreibtisch um und sage: »Ich weiß. Ich hab zu tun.«

»Und was machst du?«

»Mathematisch die exakte Länge des Zeitraums von hier bis Irgendwann ermitteln.«

»Was? So lange wird es dauern, bis du mir verzeihst?«

»Ja. Und es ist eine komplizierte Formel, also mach bitte hinter dir die Tür zu.«

Als ich die Tür ins Schloss fallen höre, aktualisiere ich meinen Bildschirm und setze meine Suchanfrage mit den Begriffen +Wissenschaft+»Liebe auf den ersten Blick« fort.

# 19

Die Wissenschaft widmet sich seit langem der Frage, ob es Liebe auf den ersten Blick überhaupt gibt. Ein spannender Artikel, den ich im Netz finde, beschreibt, wie Forscher die erste Begegnung zweier Studienprobanden, Cedric und Adeline, überwacht haben und aus dem anschließenden Balzverhalten schlossen, dass sie sich in den ersten drei Minuten ihres Zusammentreffens ineinander verliebt haben mussten: Adeline vor Cedric. Erst am Ende des Artikels entdecke ich, dass Cedric und Adeline Orang-Utans sind, doch der Autor der Studie schreibt explizit, dass dieses Phänomen möglicherweise auch für Menschen gilt. (Und für Pfauen und Biber.)

Wie es scheint, ist das Potential zur Liebe auf den ersten Blick im Schaltsystem des Gehirns veranlagt und tritt dann auf, wenn wir jemanden, der unserer Vorstellung vom Pperfekten Partner entspricht, zum ersten Mal sehen.

Ich lese noch weitere Artikel, bevor ich ins Bett gehe und über dem Gedanken einschlafe, dass es den Ergebnissen der Forschung zufolge sehr gut möglich und sogar sehr wahrscheinlich ist, dass ich mich heute verliebt habe. Ich bin ziemlich sicher, dass ich mit einem Lächeln auf den Lippen einschlafe, da alles, was ich heute Abend gelesen habe, einen Pperfekten Sinn ergibt.

SMS von Stu, 7:33 Uhr
*Nein.*

SMS von Sophie, 7:33 Uhr
*Ja. Wieso?*

SMS von Jen, 7:33 Uhr
*OMG ja!!!!!*

SMS von Emmy, 7:33 Uhr
*Seit der 3. Scheidung meiner Mom nicht mehr.*

Sie alle antworten auf diese SMS, die ich ihnen gerade geschickt habe: *Glaubst du an Liebe auf den ersten Blick?* Und ich schreibe ihnen allen nun zurück: *Denke nur über einen Artikel nach, den ich gestern Abend gelesen habe.*

Am Donnerstagnachmittag sitzen Mrs Easterday und ich bei Tee und Shortbread auf ihrer Veranda, die sie als Mr Easterdays Zimmer bezeichnet, weil er sich hier immer besonders gern aufgehalten hat. Das Tischset mit seinem Monogramm liegt noch genau da, wo er es zurückgelassen hat.
Ich stelle ihr dieselbe Frage, und sie sagt: »Ach, du lieber Himmel, nein. Ich fand Mr Easterday ganz und gar nicht sympathisch, als ich ihm das erste Mal begegnete.«
»Nicht?« Ich muss unwillkürlich grinsen, wenn sie von ihm spricht. Sie erinnert mich an Jen Auerbach, aber auf eine sehr viel würdevollere Art. Sie strahlt übers ganze Gesicht, wann immer sie ihren Ehemann erwähnt.
»Nein, überhaupt nicht. Ich hielt ihn für einen Aufschneider«, sagt sie.

»Und was hat sich dann verändert?«
»Nichts hat sich verändert«, sagt sie und klingt überrascht über die Frage. »Ich habe ihn nur besser kennengelernt.« Sie strahlt ein in der Nähe stehendes Schwarzweißfoto von ihm in einer Marineuniform an. »Und ich bin sehr froh, dass es so war. Stell dir vor, was ich versäumt hätte, wenn ich meinem ersten Eindruck getraut hätte.«
»Und was, wenn Ihr erster Eindruck gut gewesen wäre?«, frage ich. »Hätten Sie dem dann getraut?«
»Nachdem ich zwanzig Jahre lang Kinder unterrichtet habe, habe ich gelernt, mir jedes Urteil über einen Menschen zu versagen, bis ich ihn besser kennengelernt habe. Manchmal war mein erster Eindruck richtig. Und manchmal falsch. Das kann man nie wissen.«
»Oh«, sage ich und zeichne mit dem Finger das eingeprägte große *E* auf dem schwarzledernen Tischset von Mr Easterday nach.

Ich schreibe eine SMS an Stu, während ich durch Mrs Easterdays Vorgarten laufe: *Findest du das Leben auch an manchen Tagen schrecklich verwirrend?*

SMS von Stu, 17:18 Uhr
*Nur wenn ich eine Freundin habe.*

SMS an Stu, 17:19 Uhr
*Das ergibt für mich gerade sogar Sinn.*

SMS von Stu, 17:20 Uhr
*Und wer ist er?*

SMS an Stu, 17:20 Uhr
*Es gibt keinen Er. Könnte aber.*

»Irgendwann«, sage ich leise und stoße einen langen, verwirrten Atem aus, der ganz sicher die Form eines geprägten *E* hat.

Am Freitag sieht Ethan während seines Vortrags, den er »Die trockene Materie abhandeln« nennt, die ganze Zeit *mich* an. Ich mache mir zahlreiche Notizen über die Geschichte der Soziolinguistik und ihre Ursprünge in drei verschiedenen Fachgebieten – der Soziologie, der Linguistik und der Anthropologie – und nicke in regelmäßigen Abständen, damit er weiß, dass ich ihn und dieses Thema faszinierend finde.

Er ist ein exzellenter Redner. Er benutzt kein Skript, was bedeutet, dass er sein Thema beherrscht, was bedeutet, dass es ihm wichtig ist, was wieder etwas ist, was wir gemeinsam haben.

Nächste Woche werden wir unser über das gesamte Semester gehende Sprachvarietäten-Projekt beginnen. Bis zum Ende des Semesters werden wir sprachliche Einheiten – Worte oder Sätze – sammeln, die, von unterschiedlichen Sprechern benutzt, unterschiedliche Dinge ausdrücken sollen. Nehmen wir zum Beispiel das Wort *cool* und den Ausdruck *Alles cool*, sprachliche Einheiten, die Stefan, der mich jetzt nicht einmal mehr anschaut, wenn wir uns auf dem Schulflur begegnen, andauernd benutzt hat. Je nachdem wie, wann und wo er sie benutzt hat, bedeuteten sie:

1. Das ist wirklich interessant.
2. Ich bin für etwas oder mag das.
3. Das habe ich noch nie gesehen oder gehört.
4. Das macht mir nichts aus.

Wenn wir dreißig Beispiele des von uns gewählten Ausdrucks protokolliert haben oder zehn Wochen vorbei sind – je nachdem, was eher eintritt –, untersuchen wir sie auf gemeinsame Muster im Sprachgebrauch je nach Geschlecht, Alter, Ort und solchen Dingen und schreiben eine Abschlussarbeit darüber.

Kate hat sich diese Woche jeden Morgen zu mir an den Frühstückstisch gesetzt, inklusive Montag, und da war Labor Day, und ich hatte nicht die Schule als Ausrede, um ihr aus dem Weg zu gehen, so dass ich den größten Teil des Morgens bei Mrs Easterday verbracht habe. Heute ist Mittwoch, und Kate ist schon wieder da. Sie trinkt ihren Kaffee und wartet geduldig, während ich mein Frühstücksritual zelebriere.

In den letzten beiden Tagen hat sie versucht, mich in Gespräche über die Nachrichten zu verwickeln, und ich habe ihr so höflich wie möglich geantwortet. *Hmm.* Da sie fließend Josie spricht, weiß sie, dass sie mich nicht jetzt schon zu ausführlichen Äußerungen drängen sollte.

Heute sagt sie: »Du darfst nicht immer noch sauer auf mich sein, Josie. Ich hab doch gesagt, es tut mir leid. Was kann ich denn noch sagen?«

»Wie kann ich dir je wieder bei irgendwas Wichtigem vertrauen, wenn du alles, was ich dir erzähle, an Geoff weitertratschst?«

»Werde ich nicht. Ich versprech's. Von jetzt an werde ich das nicht mehr tun, wenn du mir sagst, dass du es nicht willst.«

»Es gefällt mir aber nicht, dass ich dir das extra sagen muss. Du solltest es selbst wissen. Was ist denn mit dir passiert?«

»Es ist nichts passiert, Josie. Ich wollte deine frohe Botschaft nur mit dem Menschen teilen, den ich auf der Welt am meisten liebe. Aber ohne deine Erlaubnis werde ich das nicht mehr tun.«

»Vielleicht«, sage ich, und verlasse das Haus; mir ist übel, weil ich ahne, dass die Sache noch nicht ausgestanden ist.

Ethan beendet den Unterricht mit: »Okay, das ist für heute genug über Sprachgemeinschaften«, und wie immer bleiben alle noch ein bisschen da und plaudern miteinander. Bis auf Stu, der Hunger hat und mir sagt, dass er vor dem Fair Grounds auf mich wartet. Ich trödele extra ein bisschen und packe meine Bücher langsam ein in der Hoffnung, gleichzeitig mit Ethan den Kursraum zu verlassen. Dann höre ich, wie Samantha Styx erwähnt.

»Welchen Song von denen könnte ich denn kennen?«, fragt sie.

»›Lady‹, ›Babe‹ ›Come Sail Away‹«, sagt Ethan, aber sie schüttelt bei jedem Titel den Kopf.

»›Mr Roboto‹«, sage ich.

»Ohh ja!«, sagt sie, und Mr Football fügt hinzu: »Hammer! Sehr geiler Song!«

Und ich höre förmlich, wie ich diesen Ausdruck in meinem Kopf übersetze – *»Hammer« gleich sehr gut; dieser Song ist sehr gut* –, was ich schon hundertmal gemacht habe, mindestens. Den Ausdruck hört man hier auf dem Campus häufig, aber er ist nicht gleichbedeutend in meiner Muttersprache. Ich fertige den ganzen Tag solche Übersetzungen an, jeden Tag, aber aus irgendeinem Grund fallen mir diese Sinnverschiebungen in letzter Zeit stärker auf.

Allgemein herrscht die Auffassung, dass »Mr Roboto« rockt, wie ich, Mr Football zitierend, sage.

Ich geselle mich im Rausgehen zu der Gruppe, und wir reden über Musik, aber nicht mehr unbedingt über Styx. Bis ich mich plötzlich allein mit Ethan wiederfinde, während wir vom Campus gehen.

»Gehen wir in dieselbe Richtung?«, fragt er.

»Sieht so aus«, sage ich.

»Lass mich dich was fragen, Josie. Wie hast du es angestellt, dass du mit fünfzehn schon im letzten Highschool-Jahr bist?«

»Ich werde bald sechzehn«, sage ich. »Am dritten Oktober. Der fällt dieses Jahr auf einen Freitag. Also trag das Datum in deinen Kalender ein, und halt schon mal nach guten Sonderangeboten Ausschau.«

»Schick mir eine Wunschliste.«

»Mache ich. Aber ich hab das zweite Schuljahr übersprungen.«

»Ich das dritte«, sagt er. »Und Stu?«

»Stu ist siebzehn. Der hat nie was übersprungen. Und schon gar keine Mahlzeiten.«

»Ihr zwei scheint ein enges Verhältnis zu haben«, sagt er. »Seid ihr … zusammen?«

»Stu und ich? Nein.« Ich schaue in die Ferne und versuche möglichst beiläufig zu klingen, als ich sage: »Wir haben beide gerade keinen festen Partner.«

Er antwortet mit einem fröhlichen Nicken, das ich nicht zu deuten weiß.
Wir sind an der Straßenecke angekommen und warten an der Ampel. Am Ende des Blocks sehen wir Stu; er steht draußen vor Fair Grounds und isst einen Muffin von der Größe eines Softballs. Wahrscheinlich schon den zweiten.
»Mir wurde gesagt, hier in der Gegend gäbe es ein besseres Café als das auf dem Unigelände«, sagt Ethan.
»Ja, Fair Grounds«, sage ich und zeige darauf. »Das ist da, wo Stu steht. Da gehe ich auch gerade hin.«
»Macht es dir was aus, wenn ich mich anschließe?«
»Nein, gar nicht. Wir kommen jeden Tag nach dem Unterricht hierher.«
»Das hättest du nicht sagen dürfen. Jetzt hänge ich euch dauernd auf der Pelle, und du wirst es bereuen.«
»Das bezweifle ich.«
»Das ist nett von dir.«
Die Ampel springt um. Wir überqueren die Straße, und plötzlich spüre ich sie wieder, diese Energie, die mich am Mittwoch durchströmt hat, und jetzt, wo ich so dicht neben ihm gehe, würde ich ihn am liebsten fragen, ob er sie auch spürt. Aber da es mir ein bisschen früh in unserer aufkeimenden Beziehung erscheint, über die körperlichen Symptome der Liebe oder die Wissenschaft hinter dem Phänomen Liebe auf den ersten Blick zu diskutieren, beschließe ich zu warten.
Irgendwann werden wir endlose Gespräche darüber und über andere Dinge führen. Hoffe ich.
»Was ist denn eigentlich dein Lieblingssong von Styx?«, fragt er.

»›The Best of Times‹. Das war der erste Song, den ich je von ihnen gehört habe.«

»Liebe auf den ersten Song?«, fragt er scherzhaft.

»Genau«, sage ich. »Und meine Begeisterung ist nie erlahmt. Was ist dein Favorit?«

»Oh, ›Lorelei‹ würde ich sagen«, antwortet er, und oh, ich wünschte, mein Name wäre Lorelei.

*When I think of Lorelei,*
*my head turns all around.*
*As gentle as a butterfly,*
*she moves without a sound.*

»Ich könnte mir vorstellen, dass es an eurer Schule nicht sehr viele Styx-Fans gibt«, sagt Ethan.

»Willst du damit etwa andeuten, dass die größten Musiker aller Zeiten nicht universell Anklang finden?«, frage ich.

»Nein. Aber es ist, ähm, eher ungewöhnlich, jemanden unter dreißig zu treffen, der ein Fan von ihnen ist.«

»Lustig, dass du das sagst. In meiner Familie ist es nämlich ein geflügeltes Wort, dass ich gefühlte dreißig bin.«

»Verstehe. Ich könnte mir vorstellen, dass dein Geschmack allgemein in diese Richtung geht und anders ist als der deiner Freundinnen. Irgendwie reifer?«

»In einigen Hinsichten ja. Na gut, in vielen. Aber bei vernünftigen Schuhen hört's definitiv auf. Obwohl ich durchaus einsehe, wozu sie gut sind. Ich hab bloß keine. Noch nicht.«

»Lass mich dich was fragen, Josie. Wenn du die Wahl hast, an einem Freitagabend auf die coolste aller Partys zu gehen oder, sagen wir …«

»Karamellbonbons mit meiner einundachtzigjährigen Nachbarin herzustellen?«

»Ja.«

»Dann würde ich lieber mit Mrs Easterday Karamellbonbons machen«, sage ich. »Sie und ich haben einen sehr guten Draht zueinander. Wir führen tolle Gespräche.«

»Easterday?«

»Toller Name, oder? Aber ich gehe auch auf Partys. Ich fühle mich da nur nicht so wohl wie bei Mrs Easterday.«

»Und was gefällt dir an Partys nicht?«, fragt er.

»Für kurze Zeit sind sie total okay, aber dann reicht es mir. Dann hab ich genug von dem Lärm, dem Geschrei, von Betrunkenen, davon, dass mich ständig jemand anrempelt, genug von allem. Dann *muss* ich einfach gehen.«

»Ah!«, sagt er und wirkt so, als würde ihn dieser Gedanke erfreuen. »Noch eine Frage: Wenn in einem T-Shirt ein Schild oder ein Knubbel ist …«

»Kann ich es nicht tragen.«

»Und was ist mit seltsamen Geräuschen? Keinen lauten, aber seltsamen, die sich wiederholen?«

»Ertrage ich nicht.«

»Übererregbarkeit der Sinne.«

»Exakt«, sage ich.

Der Begriff Übererregbarkeit der Sinne wurde von einem polnischen Psychologen geprägt, der einige der ersten großangelegten Studien mit hochbegabten Kindern durchgeführt hat. Er fand heraus, dass Menschen mit einem sehr hohen IQ auf gewisse sinnliche Reize – Licht, Geräusche, Gerüche, Gewebetexturen –

überreagieren, was in Extremfällen sogar zu Funktionsbeeinträchtigungen führen kann.
»Du bist der einzige Mensch, den ich je getroffen habe, der mit diesem Begriff etwas anzufangen weiß«, sagt Ethan, und ich erzähle ihm nicht, dass Stu ihn auch kennt. Wir gehen schweigend ein paar Schritte weiter, dann sagt er: »Ich glaube, wir haben sehr viel gemeinsam, Josie. Wenn du je das Bedürfnis hast, mit jemandem zu reden, der deine Erfahrungen teilt: Meine Tür steht immer offen für dich.«
»Wirklich? Danke.«
»Jederzeit. Das meine ich ernst. Ich weiß, wie selten man Menschen trifft, die einen verstehen und wissen, was man durchmacht. Sie sind selten und wichtig.«
Menschen, die dieselbe Sprache sprechen, würde ich gern sagen, sage aber stattdessen: »Ja, das stimmt.«
Er nickt zufrieden oder wirkt zumindest so.
In diesem Moment kommen wir bei Stu an, der Ethan fragt: »Und wie findest du die Cap nach einer Woche so?«
»Es gefällt mir hier.« Er sieht mich an und sorgt dafür, dass meine Ohren zu glühen anfangen, als er sagt: »Die Leute sind supernett und offen, und sie haben einen ausgezeichneten Musikgeschmack.«
»Möchte mal jemand?«, fragt Stu und hält uns seinen Muffin hin.
»Siehst du?«, sagt Ethan. »Überall, wo man hingeht, bieten einem die Leute ihre Muffins an.«
»Ja, so sind wir hier«, sagt Stu und beißt wieder ein Riesenstück aus dem Muffin.

»Sieht so aus, als hättest du dir einen Vorsprung vor Josie und mir herausgearbeitet.«
»Horheihe.«
»Vorspeise«, übersetze ich.
Auf dem Weg hinein fragt Ethan: »Wollt ihr euch reinsetzen oder nehmt ihr was auf die Hand?«
»Normalerweise setzen wir uns rein«, sage ich.
»Ich hole mir nur einen Kaffee zum Mitnehmen«, sagt er, und die Leute bei Fair Grounds sind so auf Zack, dass der schon nach nur zweiunddreißig Sekunden fertig ist, verdammt. »Vielleicht setze ich mich nächste Woche zu euch. Wenn man dir so zusieht, läuft einem sofort das Wasser im Mund zusammen.«
»Jollheh ma pohiehen.«
»Solltest mal probieren«, sage ich.
»Nächstes Mal. Bis dann, ihr zwei«, sagt er, wünscht uns noch einen schönen Tag und winkt, als er an der Tür ist.
Ich wende mich Stu zu. »Weiß Jen Auerbach, dass du keine Socken mit Nähten tragen kannst?«
»Wohl kaum.«
»Glaubst du nicht, dass sie das wissen sollte?«
»Nein. Wichtiger ist, dass ich rausfinde, ob sie in verrutschten Socken mit Nähten laufen kann.«
»Wusste ich doch, dass du sie gut findest«, sage ich.
»Tatsächlich würde ich das gern von jedem wissen, aber das ist ein Thema, das so selten zur Sprache kommt«, gibt er zurück.
»Gut, dann finde ich es für dich raus.«
»Ja, das war die ganze Zeit mein Plan. Dich dazu zu bringen, sie zu fragen.«

»Sie gefällt dir.«

»So wie dir dieser Dozent gefällt?«, fragt er und grinst fies.

»Was?«, protestiere ich.

»Ich hab gesehen, wie du mit ihm gekommen bist. Du sahst ja vollkommen verzückt aus.«

»Wir haben über Styx gesprochen. Wie soll ich denn da sonst aussehen?«

»Okay, okay«, sagt er, während er die Schultern hochzieht und mir weiter dieses fiese Grinsen präsentiert.

»Iss deinen Muffin«, befehle ich, was Josie für *sei still* ist, was, in diesem Fall, OmeinG*tt für *Du hast recht und mir fällt keine schlagfertige Erwiderung ein* ist.

Später am Nachmittag, auf unserem perfekt abgestimmten Spaziergang zurück zur Highschool, läuft in meinem Kopf eine Endlosschleife von »Lorelei«:

*When I think of Josephine, my head turns all around*
*As gentle as a butterfly, she moves without a sound.*
*I call her on the telephone. She says, »Be there by eight.«*
*Tonight's the night she's moving in, and I can hardly wait.*
*The way she moves,*
*I gotta say,*
*»Josephine, let's live together ...«*

Stu fragt mich nicht, woran ich denke. Das fragen wir uns nie. Nicht, weil wir das nicht nötig hätten. Sondern weil wir wissen, wie unhöflich es ist, jemanden aus seinen Gedanken zu reißen.

# 20

Freitagmorgen. Ich habe gerade meinen Rucksack auf dem Boden des Kursraums abgestellt, als Ethan zu mir kommt und mich mit dieser großartigen Miene, die verrät, dass zwei enge Freunde persönliche Dinge übereinander wissen, fragt: »Und? Heute Abend wieder Karamellbonbons mit Mrs Easterday?«

»Nein, heute bin ich bei den Nachbarn von gegenüber«, sage ich und zeige auf Stu.

»Dann viel Spaß«, erwidert Ethan, und während er nach vorn zu seinem Schreibtisch geht, fragt Stu: »Bist du?«

»Ja. Sophie und ich müssen einige Theorien besprechen.«

»Theorien über was?«

»Über die Fellpflege bei Affen. Ist das Lausen ein angeborener Trieb oder ein Resultat sozialen Drucks?« Ich verziehe das Gesicht. »Es geht natürlich um Josh.«

»Lausen?«

»Ja. Dem anderen Ungeziefer aus …«

»Ich weiß, was Lausen heißt.«

»Dein Wissen über die Körperpflege der Primaten ist eins der Dinge, die mir an dir am besten gefallen.«

»Ich dachte, du wühlst ein bisschen in meinem Bart rum.« Er schiebt sein Kinn vor und fragt: »Willst du mal streicheln?«

»Wie lange willst du damit eigentlich noch rumlaufen?«

»Eigentlich wollte ich mich morgen rasieren, aber jetzt muss ich ihn stehenlassen, damit du nicht denkst, ich hätte ihn für dich abrasiert.«

»Ich hab dich nicht gebeten, ihn abzurasieren. Ich hab dich nur gefragt, wie lange du ihn noch stehenlassen willst.«

»Was impliziert, dass ich ihn – irgendwann – abnehmen werde.«

»Ich weiß nicht mal, warum du ihn überhaupt hast.«

»Weil ich kann«, sagt er. Dann runzelt er die Stirn und zeigt nach vorn, wo Ethan steht und sich auf den Unterricht vorbereitet. »Sag mal, woher kennt der eigentlich Mrs Easterday?«

Ich grinse nur und genieße das Gefühl, dass allein Ethan und ich das wissen. Es fühlt sich an wie ein Insiderscherz – ein Band zwischen uns, und noch dazu ein privates.

Das ist ein guter Anfang.

Am Spätnachmittag laufe ich mit Sophie nach Hause. Sie ist die Layouterin des aktuellen Jahrbuchs, dessen Redaktionsteam sich jeden Tag nach der Schule trifft, in derselben Zeit, in der ich Volleyballtraining habe. Wenn mal eine von uns früher fertig ist, hängen wir noch mit Freunden rum – Anmerkung für Geoff: Ich *habe noch* Freunde – und warten auf die andere. Wenn Sophie nicht wieder verliebt wäre, hätte Stu nach seinem Fußballtraining auch auf uns gewartet. Er sagt, dass er ihr Gefasel über Josh nicht erträgt; ihr Post-Trennungs-Lamento ist ihm lieber als ihre Prä-Beziehungs-Euphorie.

Den ganzen Weg über beschreibt Sophie mir, wie unglaublich gut Josh Brandstetter flirten kann. Sie möchte noch gar nicht mit ihm ausgehen. Wir haben erst das Ende der zweiten Schulwoche erreicht, und offenbar ist es noch etwas zu warm und zu grün für das, was sie als die beste Jahreszeit für die Liebe erachtet.

»Der Herbst ist die perfekte Zeit, um sich zu verlieben«, sagt Sophie. »Wenn es nachts kalt wird und die Blätter ihre Farbe verlieren. Ich liebe das.« Sie wendet sich mir rasch zu. »Aber ich halte ihn nicht hin. Er weiß, dass ich ihn gern hab. Er weiß nur nicht, wie sehr.«

»Ich weiß. Du verlängerst nur den Anlauf.«

»Den Anlauf verlängern. Ja, perfekt.«

»Ich hab heute gehört, wie er gesagt hat, du wärst scharf.«

»Ach was, sei still. Zu wem hat er das gesagt?«

Ich zähle die Namen einiger seiner Freunde auf.

»Ach was, sei still«, sagt sie wieder, und ich muss grinsen.

*Sei still*, ist die sprachliche Einheit, deren Verwendung ich für mein Sprachvarietäten-Projekt dokumentiere. Je nach Situation bedeutet es übersetzt:

1. Hör auf zu reden.
2. Danke.
3. Das ist nicht dein Ernst.
4. Du hast recht und mir fällt keine Retourkutsche ein.

Seit Mittwoch, als Dad mir extra für dieses Projekt eine schwarze Kladde in einem Schreibwarenladen gekauft hat – dem dritten, in dem wir an dem Abend waren –, habe ich schon vier Beispiele gesammelt. Dad hat außerdem ein kleines braunes, in Leder eingebundenes Notizbuch mit einem rotseidenen Lesebändchen gekauft. Ich habe ihn gefragt, wofür er das verwendet, aber alles, was er gesagt hat, war: »Das wüsstest du wohl gerne.«

Als ich nach Hause komme, steht Kates Auto in der Einfahrt, und auf der Arbeitsfläche in der Küche liegt ein an sie adressiertes Päckchen von Victoria's Secret. Daneben ein Zettel, auf dem steht:

> Liebe Josie,
> das hab ich dir für die Hochzeit bestellt, aber ich schenke es dir jetzt schon, als ein total frivoles Friedensangebot.
> Küsschen,
> Kate

Oben höre ich total laut »Lorelei« auf meinem Computer, ziehe mein T-Shirt aus, werfe es aufs Bett, steige in den neuen BH – »wattiert für extremen Push-up-Effekt« – und betrachte blinzelnd wie eine alte Oma mein Spiegelbild, bis ich schließlich meine Brille wieder aufsetze.

*Hmm.*

Ich sehe aus wie immer, nur mit Busen. Ich dachte, ich würde damit … anders aussehen. Das ist nicht gerade die Verwandlung in einen Schwan, die Kate, glaube ich, vorschwebte.

*Josephine, let's live together. Bah-bah-bah. Brighter than the stars forever.*

Ich blättere den beiliegenden Katalog durch, um zu sehen, was ich falsch mache, und verrenke mich – Hintern raus, Knie leicht gebeugt, Arme ganz um meinen Oberkörper geschlungen – vor dem Spiegel. Ah, Moment. Ich muss den Pferdeschwanz aufmachen. *Wuschel, wuschel.* Dann versuche ich, in dieser Pose zu bleiben, und rufe Kate.

»Ja?«, fragt sie, als sie in mein Zimmer kommt und sich ein Lachen verkneift.

»Wer steht so da?«, möchte ich von ihr wissen.

Wir brüllen über die Musik hinweg.

»Josie.«

»Hast du dich jemals so vor Geoff hingestellt?«

»Das sage ich dir nicht.«

»Also ja!« Ich kichere und imitiere weitere Posen. »Und so auch, wette ich.« Ich schiebe triumphierend einen Arm hoch. Mit dem anderen werfe ich meine Haare herum. »Und so.«

»Josie«, sagt sie lachend und stellt die Musik aus. »Mutter!«

»Nein, ruf sie nicht!«, kreische ich, werfe mir rasch mein T-Shirt über und ziehe es über meinen brandneuen Busen.

»Sie ist gar nicht zu Hause. Also, wie gefällt er dir?«

»Ich weiß nicht.« Ich steche in die Körbchen des BHs. Könnten kugelsicher sein. »Wie sieht das denn aus?« Ich werfe mich in die Brust. »Glaubst du, Dennis DeYoung will mich jetzt? Aber eigentlich hoffe ich, dass nicht. Ich würde nicht wollen, dass er für mich seine Frau verlässt.«

»Ist er nicht ein bisschen zu alt für dich?«

»Er ist absolut zu alt für mich, aber ich lehne es ab zu glauben, er könnte irgendwelche Unvollkommenheiten besitzen. Deshalb habe ich beschlossen, ihn als alterslos zu betrachten. Wie seine Stimme.«

»Verstehe. Hast du mir also verziehen?«

»Weil du mir das hier gekauft hast? Nein. Ich hab dir verziehen, weil ich dich liebe.« Sie drückt mich rasch an sich, während ich sage: »Aber das Ding ist doch lächerlich. Das kann ich nicht tragen.«

»Natürlich kannst du. Den kann man verstellen und die Träger aushängen. Dann ist er trägerlos. Für dein Brautjungfernkleid ist er absolut perfekt.«

»Trotzdem lächerlich.«

»Unter dem Kleid sieht er ganz toll aus. Vertrau mir.«

»Wann ist die nächste Anprobe?«

»Am elften Oktober.«

»Ist das dann die letzte?«, frage ich hoffnungsvoll. Es gab nämlich schon zwei.

»Wahrscheinlich benötigen wir insgesamt vier.«

»Vier Anproben?«

»Ja. Setz dich hin«, sagt sie.

Ich setze mich auf die Bettkante, und sie bürstet mir die Haare.

»Sind dann auch die anderen Brautjungfern alle wieder dabei?«, frage ich.

»Ja.«

»Dann komme ich nicht.«

»Doch, du kommst.«

»Die machen mich wahnsinnig.«

»Ich weiß«, sagt sie und beraubt mich der Gelegenheit, meine Beschwerden aufzulisten. »Aber sei nett zu ihnen, sie lieben dich abgöttisch. Vor allem Madison.«

»Ich glaube, du bleibst nur mit ihr befreundet, um mich zu

quälen«, sage ich über Kates lebenslang beste Freundin Madison Orr.
»Ich fürchte, ich muss dich schockieren, Josie, aber meine Freundschaften haben herzlich wenig mit dir zu tun.«
»Sie sollten aber mehr mit mir zu tun haben, wenn das Verhalten deiner Freundinnen mich auch betrifft.«
»Madison liebt dich.«
»Madison spricht über mich in der dritten Person, wenn ich direkt vor ihrer Nase stehe.«
»Ja, das stimmt«, sagt Kate und rümpft ein wenig die Nase. »Aber sie meint es nur gut.«
»Und geht es dir nicht wahnsinnig auf die Nerven, wie sie einen Stift hält? Sie legt zu viele Finger darauf und drückt viel zu fest«, sage ich und imitiere es linkisch.
»Hast du eigentlich vor, mir von diesem Typen an der Cap zu erzählen, oder nicht?«
»Ich kann dir jetzt schon sagen, dass unsere Beziehung nirgends hinführt, wenn er seinen Stift auch so hält. Allerdings weiß ich bereits, dass er es nicht tut.«
»Oho! Ihr habt also eine Beziehung?«
»Keine Ahnung, nein. Na ja, genaugenommen schon, aber nur im Unterricht.« Ich wende mich ihr zu, und sie setzt sich neben mich. »Aber ich glaube wirklich, dass wir einen Draht zueinander haben.«
Dann erzähle ich ihr – ausführlich – jede relevante Information, außer seinem Nachnamen; sämtliche großartigen Details, vor allem die, die unsere vielen Gemeinsamkeiten betonen, und als ich fertig mit Schwärmen bin, fragt Kate auf den Punkt: »Wie alt

ist er?« Und ich fühle mich, als wäre ich gerade aus vollem Lauf gegen eine Wand gerannt, die ich zwar gesehen, aber zu ignorieren beschlossen habe.

*Klatsch. Aua!*

*Öhm.*

»Älter«, sage ich und lasse mich auf den Rücken fallen.

Geschlagen.

»Josie. Komm, setz dich auf.«

»Nein, ich kann nicht. Dieser BH ist zu schwer.«

Ich kann kaum über ihn drüber gucken und bin froh, als Kate sich neben mich legt und sich mit ihrer Schulter an meine kuschelt.

»Ist er im letzten Jahr an der Cap?«

»Nein, er ist nicht im letzten Jahr, aber er ist älter, und ich bin ...«

Ich kann es nicht mal aussprechen, also blase ich nur die Luft aus und schließe die Augen.

»Du bist fast sechzehn, aber gefühlte dreißig. Manchmal. Manchmal könnte man auch meinen, du wärst zwölf.«

»Das ist jetzt nicht sehr hilfreich«, sage ich.

»Nein, ich weiß. Aber du weißt auch, dass du keine typische Sechzehnjährige bist. Ich bin sicher, dass Ethan das sieht.«

»Er sieht sechzehn. Und ich auch. Und du auch, und die ganze Welt auch.«

»Du bleibst ja nicht immer sechzehn, Josie.«

»Das weiß ich. Das weiß ich, Kate, und ich sage mir auch die ganze Zeit, dass wir uns vielleicht, irgendwann, besser kennenlernen und er mich möglicherweise auch mag. Sehr mag. Aber bis dahin ist es noch ein langer Weg, und währenddessen weiß ich ja schon, dass ich ihn mag. Sehr mag. Ich weiß nicht, wohin mit diesen Gefühlen. Ich weiß nicht mal, was meine Gefühle sind. Nur, dass sie real sind und dass sie riesengroß sind und dass sie mich vollkommen verwirren.«

»Geh möglichst entspannt damit um«, sagt sie und setzt sich auf. »Liebe ist eine Riesensache.«

»Glaubst du, dass es Liebe ist?«

»Vielleicht. Und wenn ja, dann wird sie auch noch andauern, wenn du nicht mehr sechzehn bist. Du musst nur damit umzugehen lernen. Das ist ein Problem, das du nicht so lösen kannst wie ein mathematisches Problem.«

»Ich kann alles wie ein mathematisches Problem lösen. Na ja, fast alles.«

»Dieses nicht«, sagt sie. »Wie heißt Ethan denn mit Nachnamen?«

»Er hat keinen. Er ist wie Sting, Madonna, Bono. Ethan.«

»Ich werde ihn schon nicht googeln.«

»Doch, wirst du«, sage ich und stütze mich auf meine Ellbogen.

»Ja, wahrscheinlich würde ich das«, sagt sie und kichert.

»Sind deine Gefühle für Geoff wirklich so riesengroß?«, frage ich.

»Meine Gefühle für Geoff sind sehr real und sehr stark«, sagt sie, »aber ich weiß, wie du über ihn denkst, und darum gehe ich jetzt.«

Sie ist schon an der Tür, als ich sie frage: »*Liebst* du den wirklich? *Den?*«

»Josie?«, sagt sie und seufzt. »Wir haben wirklich ein sehr nettes Gespräch geführt, und ich rede sehr gern mit dir über Ethan, aber du wirst das jetzt nicht verderben, indem du das Thema Geoff anschneidest, nur damit du ihn beleidigen kannst.«

»Das ist nicht der Grund, *warum* ich auf Geoff komme. Das ist bloß eine ganz natürliche Zugabe.«

»Du kannst es nicht lassen. Also gehe ich.«

Sie schließt die Tür hinter sich, und ich bleibe allein zurück, in meinem Zimmer, meiner Verwirrung und meinem BH, der lächerlich ist, egal, was Kate sagt. Ich brauche Socken oder Hamster oder so was in der Art, um die Körbchen auszufüllen.

Als ich mir ein paar Minuten später meine Haare wieder zu einem Pferdeschwanz zusammenbinde und den BH ausziehe, geht mir auf, wofür er steht. Erst der BH, dann Kontaktlinsen und Ohrlöcher – all das sind Korrekturen, Optimierungen meines Aussehens, die offenbar dringend anstehen. Ich werfe den neuen BH in eine Kommodenschublade und lasse mich frustriert aufs Bett fallen, wo ich schmollend über ein neues Wort nachdenke.

*Wann?*

# 21

Es ist Samstagmorgen. Dad sitzt am Tisch, als ich nach unten komme und mit meinem morgendlichen Ritual beginne. Irgendetwas ist anders. Und schrecklich, schrecklich falsch. Die Dose mit dem Müsli steht am falschen Ort im Schrank. Die Milch steht auf der falschen Seite im Kühlschrank, und die Frühstücksschalen trocknen im Geschirrständer.

Ich peile schnell die Lage: Schalen. Sämtliche Schalen. Milch. Müsli. Sämtliche Schalen? Restlos alle?

Mein Blick wandert zu meinem Vater. Er sitzt mit einem Stift in der Hand und einem manischen Grinsen im Gesicht am Tisch und beobachtet mich; sein brandneues Notizbuch mit Ledereinband und seidenem Lesebändchen liegt aufgeschlagen vor ihm.

»Sehr witzig, Dad«, sage ich.

»Lass dich nicht stören. Beachte mich gar nicht. Ich führe nur Beobachtungen durch.«

Ich trockne eine Schale ab und beginne mit meinem Ritual, indem ich erst einmal alles *an seinen richtigen Platz* stelle. Dann hole ich es wieder raus.

Ungefähr zwanzig Minuten später rufe ich Dad aus dem Bad im Keller zu: »Auch das: Sehr witzig, Dad!«

Er hat das Toilettenpapier aus dem Halter genommen und zwei Rollen konkurrierender Marken auf den Spülkasten gestellt. Ich benötige eine Handvoll Sekunden und eine gründliche Fingerprobe, um zu entscheiden, welches Papier ich verwende, was ich ihm bei meiner Rückkehr berichte. Dann füge ich hinzu: »Wohl nichts los auf der Arbeit, was?«

»Ich interessiere mich bloß für meine Töchter«, sagt er und schreibt in sein Buch. »Ich halte fest, wie du auf unerwartete Veränderungen in deinem Umfeld reagierst.«

»Ich hasse unerwartete Veränderungen in meinem Umfeld. Das hättest du auch einfach so hinschreiben können.«

»Selbsteinschätzungen sind für gewöhnlich ungenau. Außerdem sind Experimente sehr viel unterhaltsamer.«

»Und welche Experimente hast du mit Kate geplant?«, frage ich.

»Diese Hochzeit ist schon Experiment genug. Wenn ich sie in einem Labor hätte zusammenbrauen können, hätte ich's genauso getan.«

»Wenn ich das Hochzeitsexperiment durchführen würde«, sage ich, »würde ich in mein Notizbuch schreiben, dass die Hochzeit Kate zum Schlechteren verändert hat, und ich würde das Experiment in ihrem Interesse abbrechen und die Hochzeit absagen, bevor irgendjemand Schaden nimmt.«

»Ich stimme dir zu, dass Kate derzeit nicht sie selbst ist, aber das ist zum größten Teil einfach nur Stress, Josie. Nach der Hochzeit wird sie wieder ganz die Alte sein.«

»Ich stimme dir weder zu, dass es unbedingt die Hochzeit ist, die Kate verändert hat, noch glaube ich, dass die Veränderung nur vorübergehender Natur ist. Einen deutlichen Rückgang an Schwesterlichkeit habe ich schon lange, bevor sie den Termin festgelegt hat, aber *nach* ihrer Verlobung registriert. Und da Geoff die einzige neue Variable in unserer Geschwisterbeziehung ist,

ist die Ursache für ihren Niedergang klar benennbar: Geoffrey Stephen Brill.«

»Und wie genau manifestiert sich dieser Rückgang an Schwesterlichkeit?«

»Vertrauensbrüche sowie direkte und indirekte Kritik an meinem Erscheinungsbild«, sage ich und halte meinem Vater drei Finger vor die Nase. »Wir haben gestern ein wunderbares Gespräch geführt, sie war ganz die alte Kate, aber dann kamen wir, natürlich, auf Geoff zu sprechen, und die bloße Erwähnung seines Namens trieb einen Keil zwischen uns. Sie ist sogar aufgestanden und gegangen, als sie nur seinen Namen hörte.« Ich seufze. »Oh, und sie tut Dinge, die *er* ihr sagt. Nur weil er sagt, dass sie sie tun soll.« Ich denke an ihr wochenlanges aggressives Schweigen und an ihr späteres Verkehrspolizistinnen-Gehabe. »Vielleicht ist er ein genialer Manipulierer, der den Plan verfolgt, Kate zu seiner Marionette zu machen, um sie bei einer in Zukunft geplanten kriminellen Operation einzusetzen. Du und Mutter solltet euch wirklich große Sorgen machen.«

Dad klappt sein Notizbuch zu und legt seinen Stift weg.

»Was magst du an Geoff am allerwenigsten?«, fragt er.

»Ich habe eine Liste mit achtzehn Dingen, die ich an ihm nicht mag, inklusive der Art, wie er *Ren-wah* ausspricht. Und kannst du nicht dafür sorgen, dass er aufhört, mir zuzuzwinkern? Das ist echt gruselig.«

»Was ist denn Punkt eins auf dieser Liste?«

»Dass er Kate verändert hat. Dass er dafür gesorgt hat, dass sie plötzlich mehr *seine* Verlobte als *meine* Schwester ist. Ross hat das mit Maggie nicht gemacht.«

»Kate ist nicht weniger deine Schwester, nur weil sie heiratet.«

»Doch, ist sie«, sage ich, »aber offenbar bin ich die Einzige, die das sieht. Er drängt sich zwischen uns.«

Dad und ich wechseln einen langen, ernsten Blick. Seine Augen sagen mir, dass er mich ernst nimmt. Und meine sagen ihm, hoffe ich, dass ich ernsthaft unter dieser Sache leide – noch mehr als unter Geoffs Aussprache französischer Namen.

»Möchtest du, dass ich mit Kate spreche?«, bietet er an.

»Ich möchte, dass du die Hochzeit absagst«, sage ich. »Und das ist kein Scherz.«

»Ich werde die Hochzeit nicht absagen, aber ich werde meine Fähigkeiten als …«, er macht eine Pause und stemmt die Hände in die Hüfte, »Super-Seelenklempner zum Einsatz bringen.«

»Und wie?«

»Indem ich so viel wie möglich unvoreingenommen beobachte«, sagt er.

»Und wenn ich recht habe? Und du siehst, dass Geoff sich wirklich zwischen mich und Kate drängt? Was willst du dann tun?«

»Dann werde ich wahrscheinlich das Gespräch mit Geoff suchen«, sagt er nach gründlichem Nachdenken. »Und ein sehr ernstes Gespräch mit ihm führen, Josie. Versprochen.«

»Gut. Denn wenn er ein Gentleman ist, wird *er* dann die Hochzeit abblasen, um die Harmonie in dieser Familie wiederherzustellen, die übrigens, bevor er auftauchte, geradezu perfekt war. Das wirst du ja wohl bestätigen.«

»Das kann ich bestätigen«, sagt Dad.

»Danke«, sage ich, gebe ihm einen Kuss auf die Wange und wende mich zum Gehen.

Aber bevor ich die Treppe hochlaufen kann, nimmt er meine Hand, führt mich zurück zu meinem Stuhl und zeigt darauf.
»Ich werde meinen Teil beitragen, Josephine, aber ich erwarte, dass du deinen ebenfalls beiträgst«, sagt er.
»Meinen Teil?«
»Ja, und dein Teil wird meinem in nichts nachstehen. Ich erwarte von dir, dass du Geoff und Kate, soweit dir das möglich ist, unvoreingenommen beobachtest, was …«
»Ich …«
»Was«, sagt er etwas lauter, »du durchaus kannst, wenn du es versuchst.«
»Ich weiß aber jetzt schon, dass er der Falsche für sie ist«, sage ich.
»Ist er das?«
»Ja. Ich warte nur darauf, dass ihr anderen es endlich seht.«
»Mmm«, sagt er und legt für einen Moment den Kopf in den Nacken, bevor er sich wieder seinem Notizbuch zuwendet.
Ich rieche Schweißfüße, während ich in mein Zimmer hochstapfe, weil *Mmm* niemals einfach *Mmm* bedeutet. Nicht in der Sprache von Dr. Sheridan. Es bedeutet sehr viel mehr, worüber nachzugrübeln jetzt mir selbst überlassen bleibt – was wiederum zum Sinn dieses Wortes gehört.

Jen Auerbach nimmt Telefongespräche immer mit einer Prognose darüber an, um was es in dem Telefonat gehen wird. Bei mir tippt sie in sechsundsechzig Prozent der Fälle richtig. Heute Nachmittag liegt sie falsch, als sie sagt: »Es geht um acht los.«
»Ich komme nicht«, sage ich.

Sie hat für heute Abend die gesamte Volleyballmannschaft zur jährlichen Team-Party zu sich nach Hause eingeladen. Letztes Jahr bin ich dabei eingenickt und erst wieder aufgewacht, als die Mädels gerade dabei waren, ein Stanniolhütchen für mich zu basteln. Ich ließ sie es zu Ende machen. Dann haben wir Hütchen für alle gebastelt und lustige Fotos gemacht. Wir haben uns in den Armen gelegen und gelacht und über laute Musik hinweggeschrien und kalte Pizza gegessen. Es war anstrengend.
Emmy ist damals aus den Latschen gekippt, weil sie zu viel getrunken hat, und als sie wieder zu sich kam, war sie in Stanniolpapier eingewickelt wie eine Mumie. Ich schätze, daraufhin ist sie ausgerastet und hat eine Woche nicht mehr mit Jen geredet. Ich war da schon weg. Gegen halb elf bin ich nach Hause gegangen. Nüchtern und mit meinem Hütchen.
»Och Maaann, Josie«, sagt Jen. »Warum denn nicht?«
Ich sage ihr nur, dass wir wieder ein Familienessen haben, und sie stellt mir Fragen zu Kates Hochzeit, die ich kurz und knapp beantworte.
Dann fragt sie: »Ist Stu heute Abend auch dabei?«
»Nein, wieso?«
»Bin nur neugierig.«
»Nein, heute Abend ist nur die Familie da und der temporäre Verlobte.«
»Oh. Cool. Okay. Ruf mich wieder an.«
»Okay. Viel Spaß heute Abend.«
Warum fragt sie, ob Stu kommt? Ich weiß, dass sie ihn immer noch gern hat. Und jetzt frage ich mich, ob sie weiß, dass er sie auch gut findet.

Als ich am Abend in die Küche komme, ist Geoff schon da. Maggie und Ross auch. Geoff steht neben Kate und streicht über ihren Rücken, während sie ausführlich davon schwärmt, wie großartig dieser Fotograf sei, den sie engagiert haben, und was für ein unglaublich gutes Auge er habe. Und dann tut Geoff es wieder. Er zwinkert mir zu.

Ich drehe ihm den Rücken zu, damit er nicht mitbekommt, wie mein genervtes Blinzeln nahtlos in ein Augenrollen übergeht. Sah sicher super aus; meine Eltern hätten es filmen sollen.

»Seine Fotos sind echte Kunstwerke«, sagt Geoff zu meinen Eltern. »Jeder, der nur ein bisschen Sinn für Ästhetik hat, wird seine Arbeiten auf Anhieb schätzen. Wenn man seine Hochzeitsfotos nicht von einem Künstler machen lässt, verstehe ich – um ehrlich zu sein – gar nicht, warum man überhaupt einen Fotografen engagiert. Dann kann man sich das Geld doch besser sparen und seine Tante oder Großmutter knipsen lassen.«

»Exzellent«, sagt mein Vater. »Ganz ausgezeichnet. Ich rufe gleich Aunt Toot an und sage ihr, dass sie nicht vergessen darf, ihre Polaroidkamera mitzubringen.«

»Dad«, kichert Kate.

»Hast du Aunt Toot schon mal mit einer Kamera gesehen? Sie ist ein Genie. Wenn man ihre Bilder sieht, weiß man nie, was sie eigentlich fotografieren wollte. Das ist echte Kunst«, sagt Dad.

»Kommt wohl ganz darauf an, wie man das definiert«, sagt Geoff und tut so, als würde er die Nase rümpfen.

Aunt Toot ist Dads achtundsiebzigjährige Schwester – die Ehefrau von Uncle Vic. Sie weigert sich, ihre Brille in der Öffentlichkeit aufzusetzen, weil sie findet, dass sie trutschig damit aussieht. Die Frau hat in ihrem ganzen Leben noch nie ein perfekt mittig ausgerichtetes Foto gemacht.

»Ich hab uns was zum Verkosten mitgebracht«, sagt Geoff, zieht eine Flasche Wein aus einem Beutel und zeigt sie, während er sie an Hals und Boden festhält, erst meinem Vater, dann Ross.

Das Frauenvolk kann bei dem Thema offenkundig nicht mitreden.

»Hmm«, macht mein Vater absolut unverbindlich, während er die Flasche betrachtet.

Ross tut es ihm nach.

Das gedehnte *Hmm* ist – wie *Mmm* – eine dieser phantastischen Antworten, die alles Mögliche bedeuten können, und spräche Geoff Sheridan, wüsste er, dass mein Vater damit heute Abend so viel sagen will wie: *Nimm dich in Acht, mein Freund.*

Geoff schenkt den Wein aus. »Dieser Rebsaft stammt aus der Region Marlborough in Neuseeland«, sagt er. Und während alle darauf warten, dass er die Gläser austeilt, mache ich mich daran, den Salat für heute Abend zu waschen. »Als Erstes riecht nur mal daran«, sagt Geoff schließlich und demonstriert die ebenso seltene wie diffizile Gabe des Riechens.

Er lässt die Flasche neben mir auf der Arbeitsfläche stehen; ich beuge mich vor und schnuppere daran, als würde ich meinen letzten Atemzug tun.

»Riecht nach Wein«, sage ich, werde aber außer von Mutter und *dem Blick* ignoriert.

»Und jetzt probiert einen kleinen Schluck«, sagt Geoff. »Schmeckt ihr die Honigmelone und den Pfirsich raus?«

Sie nicken. Ich zerpflücke den Salat, als wäre er die Essenz von Geoffrey Stephen Brills Lehrstunde.

»Jetzt nehmt noch einen Schluck und achtet diesmal auf den Abgang«, sagt er.

»Zitrone?«, rät Kate, und Geoff wiegt lächelnd den Kopf.

»Grapefruit«, sagt er. »Dies ist ein sehr unkomplizierter und zugänglicher Wein. Und die nachhaltigen Zitrusnoten im Abgang gefallen mir besonders.«

»Genießen Sie diesen unkomplizierten und zugänglichen Sauvignon Blanc mit den zarten Aromen von Honigmelone und Pfirsich und leichten, aber nachhaltigen Grapefruitnoten im Abgang«, sage ich in die Stille. Alle starren mich an. »Das steht auf der Flasche«, sage ich.

»Hmm«, sagt Geoff, sich von mir abwendend. »Dann lag ich ja richtig.«

»Ja, und zwar bemerkenswert richtig; nachgerade frappierend präzise, möchte ich hinzufügen«, sage ich mit gespielter Begeisterung, während Mutter leise »Josephine« zischt.

»Ich bin ein ziemlicher Weinkenner«, erklärt Geoff und blinzelt die Flasche an, als sähe er sie zum ersten Mal. »Was auf den Etiketten steht, interessiert mich in der Regel wenig.« Und er fügt ein stolzes *Hm* hinzu, während er so tut, als würde er lesen, was auf dem Etikett steht. Dann stellt er die Flasche zurück auf die Arbeitsfläche und beugt sich dicht zu mir hin, um mich zu killen; nur sind ja Zeugen da, also muss er stattdessen flüstern.

»Du kennst doch die Redensart, Josie«, sagt er mit einem schiefen Grinsen: »Mit Honig fängt man mehr Fliegen als mit Essig.«

»Wie kommst du darauf, dass ich Fliegen fangen will?«
Und dann – das hat er jetzt davon – zwinkere ich ihm zu.

Beim Essen ist er dann still. Die meiste Zeit jedenfalls. Es gibt Spaghetti, weshalb er mich im Auge behält. Und während einer der natürlichen Pausen im Tischgespräch erschrecke ich alle beinahe zu Tode, indem ich – *PAAFFF!* – mit der flachen Hand auf den Tisch schlage.

»Verzeihung«, sage ich eine Sekunde, bevor Mutter fordert: »Das musst du uns erklären, Josephine.«

Mit einem Lächeln in Geoffs Richtung sage ich: »Ich dachte, ich hätte eine Fliege gesehen.«

Das Verhalten meines Vaters – er schaut mich aus seinen tiefblauen Augen eindringlich an, während er, länger als Behaglichkeit und Anstand es gebieten, vollkommen reglos dasitzt – ist eine stille Botschaft an mich: *Es reicht für heute, meine Liebe.*

Und nach dem Essen flüstert er mir mitten in dem Geschirrgeklapper und angeregten Geplauder in der Küche in strengem Ton zu: »Wenn man eine Testperson in die Richtung lenkt, in der man sie gern hätte, bestätigt das nur die eigene Voreingenommenheit, meine Liebe. Und es macht die Resultate wertlos.«

»Tut mir leid«, flüstere ich zurück, und begreife, dass es nun an mir ist, mich still zu verhalten, vor allem, als Dad abschließend ein ernstes »Mmm« hinzufügt.

# 22

7. Stu Wagemaker

Geschrieben in Jens perfekter Handschrift.

Wir verrenken uns die Hälse oder scharen uns dicht um Jen und Emmy, während sie ihre Listen vergleichen. *Die zehn Jungs unserer Stufe, mit denen ich mir eine Beziehung vorstellen könnte.* Heute ist Freitag, der sechsundzwanzigste September. Wir haben in fünfunddreißig Minuten ein Spiel, aber man muss zweifellos Prioritäten setzen.

Nachdem sich gestern irgendein absurdes Drama abgespielt hat, hält die Trainerin unserer B-Mannschaft im Umkleideraum gerade eine Strafpredigt und erinnert sie, wie sie es jedes Jahr turnusmäßig auch bei der A-Mannschaft macht, daran, dass unsere Teamkolleginnen unsere besten Freundinnen sind.

Mir leuchtet nicht ein, warum Teamkolleginnen nur wegen ihrer Zugehörigkeit zur selben Sportmannschaft und völlig unabhängig davon, ob sie untereinander irgendwelche Kompatibilitäten aufweisen oder nicht, automatisch beste Freundinnen sein sollten. Aber da das in dieser speziellen Subkultur, der ich angehöre und prinzipiell ja auch gern angehöre, eine Art Dogma zu sein scheint, nehme ich es stillschweigend hin.

Alle in unserem Team fallen sich aus irgendeinem Grund wahnsinnig gern gegenseitig um den Hals – und besonders diese merkwürdigen Umarmungen, die ich X-Verrenkungen nenne, sind beliebt: Man ziehe die Ärmel über die Hände, lege den

Kopf in den Nacken und kreuze die Arme x-förmig hinter dem Nacken der Freundin, möglichst so, dass die Arme nach oben zeigen. Das ist fast so, als wollte man einen Cheerleadertanz mit dem Kopf von jemandem zwischen den Pompoms beginnen. Ich musste es letztes Jahr lernen, als ich in der Schulauswahl gespielt habe und sich herausstellte, dass alle anderen Mädchen es machten.

Wie gesagt, das ist eine kulturelle Eigenart, wie das Verbeugen in Japan. Also habe ich es zu Hause geübt, und inzwischen stehe ich in dem Ruf, die besten Umarmungen der ganzen Mannschaft zu können. Es gibt sogar Mädchen, die sagen: »Ich brauche eine Josie-Umarmung.« Also tue ich meinen dreizehn »besten Freundinnen« und auch einigen Mädchen aus der B-Mannschaft den Gefallen. Niemand weiß, wie unnatürlich ich das finde – genauso unnatürlich, wie ich das Verbeugen finden werde, sollte ich jemals nach Japan reisen, was ich nicht unbedingt sehe; aber falls doch, werde ich es definitiv vor Reiseantritt üben, und meine neuen japanischen Freundinnen werden sagen: »Ich brauche eine Josie-Verbeugung.« Nur auf Japanisch.

Und nach dieser Reise werde ich mich fühlen, wie ich mich häufig nach dem Volleyballtraining fühle: Es ist eine Erleichterung, nach Hause zu kommen, was ich weder als Beleidigung meiner Teamkolleginnen noch des Staates Japan verstanden wissen möchte. Aber nach einer gewissen Zeit fällt das Leben an einem fremden Ort einfach schwer.

Wir verrenken uns also weiter die Hälse und drängen uns dicht um Jen und Emmy, bis die beiden ihre Listen fertig verglichen haben. Acht Jungs haben es auf beide Listen geschafft, wenn auch nicht in identischer Reihenfolge, aber auf beiden steht Josh Brandstetter auf Rang eins, was Emmy dazu veranlasst, übers ganze Gesicht grinsend zu sagen: »Das nenne ich paradox!«

»Und ich eine Koinzidenz!«, sage ich, und sie tut so, als würde sie mir aufs Bein schlagen, wirft mir aber zugleich eines ihrer Zicken-Lächeln zu – das mit den schlitzförmig zugekniffenen Augen –, so dass ich weiß, dass sie über die Korrektur angesäuert ist und die Verspieltheit nur vortäuscht.

Fairerweise muss ich dazusagen, dass diese Listen keineswegs »To-do-Listen« sind. Jen und Emmy sind nicht im Rennen um den Titel der Klassenhure, der gegenwärtig von Cassie Ryerson gehalten wird. Das ist die, die unnatürlich nach Pfannkuchen riecht. Allerdings glaube ich nicht, dass das irgendwas mit ihren moralischen Grundsätzen zu tun hat.

Ich bin nur ein wenig überrascht, wie ungeniert Jen und Emmy zugeben, dass sie auf der Suche sind. Ich würde niemals so eine Liste schreiben – ganz gleich, welcher Kultur ich angehöre. Und ich weiß nicht, ob ich mich für Stu freuen soll, weil er auf Jens Liste steht, oder ob ich mich für ihn gekränkt fühlen soll, weil er erst an siebter Stelle genannt ist.

Ich bin mir nicht ganz sicher, ob Jen überhaupt die Richtige für ihn ist, und nach dem Training bin ich sogar noch unsicherer, was das angeht. Während der letzten Dehnübungen lege ich mich neben sie auf den Boden der Turnhalle.

»Darf ich dich mal was fragen?«, sage ich.

»Klar.«

»Warum steht Stu auf deiner Liste?«

»Findest du nicht, dass er sich über den Sommer total gemacht hat? Er sieht doch jetzt total scharf aus.«

»Kann sein«, sage ich und denke schnell darüber nach, ob Stu jetzt anders aussieht als im Mai. Mir waren durchaus Veränderungen aufgefallen, aber ich hatte sie nicht als scharf eingestuft. Für mich waren es einfach die natürlichen körperlichen Veränderungen, die Teenager nun mal durchmachen. *Hmm*, sage ich zu mir selbst, bevor ich mich wieder Jen zuwende.

»Was den Bart angeht«, sagt sie und dehnt das Wort Bart, »da weiß ich ja nicht so recht. Ich meine, schon cool, dass er sich einen stehenlässt, aber ich weiß nicht, ob ich einen Jungen mit Bart küssen möchte.«

»Yep«, sage ich. »Aber eins würde ich ja gern mal wissen: Was genau bedeutet diese Liste?«

»Sie bedeutet, was sie bedeutet. Wenn es zwischen uns funken würde, hätte ich nichts dagegen.«

»Aber ich versteh das trotzdem nicht.«

»Ich liebe dich, Josie. Du bist so witzig.«

»Nein, im Ernst. Mir ist nicht klar, ob sie bedeutet, dass du diese Jungs nun magst oder nicht. Also im Sinne von mehr als einfach nur so. Ich würde gern wissen, ob es dir einfach nur darum geht, mal eine Weile mit ihnen rumzumachen, oder ob du gern eine richtige Beziehung mit ihnen hättest.«

»Wieso denn? Hat Stu irgendwas über mich gesagt?«, fragt sie, ihre Lippen öffnen sich und verziehen sich Millimeter für Millimeter zu einem breiten Grinsen.

»Nein, ich bin nur neugierig«, sage ich und stehe auf.

Jen steht ebenfalls auf.

»Komm schon, Josie.«

»Nein. Er hat dich nie erwähnt. Ich frage nur wegen deiner Liste. Er ist, wie du weißt, einer meiner besten Freunde.«

»Ja, aber erst kommen wir«, singt Jen geradezu und lässt prompt eine X-Verrenkung folgen.

»Weißt du noch, wie ich dir mal erzählt habe, dass er einen ganz schönen Verschleiß hat, was Freundinnen angeht?«, frage ich.

»Das liegt nur daran, dass er noch nicht die Richtige getroffen hat. Oder getroffen vielleicht schon, aber nicht richtig kennengelernt.« Sie nimmt meine Hände. »O mein Gott, Josie, was, wenn *ich* die Richtige für Stu bin? Was, wenn ich die Erste bin, auf die er sich wirklich einlässt? Denn wenn er erst die Richtige gefunden hat …«

»Was ist, wenn er die Richtige gefunden hat?«

»Wenn er die Richtige gefunden hat, spielen alle anderen keine Rolle mehr.«

Sie plappert während des gesamten Wegs in den Umkleideraum weiter. Ich würde sie gern unterbrechen, finde aber nicht den richtigen Zeitpunkt, um zu fragen: *Aber sind nicht alle die Falschen, bis man den findet, den man heiraten will?*

Und woher weiß man das dann?

# 23

Am Montag, dem neunundzwanzigsten September, beginnt mein aufregender persönlicher Countdown bis Freitag, denn dann ist mein sechzehnter Geburtstag, das offizielle Ende meiner belanglosen Existenz als Fünfzehnjährige. Und es ist zudem der offizielle Beginn der großen Romanze zwischen Sophie und Josh Brandstetter – soweit es in diesen ersten Tagen eine sein kann. Ausreichend Regen und kalte Nächte haben dafür gesorgt, dass die Blätter aller Bäume der Stadt die Farbe des herbstlichen Regenbogens angenommen haben und Sophie dazu inspiriert wurde, Josh dazu zu inspirieren, ihr seine Liebe zu gestehen.

Er hat es ihr letzten Freitagabend gesagt, als er bei ihr zu Besuch war, und Sophie hat ihm darauf geantwortet, wie nur sie antworten kann.

»Ich weiß.«

Sie arbeitet gerade an einer Collage in Edelsteinfarben, die sie ihm diesen Freitagmorgen vor der Schule überreichen will. Anstelle einer Signatur wird sie *Ich liebe dich* unten in die Ecke schreiben. So signiert sie auch ihre Geburtstagskarten, die sie mir schenkt.

Ich bin erstaunt, wie unterschiedlich sich dieselben Worte anfühlen können, selbst wenn sie geschrieben sind.

Ich habe mich gerade zu Stu an unseren Stammtisch im Fair Grounds gesellt. Seit Anfang des Monats hat Ethan mich mindestens zweimal pro Woche auf dem Weg hierher begleitet. Und

wir führen jedes Mal wunderbare Gespräche. Er versteht es, genau die richtigen Fragen zu genau den richtigen Themen zu stellen: Was hast du gedacht, als du zum ersten Mal das Video zu »Mr Roboto« gesehen hast? Kannst du lernen, während du Musik hörst? Was hältst du von meinem Unterrichtsstil?
Das hat er mich heute Morgen gefragt, gerade eben erst, auf unserem Spaziergang nach dem Ende des Kurses.
»Ich hätte gern deine ehrliche Meinung, Josie«, hat er gesagt.
»Im Gegensatz zu meiner unehrlichen Meinung?«, neckte ich ihn. Na ja, nur zum Teil. Okay, ich hab ihn gar nicht geneckt, aber versucht so zu klingen, als würde ich es tun.
»Ja«, sagte er mit einem schnellen Grinsen. »Ja, selbstverständlich. Ich möchte gern wissen, wie der Kurs deiner Meinung nach so läuft.«
»Er läuft großartig. Ich finde ihn ganz toll.«
»Und was ist mit … Wie findest du meinen Unterrichtsstil? Ist er okay, oder halte ich zu viele Vorträge? Gelingt es mir, die Leute bei der Stange zu halten? Und sie für die Sache zu interessieren?«
»Ich finde«, *du bist perfekt*, wollte ich sagen, sagte stattdessen aber, »du machst das sehr gut. Du brauchst wirklich nichts zu ändern.«
Er nickte. Zufrieden. Erleichtert. Und ich freute mich, diejenige zu sein, die offensichtlich so zu seiner Zufriedenheit beigetragen hatte.

SMS an Kate: 11:52 Uhr
*Was bedeutet es, wenn Ethan mich bittet, ihn und seinen Stil zu beurteilen?*

SMS von Kate: 11:53 Uhr

*Dass ihm deine Meinung wichtig ist!!!!*

Ich stecke das Handy wieder weg und blicke genau zur rechten Zeit hoch, um einen Blick von Ethan aufzuschnappen, als er mit seinem Kaffeebecher in der Hand losgeht. Er winkt. Ich winke zurück und wende meine Aufmerksamkeit wieder Stu zu, der mich ungelenk angrinst, während er einen Riesenbissen von seinem Bagel-Sandwich abbeißt.

»Was?«, frage ich.

Er imitiert mein Winken und addiert seine Version simulierter Mädchenhaftigkeit dazu.

»Er hat gewunken. Also hab ich zurückgewunken. Ich war nur höflich«, sage ich.

Er schluckt, sagt nur »Mh-hmm« und verputzt selbstzufrieden grinsend den Rest seines Sandwiches, was ich mit »Bitte sitz einfach nur da und iss« kommentiere.

»Hu hi hoo.«

*Tu ich doch.*

»Ich fasse es nicht, dass Jen Auerbach dich scharf findet.«

Sein Grinsen wird noch breiter, und ich versuche ihn zu ignorieren, während ich meinen Tee trinke, aber jetzt muss ich über seinen Bart und seinen Pferdeschwanz nachdenken und dann über dieses unverschämt amüsierte Grinsen in seinem Gesicht, und ich platze heraus: »Sie mag allerdings deinen Bart nicht.«

»Vielleicht rasiere ich ihn für sie ab.«

»Gut«, erwidere ich grantig und bekomme noch schlechtere Laune, als der Geruch von Schweißfüßen in meine Richtung weht.

»Josie!«, ruft Kate fröhlich, kaum dass ich am Nachmittag durch die Hintertür ins Haus komme.
»Kate!«, gebe ich ebenso fröhlich zurück.
Sie und Mutter sitzen am Küchentisch, vor sich einen Wust von Zetteln und Unterlagen – Gästelisten, Skizzen mit der Sitzordnung, Antworten auf die Einladungen, die vor zwei Wochen rausgegangen sind, Pläne für den gewaltsamen Umsturz im Columbus Country Club, wo der Empfang stattfinden soll.
»Ich weiß schon, was ich dir zum Geburtstag schenke«, sagt Kate.
»Gut, der ist nämlich am Freitag.«
»Kontaktlinsen.« Sie wendet sich Mutter zu. »Das ist die Lösung. Sie kann sie bei der Hochzeit tragen.«
»Die Lösung für was?«, frage ich und schütte mir an Dads kleiner Küchenbar ein riesiges Glas Wasser ein.
»Auf den Hochzeitsfotos kann niemand eine Brille tragen«, sagt Kate. »Die Gläser spiegeln sonst. Und das sieht furchtbar aus.«
»Dann ziehe ich meine Brille eben aus, wenn die Fotos gemacht werden«, sage ich.
»Das funktioniert nicht Josie. Du kannst ja nicht auf halbem Weg zum Altar stehen bleiben, deine Brille ausziehen, dich fotografieren lassen und sie dann wieder aufsetzen«, sagt Kate.
»Um ehrlich zu sein« – ich nippe an meinem Glas –, »bin ich sicher, dass ich das kann.«
»Aber du wirst Blumen tragen«, greint sie geradezu.
»Mit beiden Händen?«
»Lass mich dir einfach Kontaktlinsen zum Geburtstag kaufen, Josie«, sagt sie, während ich mich auf einen der Hocker an Dads Bar setze und mich langsam um mich selbst drehe.

»Ich hätte lieber eine Ziege«, sage ich.

»Eine was?«

»Eine Ziege. Ich wünsche mir jedes Jahr eine, und genaugenommen«, sage ich und halte an, um meine Mutter anzusehen, »bedeutet das, dass ich nie das bekomme, was ich will.«

»Aber du meisterst die Entbehrung mit bewundernswerter Contenance«, sagt sie, und ich drehe mich weiter.

»Du willst eine Ziege haben?«, fragt Kate.

»Ja, und alle anderen, die mich kennen, wissen das. Wie kommt es, dass du es nicht weißt?«

»Und warum willst du eine Ziege haben?«

»Ich möchte lernen, wie man Ziegenkäse macht.«

»Warum?«

»Weil ich nicht weiß, wie es geht.«

»Warum kaufst du nicht einfach Ziegenkäse?«

»Wenn ich eine Ziege habe, bekomme ich den umsonst«, sage ich.

»Und wenn du eine Kuh hättest, würdest du umsonst Kuhmilch bekommen.«

»Sei nicht albern, Kate. Für eine Kuh ist unser Garten ja wohl kaum groß genug.«

»Josie, ich bin nicht … was? Ach, egal. Und hör auf, dich zu drehen. Davon wird mir schwindlig.«

»Dann solltest du dich auf Gleichgewichtsstörungen untersuchen lassen.«

»Da du ganz sicher keine Ziege bekommst, wird es wohl doch auf die Kontaktlinsen hinauslaufen«, sagt sie.

»Damit machst du einen falschen Gegensatz auf. Es handelt sich hier keineswegs um eine Dichotomie, *entweder* Kontaktlinsen *oder* eine Ziege, du könntest mir auch tonnenweise anderer Dinge schenken. Und wieso hast du eigentlich noch nichts? Mein Geburtstag ist in vier Tagen.«

Sie versucht es mit ihrer Verkehrspolizistinnen-Tour und hält die Hand hoch. Ich imitiere die Geste, nur ein wenig übertriebener.

»Und?«, sage ich herausfordernd, als sie ihre Hand sinken lässt.

»Ich hatte zu tun, ich plane gerade meine Hochzeit«, sagt sie so höhnisch, als wäre ihre Antwort derart sonnenklar, dass es dumm war, ihr diese Frage zu stellen.

»Ich will aber keine Kontaktlinsen. Dann trage ich eben einfach bei der Hochzeit meine Brille nicht.«

»Du wirst …« Sie lässt beide Hände mit einem lauten Knall auf den Tisch fallen und bläst die Luft aus. »Du wirst die Fotos verschandeln.«

»Kate«, versucht Mutter, sie zu beruhigen.

»Sie wird in die Kamera blinzeln und die Fotos ruinieren«, sagt sie. »Sag ihr, dass sie sich gefälligst Kontaktlinsen verpassen lassen soll.«

»Sag *ihr*, dass es hier um eine blöde Hochzeit geht und nicht um eine Thronbesteigung«, sage ich.

»Mädchen.«

»Mensch, Josie. Davon verstehst du einfach nichts. Sie müssen perfekt werden, und du machst mir echt das Leben schwer, wenn du dich weigerst.«

»Wenn das so ist, entschuldige ich mich für meine Myopie.«

»Herrgott, Josie!« Sie stößt sich dramatisch vom Tisch ab, steht auf und marschiert aus der Küche und in ihr Zimmer hoch.

»Sie hat angefangen«, sage ich zu Mutter, während ich eine vollständige Umdrehung mit dem Hocker mache. »Und sie dreht langsam durch. Ihr solltet euch große Sorgen um sie machen.«

»Wir *machen* uns Sorgen um Kate. Sie hat eine sehr niedrige Toleranzschwelle, was persönliche Belastungen angeht. Allerdings haben wir nicht vorhergesehen, wie viel du zu ihrem Belastungspegel beiträgst.«

»Kann Dad ihr nicht irgendwas verschreiben?«

»Josephine. Lehnst du die Kontaktlinsen nur ab, um deine Schwester zu nerven?«

»Ich hab mich noch nicht mal entschieden, ob ich überhaupt zu dieser Hochzeit gehe. *Wenn* sie denn stattfindet.«

»Sie wird stattfinden, und du wirst dabei sein«, sagt meine Mutter in ihrem energischsten Ton.

»Ich will aber nun mal keine Kontaktlinsen. Und ich kann es überhaupt nicht leiden, dass Kate mir sagt, dass ich welche haben muss, weil ich sonst ihre Fotos verschandele.«

»Das war in der Tat ein bisschen heftig. Ich werde später mit ihr reden.«

»Dann rede auch gleich mit Dad. Er hat nämlich einen wichtigen Wortwechsel verpasst, der beweist, was ich ihm vor kurzem über Kate gesagt habe.«

»In Ordnung. Aber ich hätte trotzdem gern, dass du das mit den Kontaktlinsen mal ausprobierst«, sagt Mutter.

»Ist das dein Ernst?«, protestiere ich, und Mutter seufzt bloß. »Ich könnte Hornhautkrebs davon kriegen.«

»Wirst du aber nicht.«

»Ich könnte blind werden.«

»Wirst du aber nicht.«
Sie wartet.
Ich pule an meinem Fingernagel herum.
»Josephine, ich würde es sehr begrüßen, wenn du das mit den Kontaktlinsen mal ausprobieren würdest, einfach nur um ein bisschen Frieden in mein gegenwärtiges Leben zu bringen. Vielleicht stellst du ja sogar fest, dass du sie gut findest.«
»Und was, wenn nicht?«
»Ich würde es begrüßen, wenn du das mit den Kontaktlinsen mal ausprobieren würdest und wenn du mit der Einstellung an die Sache herangehen würdest, dass du sie möglicherweise sogar gut finden könntest.«
Manno.
»Okay, ich probiere es aus«, sage ich und mache eine volle Umdrehung. »Für dich. Nicht für Kate, weil mir nicht gefällt, wie sie die ganze Sache eingefädelt hat.«
»Danke.«
»Aber wenn ich dabei mein Augenlicht verliere, muss Kate mir ihre Hornhäute spenden.«
»Ich freue mich, dass du Vernunft annimmst«, sagt sie, während sie die Unterlagen und Zettel einsammelt und sie ordentlich in eine von vier *(vier!)* farblich gekennzeichneten Aktenmappen steckt.
Ich bin noch keine zweiunddreißig Sekunden in meinem Zimmer, als Kate *ohne anzuklopfen* hineingestürmt kommt und mir ihre Arme um den Hals wirft. Das ist eine richtige Umarmung, tausendmal besser als eine X-Verrenkung, die es mir sehr schwer macht, weiter sauer auf sie zu bleiben. Aber ich kriege es hin.

»Danke, Josie«, sagt sie und lässt sich auf mein Bett fallen.

Ich setze mich an meinen Schreibtisch und tue so, als müsste ich Hausaufgaben machen, die aber längst fertig sind. Ich habe ohnehin kaum was auf.

»Du wirst echt froh sein, wenn du erst Kontaktlinsen hast«, sagt sie. »Das verspreche ich dir. Sie sind superangenehm. Und weißt du, was das Tollste ist? Dann brauchst du beim Volleyball nicht mehr diese alberne Sportbrille anzuziehen.«

»Warum sollte ich denn meine Sportbrille nicht mehr tragen?«

»Und«, sagt sie und wird richtig aufgeregt bei dem Gedanken, »dann stoßen auch nicht eure Brillen aneinander, wenn ihr, also du und Ethan … äh, wenn ihr euch näherkommt.«

Ich starre sie an. Unsere Beziehung beschränkt sich rein auf den Unterricht und unsere Unterhaltungen auf dem Weg zu Fair Grounds, und sie denkt sich irgendwelche unbeholfenen Knutsch-Sessions unter Brillenträgern aus? Selbst *meine* Phantasien reichen nicht so weit. Ich weiß nicht, ob ich beleidigt oder geschmeichelt sein soll.

»Glaub nicht, dass ich mich über dich lustig mache, Josie. Ich hab nur so ein total lustiges Bild von euch vor Augen, wie ihr Seite an Seite mit den Brillen auf der Nase in der Bibliothek sitzt und an einer Dissertation oder irgendwas arbeitet.«

Beleidigt.

»Und was ist daran so lustig?«, frage ich.

»Weil es das einfach ist. Das ist so klassisch«, sagt sie, steht auf und geht zur Tür. »Zwei Schlaumeier mit Brillen. Großartig, ich liebe diese Vorstellung.« In der Tür bleibt sie noch mal stehen und sagt: »Aber in ein paar Wochen wird er deine großen blauen Augen sehen und völlig von den Socken sein.«

Ach ja?

»Und meine Fotos werden perfekt werden«, sagt sie. »Das Einzige, was jetzt noch fehlt, sind deine Ohren. Wir müssen dir Ohrlöcher stehen lassen. Und dann kommen deine Haare dran.«

»Du willst meine Haare piercen lassen?«

»Du bist so süß. Nein, ich werde sie in Form bringen.«

»In Form bringen?«

»Ja, aber wir lassen uns die Haare am Tag der Hochzeit alle zusammen machen. War also nicht böse gemeint«, fügt sie schnell hinzu.

»Okay«, sage ich und blinzele sie ungläubig an, als sie geht.

Ich wiederhole im Stillen die Liste ihrer Beschwerden über mein Erscheinungsbild und zähle sie an den Fingern ab: Ohren ohne Löcher, Haare, Brille, Busen (soweit vorhanden) – und ich glaube, sie hat mir soeben mitgeteilt, dass ich komisch aussehe.

Vielleicht tue ich das auch. Ich habe noch nie vorgegeben, eine große Schönheit zu sein, aber ich verstehe jetzt, was Kate meint: Klugheit kommt auf Fotos nicht so gut zur Geltung. Vielleicht geselle ich mich bei der Hochzeit einfach zu Geoff.

Moment mal.

Was?

# 24

Mutter, Dad und eine müde wirkende Kate singen, kaum dass ich in die Küche komme, *Happy Birthday* für mich und stimmen es, nachdem Dad »Und noch mal, *gioioso!*« gerufen hat, gleich noch ein zweites Mal an.
Gioioso: fröhlich.
Das ist ein Begriff aus der Musik – eine Charakterisierung des Vortrags in Ergänzung der Tempoangabe.
Dad hat einen schönen Bariton, der in Form einer schönen Altstimme auf Kate übergegangen ist, was mich total neidisch macht, weil ich es gerade mal schaffe, den richtigen Ton zu treffen.
Dem zweiten *Happy-Birthday*-Vortrag folgen Umarmungen und Küsse, und Kate verdirbt mir prompt die Freude, indem sie sagt: »Weißt du auch, was heute noch ist? In genau fünf Wochen und einem Tag findet meine Hochzeit statt!«
»Oh«, sage ich und muntere mich mit dem Gedanken daran auf, dass ich Ethan später noch sehe; zumal ich jetzt sechzehn und damit in seiner Gegenwart wieder ein kleines bisschen älter sein werde.
Da ich Geburtstag habe – zumindest ist das ein willkommener Vorwand –, gestatte ich mir, mir mit dem Imaginieren von Eventualitäten die Zeit zu vertreiben. Ich stelle mir vor, wie Ethans und meine Brillen einander sozusagen umschlingen, wie Kate es sich gestern freundlicherweise für mich zusammenphantasiert hat. Mir zittern die Hände bei dieser Vorstellung – und meiner

Kühnheit, eine Art Drehbuch dafür zu entwickeln, wann und wo es geschehen wird. Ich sehe sein – von dezenten Leuchten in warmes Licht getauchtes – Büro vor mir, einen alten Holztisch, zwei kleine Ledersessel von der Art, wie man sie gewöhnlich vor Kaminen findet, und eng stehende Bücherregale an drei Wänden des Raums. Ich bin in meinem dritten Jahr an der Cap. In meinem vierten. Ich besuche nicht länger seine Kurse, sondern komme zum Plaudern vorbei. Er ist stets erfreut, mich zu sehen.

Wir führen die endlosen Konversationen, von denen ich seit Jahren träume, und reden über alles, was uns wichtig ist. Und nie ist ein Thema zwischen uns erschöpfend behandelt, nie finden wir uns im Gespräch in einer Sackgasse wieder oder sind auf irgendwelche *Hmms, Ja-alsos* oder *Nun-denns* angewiesen, um uns aus einer Verlegenheit zu helfen. Aber heute erlauben wir es uns abzuschweifen, denn wir reden über uns, die Umstände, unter denen wir uns kennenlernten, und darüber, dass es Liebe auf den ersten Blick war, an die keiner von uns zunächst zu glauben wagte. Heute Abend geht es um das, was zwischen den Zeilen steht, um Spielarten des Lächelns und bedeutungsvolle Blicke. Und ums Erkennen. Wir werden einfach wissen, dass wir jetzt, in diesem Moment, nichts anderes wollen als uns zu küssen. Und für die delikate Dauer dieses Kusses wird es niemanden auf der Welt geben als uns.

Es wird Pperfekt sein.

Meine Facebook-Seite und mein Telefon quellen über von Geburtstagsgrüßen mit unzähligen fröhlichen Emoticons und Küsschen, die ich immer noch am liebsten Geoff unter die Nase reiben würde. Aber noch lieber wäre es mir, wenn mir dessen Bemerkung darüber, dass ich ja nicht viele Freunde hätte, schon lange nichts mehr ausmachen würde. Glückwünsche, Smileys und Küsschen. Sieh nur, wie viele Freunde ich habe, Geoffrey Stephen Brill! Traust dich ja doch nicht.

Stu sitzt in der Auffahrt der Wagemakers im Auto und wartet auf Sophie und mich. Schon beim Überqueren der Straße sehe ich, dass er sich rasiert hat, was ich – nur weil ich's mir nicht verkneifen kann – mit einem Lächeln quittiere. Er reibt sich über sein Kinn und sagt durchs offene Fenster: »Erzähl mir dann, wie Jen es findet.«

»Willst du denn nicht wissen, wie ich darüber denke?«

»Ich weiß doch schon, wie du darüber denkst – normalerweise sogar schon bevor du es denkst.«

»Das *denkst* du aber auch nur.«

»Du magst mich ohne lieber«, sagt er.

»Ich mag dich nicht mehr oder weniger als sonst«, sage ich, froh, ihn korrigieren zu können. »Ich ziehe es lediglich vor, dich ohne Bart zu sehen.«

»Warum?«, fragt er.

»Weil ich finde, dass er einfach nicht zu dir passt«, sage ich.

»Stimmt wahrscheinlich«, sagt er und sieht mich einen Augenblick lang kritisch an. Dann zeigt er auf mich und sagt: »Meine Bartlosigkeit gehört zu mir wie deine Brille zu dir.«

»Sehr richtig«, sage ich.

»Da siehst du, wie genau ich weiß, was du denkst«, prahlt er.

Sophie kommt aus dem Haus, umarmt mich und steigt mit den

Worten »Du bist das Geburtstagskind, also sitzt du vorne« hinten ein.
»An der Cap werde ich die Geburtstagsfrau sein«, sage ich.
Stu signalisiert nickend seine Zustimmung, aber Sophie sagt: »Schon irgendwie bizarr, oder?«
»Mir gefällt's«, sage ich.
»Was auch sonst?«, sagt sie.
»Wie läuft's mit Josh?«, frage ich und drehe mich zu ihr um.
»Perfekt«, sagt sie und blickt einen Moment lang gen Himmel.
»Lass stecken. Fang lieber gar nicht erst an«, sagt Stu.
»Du bist ja bloß eifersüchtig«, sagt Sophie.
»Ja, ich bin eifersüchtig, dass du mit Josh gehst. Aber sag ihm bitte nichts«, sagt Stu.
»Nein, du bist eifersüchtig, weil ich einen Freund habe, es aber gerade kein Mädchen gibt, mit dem du zusammen bist.«
»Wenn schon, dann *Frau*, wenn ich bitten darf«, sagt er mit einem schnellen Grinsen in meine Richtung.
»Stimmt. Und es könnte einen *Mann* an der Cap geben, der mein Liebster ist«, sage ich.
»Gibt es den nicht?«, fragt Stu leise, und ich tue so, als würde ihn nicht hören.
»Ihr seid doof«, sagt Sophie. »Hört auf, euch so aufzuspielen. Das ist ja ekelhaft.«

Nachdem wir die immer noch leicht erboste Sophie an der Highschool abgesetzt haben, parkt Stu das Auto, und wir spazieren zum Unigelände. Der Himmel ist heute blassblau und von Zirruswolken durchzogen, die Regen ankündigen.

»Findest du unser Leben in kultureller Hinsicht nicht auch manchmal schizophren?«, frage ich. »Du weißt schon, die Geschichte mit Frau respektive Mann hier«, ich zeige auf die Cap, »und Mädchen respektive Junge dort«, ich zeige zurück in Richtung Highschool.

»Hab ich noch nie drüber nachgedacht«, sagt er.

»Ich denke häufig über so was nach.«

»Du denkst eh zu viel.«

»Du denkst genauso viel wie ich«, sage ich.

»Ja, aber ich denke nicht über dieselben Dinge nach«, sagt er durch eine Art Lachen hindurch.

»Das liegt daran, dass du ein Mann-Junge bist.«

»Wahrscheinlich«, sagt er.

»Mir fällt das in letzter Zeit sogar mehr auf als sonst. Ich weiß auch nicht wieso.«

»Wahrscheinlich weil du älter wirst. Wenn man sich rasant auf die Senilität zubewegt, verändert sich die Perspektive.«

»Ja«, sage ich nach Stu-Art, ohne eine Miene zu verziehen. »Das wird es sein.«

»Herzlichen Glückwunsch übrigens.«

»Danke.«

Während wir gegenüber von der Uni an der Ampel stehen und auf Grün warten, zieht Stu eine Karte aus seinem Rucksack und reicht sie mir. Ich klappe sie auf und sehe, dass er die Umrisse seiner Hand auf ein weißes Blatt gemalt und so koloriert hat, dass sie wie ein Truthahn aussieht, der ein Partyhütchen auf dem Kopf trägt. Und darin steht: *Herzlichen Glückwunsch von Henoch, dem listigen Geburtstagstruthahn.*

Das hat er mit Buntstift geschrieben. Braunem Buntstift.

Er nickt und lächelt mich an, als ich schließlich aufblicke.

»Das hab ich ganz allein gemacht«, sagt er, »ohne Sophies Hilfe.«

»Sehr beeindruckend. Egal, was die anderen sagen. In welcher Sprache auch immer.«

Als wir die Straße überqueren, versuche ich, das Gespräch unauffällig auf Jen Auerbach zu bringen, aber es gelingt mir nicht. Also gebe ich es fürs Erste auf.

Wir kommen vor Ethan im Kursraum an. Stu schaut auf seine Armbanduhr.

»Ich lauf schnell noch mal los und hole mir einen Kaffee«, sagt er. »Willst du irgendwas?«

»Weltfrieden, eine Ziege und ein Chocolate-Chip-Scone.«

»Werde sehen, was sich machen lässt.«

Ich präpariere mich für den Unterricht, indem ich Notizhefte, einen Hefter und den richtigen Stift aus dem Rucksack ziehe, als jemand auf meinen Tisch klopft. Es ist Ethan, der mir wie immer zulächelt. »Herzlichen Glückwunsch, Josie.«

»Du hast dran gedacht.«

»Natürlich.«

»Danke.«

Er geht zu seinem Schreibtisch, und ich bücke mich ganz tief und tue so, als würde ich irgendetwas in meinem Rucksack suchen, damit die Röte verfliegen kann, von der ich weiß, dass sie mein Gesicht überzieht. Nach der Hitze zu urteilen, die ich spüre, tut sie das aber nicht. Ich wühle weiter herum und finde sieben Stifte. Es müssten aber mehr sein. Normalerweise habe ich mehr dabei, was bedeutet, dass mir jemand Stifte klaut, und ich bin sicher, dass es Kate ist.

Ich habe keine Ahnung, wie lange er schon dort steht oder wie lange ich über Kate, die Stiftdiebin, nachgedacht habe, aber als ich schließlich aufblicke, steht Stu vor mir, schaut belustigt auf mich herab und fragt: »Kann ich helfen?«

Prompt ziehe ich einen Stift hervor.

»Gefunden«, sage ich, und er nickt mir nur zu, während er ein in eine Papierserviette eingewickeltes Chocolate-Chip-Scone auf meinen Tisch legt.

»Ziegen waren aus«, sagt er.

»Und was ist mit Weltfrieden?«

»Die Frau vor mir hat die letzte Packung bekommen.«

»Trug sie eine Schärpe?«

»Ja, sie *trug* eine Schärpe. Spielt das eine Rolle?«

»Das war Miss America. Hast du dir ein Autogramm geben lassen?«

»Nein. Ich hatte Angst, dass sie den Stift komisch hält. Das hätte mir den ganzen Tag verdorben«, sagt er mit einem frechen Seitenblick.

Als der Kurs zu Ende ist, bleibe ich noch ein bisschen und sage Stu, dass ich in ein paar Minuten zu Fair Grounds nachkomme. Ich tue nicht einmal mehr so, als wollte ich Zeit schinden, sammele einfach meine Sachen zusammen, suche Ethans Blick und warte, bis er ebenfalls fertig ist.

»Gehst du mit ins Fair Grounds?«, frage ich.

»Ja, danke, dass du gewartet hast.«
»Keine Ursache.«
Wir gehen los.
»Erzähl mir von dir, Josie. Was ist gerade so los in der Schule?«, fragt er.
»In welcher?«, frage ich.
»Hm, ich sollte mich in deinem Fall wohl genauer ausdrücken. Äh – beide. Welche ist dir denn lieber?«
»In letzter Zeit beide und keine, letztlich aber die hier.«
»Wirklich?«
»Normalerweise empfinde ich es als Erleichterung, einfach zu Hause zu sein und in Ruhe und Frieden zu entspannen.«
»Sich zu entspannen ist immer gut. Dann erzähl mir von zu Hause. Wie sind deine Eltern? Hast du ein enges Verhältnis zu ihnen?«
»Ich habe zu allen aus der Familie ein enges Verhältnis«, sage ich. »Zu meinen Eltern und zu meinen beiden Schwestern.«
»Da hast du Glück«, sagt er und klingt dabei etwas traurig.
»Ja, ich weiß. Hast du denn kein enges Verhältnis zu deiner Familie?«
»Nein, eigentlich nicht.«
»Ich glaube, ohne meine Familie würde ich verschrumpeln und langsam sterben. Oder es zumindest hoffen.«
»Ich bin nicht in Gefahr zu verschrumpeln und zu sterben, aber wir stehen uns einfach nicht nahe. Man kann es so zusammenfassen, dass wir einfach nicht viele Gemeinsamkeiten haben, und Gegensätze stoßen sich ab. Aber zurück zu deiner Familie«, fügt er schon wieder fröhlicher hinzu. »Du hast zwei ältere Schwestern?«

»Ja«, sage ich, und wir sprechen den ganzen Rest des Weges zu Fair Grounds über sie und ihre Namen und ihr Alter und diverse andere technische Daten und schließlich auch über Geoff.

*Gegensätze stoßen sich ab*, hallt in meinem Kopf wider, während ich Tee trinke und mein zweites Scone des Tages esse, welches Ethan mir spendiert, obwohl ich ihm sage, dass das nicht nötig ist. Er meint, ich solle es als Geburtstagsgeschenk betrachten, und ich erzähle ihm lieber nicht, warum ich eigentlich gern eine Ziege hätte.

Wir gesellen uns zu Stu und seinem Berg Essen und unterhalten uns – solange Ethan seinen Kaffee trinkt und noch ein bisschen länger – über Columbus, Musik, Chicago, Popcorn und Filme. Es ist eine dieser angenehm natürlichen Gesprächsketten, bei denen ein Wort oder Satz eines Themas das nächste Thema inspiriert und so weiter und so fort. Keine langen Pausen, die nur durch *hmm* oder *also* oder *äh* unterbrochen werden.

Und die ganze Zeit über ist meine Aufmerksamkeit geteilt zwischen der aktuellen Unterhaltung und *Gegensätze stoßen sich ab*. Ethan und ich sind definitiv keine Gegensätze, und mir wird die Vorstellung immer angenehmer, dass er und ich mehr füreinander sein könnten – irgendwann.

# 25

Mein Geburtstagsessen wird die reinste Tortur, was teilweise meine Schuld ist. Denn ich bestehe darauf, dass wir da hingehen, wo wir immer hingehen: in unseren Club, den Columbus Country Club, wo der Empfang von Kate und Geoff stattfinden wird, wenn ich keine Möglichkeit finde, diese Hochzeit zu verhindern.

Kate tut den ganzen Abend nichts anderes, als – bis zur letzten Krabbe – verbal zu visualisieren, wie genau es am achten November in diesem Club aussehen wird, wenn hier dreihundert in Smokings und Abendkleider gehüllte Gäste herumstehen, tanzen und auf das Wohl des glücklichen Paares trinken.

Dreihundert Gäste. Das ist meine ganze Stufe und ein Viertel von Sophies noch dazu.

Bis zum Ende des Abends hat Mutter Kate dreimal ermahnt, sich nicht permanent über die Hochzeit auszulassen, und greift schließlich zu einem strengen: »Genug jetzt, Katriane. Das ist der Geburtstag deiner Schwester.«

Ja, sage ich ebenfalls dreimal, aber nur für eingefleischte Kenner des Josie. Wenn ich es in der Schule gesagt hätte, wäre ich garantiert längst in ein Schließfach gesperrt worden. Und ich hätte es nicht anders verdient und mich nicht allzu sehr dagegen gewehrt.

Mutter hat uns allen französische Namen gegeben, als Tribut an ihr Erbe. Aber sie benutzt sie nur, wenn wir bestimmte Grenzen überschreiten. Josephine höre ich natürlich häufig, aber Katriane hört man eher selten, und noch seltener wird Maggie Magdeleine genannt.

Der Klang von Katriane gefällt mir sehr, und noch mehr gefällt mir die indignierte Röte, die die Nennung dieses Namens meiner Schwester auf die Wangen treibt. Ich muss Mutter unbedingt dazu bringen, den Namen häufiger zu benutzen.

Kate hat es nicht anders verdient. Als ich heute Abend zu Ross und Maggie ins Auto gestiegen bin, sagte Ross: »Schön, dass du mit uns fährst. So haben wir nämlich Gelegenheit, dich über den Typen an der Cap auszufragen, der dir so gut gefällt. Wie ich höre, hat er dich heute Morgen zum Frühstück eingeladen. Wie heißt er denn? Kate wollte es uns nicht sagen.«

»Ach was. Das ist nichts von Belang«, log ich. »Er ist einfach nur ein Typ aus einem meiner Kurse.«

Nach dem schnellen Blick zu urteilen, den Ross und Maggie gewechselt haben, hatte meine Lüge sie nicht überzeugt, aber sie hatten immerhin so viel Feingefühl, das Thema zu wechseln.

Ross stellte sein Radio an, das gerade auf »The Best of Times« eingestellt war, und ich hörte:

*Tonight's the night we'll make history,*
*Honey, you und I …*

Es geschah in Ross' Wagen und zu genau diesen ersten Liedzeilen, dass ich mich in Dennis DeYoung verliebte. Damals war ich elf. Er und Maggie waren frisch verheiratet gewesen, und ich fuhr mit ihnen zusammen zum Abendessen in den Club, genau wie heute. Wenige Sekunden, nachdem Ross den Wagen angelassen hatte, drang Dennis DeYoungs großartige Stimme aus den Lautsprechern, und ich verliebte mich schlagartig in sie. Ohne Zweifel. Ohne Zögern. Ich wusste es einfach.

Nach jenem speziellen Abendessen entdeckte ich, dass Ross mir heimlich die CD von *Paradise Theater* in meine Tasche gesteckt hatte, und vor dem Schlafengehen schrieb ich ihm einen langen, überschwänglichen Dankesbrief, in dem ich die Wörter *superb* und *exorbitant* benutzte.

Superb – Dennis DeYoungs Stimme.

Exorbitant – das Ausmaß meiner Dankbarkeit für *Paradise Theater.*

Und natürlich war ich mit meinen elf Jahren sofort auch ein bisschen in Ross verknallt. Dass er mir die CD geschenkt hat, hat ihm einen festen Platz in meinem Herzen beschert.

Doch selbst der Umstand, dass ich heute am frühen Abend diesen Song gehört hatte, konnte meinen schwelenden Zorn auf Kate nicht besänftigen, die, wie ich jetzt wusste, jedes noch so kleine Detail, das ich ihr im Vertrauen erzählte, an meine gesamte Familie weitergab. Alles außer Ethans Namen, als ob das als das Hüten meines Geheimnisses zählt.

Der Abend wird besser, als der Nachtisch auf den Tisch kommt, aber welcher Abend tut das nicht? Wir versammeln uns zu Hause im Wohnzimmer, wo alle noch mal *Happy Birthday* singen, während Mutter ein Tablett Brownies mit Schokoglasur hereinträgt, die Mrs Easterday und ich gebacken haben. Mrs Easterday hat mir auch eine Karte geschenkt, auf der hintendrauf in ihrer perfekten Lehrerinnenhandschrift steht: *Du bist eine reizende junge Dame geworden, die zu kennen mir Freude bereitet, Josie.* Sie hat mir

alles Gute zum Geburtstag gewünscht und ihre Glückwünsche mit einem Kuss auf meine Wange besiegelt.
Jeder Brownie trägt eine Kerze. Ich ziehe Brownies Kuchen vor, was Geoff nach dem Lied zu der Bemerkung veranlasst: »Brownies sind ein kuchenähnliches Gebäck, und viele Kuchen sind von ihrer Konsistenz her sogar genauso schwer und dicht wie Brownies. Kann man angesichts dessen wirklich sagen, dass man das eine dem anderen vorzieht?«
»Ja«, sage ich. »Genauso wie ich wirklich sagen kann, dass ich Sophie Wagemaker Emmy Newall vorziehe. Beides sind Mädchen, aber trotzdem sind sie verschieden.«
»Exzellent«, sagt Dad kichernd.

Am späteren Abend, als alle abgefahren sind und Kate nach oben gegangen ist, helfe ich meinen Eltern beim Abwasch. Dabei kratze ich mit einem Messer die überschüssige Schokoglasur aus der Brownieform und nasche sie.
»Wie würdest du deinen sechzehnten Geburtstag auf einer Skala von eins bis zehn bewerten, wenn eins armselig und zehn exzellent bedeutet, Josie?«, beginnt Dad dann.
»Neun. Eine Ziege hätte ihm alle zehn Punkte eingebracht.«
»Es ist wichtig, dass es immer noch etwas gibt, was man sich wünscht«, sagt Mutter.
»Und wie würdest du auf einer Skala von eins bis zehn die erzieherischen Fähigkeiten deiner Mutter bewerten? Wenn eins armselig und zehn exzellent bedeutet?«
»Dad«, sage ich und lächele sie an, als er seinen Arm um Mutters Taille legt, während sie gerade den letzten Teller abwäscht.

»Komm schon, Josephine. Deine Mutter braucht ein Feedback.«
»Ich gebe mir zehn Punkte dafür, dass ich es mit euch beiden aushalte«, sagt sie, und ich küsse sie beide schnell auf die Wange, danke ihnen für den schönen Geburtstag und wünsche ihnen eine gute Nacht.

Ich liege seit zehn Minuten im Bett und versuche zu lesen, werde aber immer abgelenkt, weil mein Hirn die Ereignisse des Tages noch einmal durchspielt. Wortwörtlich. Dad klopft an die Tür, wartet, bis ich *herein* sage, dann setzt er sich auf meine Bettkante und präsentiert mir ein kleines, verpacktes Geschenk.
»Das ist etwas Besonderes«, sagt er, während ich das dicke cremefarbene Papier aufreiße und ein rotledernes Tagebuch mit linierten Seiten darin finde – mit extrem schmalem Linienabstand, genauso wie ich es mag.
»Dad.«
»Ich möchte, dass du mir jetzt gut zuhörst, Josie. Denn dieses Geschenk zieht einige Arbeit nach sich. Ich möchte, dass du dieses Tagebuch täglich und mit Bedacht benutzt.« Er legt seine Hand auf das Buch, während er spricht. »Es ist für dich ganz allein bestimmt und dazu gedacht, dass du deine Gedanken, deine Erlebnisse und deine Ansichten über alles, was gerade in deinem Leben passiert, darin festhältst. Die realen Vorkommnisse, die dich und deine Freunde und die Schule und Kate und dein Herz betreffen.«
»Ich weiß, dass sie dir …« – ich zucke die Achseln – »von gewissen Dingen erzählt hat, die ich ihr kürzlich erzählt habe.

Was dir zeigen sollte, wie sehr sie sich als Schwester verändert hat.«

»Es spielt keine Rolle, was sie mir erzählt hat. Ich möchte, dass du für dich und über dich schreibst, aus tiefstem Herzen. Wir können darüber sprechen, wenn du möchtest. Oder auch nicht, wenn du es nicht möchtest. Aber ich möchte, dass du täglich in dieses Buch hineinschreibst, damit du wenigstens einen sicheren Ort hast, wo du deine tiefschürfendsten Gedanken festhalten kannst. Das ist wichtig.«

»Danke«, sage ich und bekräftige meine Dankbarkeit mit einem Kuss.

»Du bist ein braves Mädchen, Josie. Jedenfalls meistens.«

Als er die Tür hinter sich geschlossen hat, blättere ich das Büchlein ein paarmal von hinten nach vorne durch, damit die am Rand vergoldeten Seiten nicht mehr zusammenkleben – ich liebe das Knistern und Rascheln, das dabei entsteht –, und nehme einen Stift aus der obersten Schublade meines Nachttischs. Dann halte ich, bereit zu schreiben, inne. Ich sitze im Schneidersitz. Das Buch liegt aufgeschlagen da. Der Stift schwebt über der ersten wunderschönen neuen Seite. Und ich starre so lange darauf, dass es sich wie eine Ewigkeit anfühlt und meine Augen irgendwann den Fokus verlieren und die Seite vor mir verschwimmt.

Nachdem ich ein paarmal geblinzelt habe, schreibe ich schließlich dies:

*Mir ist sehr unbehaglich bei dieser Sache zumute, und ich wünschte, Dad hätte mir einfach einen Pulli geschenkt.*

# 26

Am Samstagmorgen bekomme ich meinen Führerschein, auf dem ein erschreckend naturgetreues Foto von mir drauf ist, und fahre später die Strecke vom Sutton Court nach Hause. Dad und ich verbringen die Fahrt in geschäftigem Schweigen; er sinniert über eine komplizierte Sitzung, ich über das Foto auf meinem Führerschein.

Am Sonntag mache ich mich vor dem Abendessen am Küchentisch breit. Ich arbeite an meinem Sprachvarietäten-Projekt und brauche die leere Fläche unseres langen Frühstückstisches, um meine Unterlagen und Bücher hin und her schieben zu können. Dieses Projekt erweist sich, wie erwartet, als außerordentlich leicht, und trotzdem fängt es heute Abend plötzlich an, mich auf merkwürdige Art zu verstimmen. Irgendwas daran kratzt mich wie ein harter Faden in einer Naht, den ich nicht genau lokalisieren kann.

Beim Essen macht Geoff eine Bemerkung darüber, dass ich so still sei, wohl in der Absicht, mich in ein Gespräch zu verwickeln oder mich in die Zuhörerrolle bei einem seiner Monologe zu drängen. Ich weiß nicht mal, ob er gerade spricht, als ich zu meiner Mutter »Ich bin fertig« sage und meinen Teller zur Spüle trage.

Wir haben Verständnis für Stille in diesem Haus. Meine Eltern unterstützen mich darin und stören mich nie. Kates Beschwerde

entbehrt also jeder Grundlage, als sie, nachdem Geoff gefahren ist, in mein Zimmer platzt und mich unhöflich nennt.
Ich gehe an ihr vorbei in mein Bad, schließe beide Türen hinter mir ab und setze mich auf den Klodeckel. Wenn es sein muss, bleibe ich die ganze Nacht hier.
Aber schon bald vergesse ich sie, liege in der mit dampfend heißem Wasser gefüllten Badewanne und versuche vergeblich diesen kratzenden Faden zu lokalisieren, der mich so stört.

Auch vor, während und nach Soziolinguistik setze ich meine Bemühungen, diesen störenden Faden zu finden, fort, und Ethan hält mich auf, als ich schon an der Tür bin.
»Du wirkst heute so tief in Gedanken versunken«, ruft er mir hinterher. »Ist alles in Ordnung?«
*Seufzer – tiefer Seufzer – unmerklicher tiefer Seufzer.*
»Ja, alles gut, danke.«
»Gehst du zu Fair Grounds?«
»Ja, klar.«
»Macht es dir etwas aus, wenn ich mitkomme?«
»Nein, natürlich nicht«, sage ich und gehe mit ihm in den ersten zugleich sonnigen und kühlen Tag der Jahreszeit hinaus.
»... gibt es in Chicago ... wegen des Sees ... aber die Winter ... hier in der Gegend? Josie?«
Wir sind an der Ecke angekommen.
»Entschuldigung«, sage ich. »Was hast du gesagt?«
»Ich habe gefragt, wie hier in der Gegend die Winter so sind.«
»Grau und matschig.«
Wir überqueren die Straße.

»Bist du sicher, dass alles in Ordnung ist?«, fragt er. »Du wirkst abwesend.«
»Ich denke bloß nach.«
»Worüber denn?« Dann grinst er beinahe neckisch und stellt mir die schlimmste Frage, die er mir stellen kann – von der nach meinem Alter mal abgesehen; aber das kennt er ja bereits: »Was würde ich dafür geben, deine Gedanken lesen zu können.«
*Seufzer – enttäuschter Seufzer – unmerklicher enttäuschter Seufzer.*
»Eigentlich, äh … denke ich über das Sprachvarietäten-Projekt nach.«
»Kann ich dir bei irgendwas behilflich sein?«
»Nein, danke. Ich bin nur dabei, es gedanklich auszuformulieren.«
»So was mache ich am liebsten beim Joggen«, sagt er. »Was ein Grund dafür ist, dass ich gern einen Laufpartner habe. An dem kann ich dann meine Ideen austesten.«
»Hm«, sage ich und schreibe später in mein Tagebuch:

*Montag, 6. Oktober*
*Ich brauche keinen Laufpartner. Glaube ohnehin, dass Paare, die zusammen joggen, einen langweiligen Schritt davon entfernt sind, sich im Partnerlook anzuziehen.*

Am Freitag wird mir bewusst, dass ich dieses Tagebuch nicht so benutze, wie mein Vater es sich gewünscht hat. Er hat mich zwar gebeten, über reale Dinge zu schreiben, aber hier ist das, was ich bislang geschrieben habe:

*Dienstag, 7. Oktober*
*Stu hat heute Morgen auf dem Weg zur Cap einen fahren lassen, ich aber nicht. Ihm war das nicht peinlich, aber mir war es peinlich für ihn. Wir haben beide Probleme mit Nähe und Distanz.*

*Mittwoch, 8. Oktober*
*Mit Stu und Ethan zu Fair Grounds gegangen. Wir haben uns über Fußball unterhalten. Niemand hat einen fahren lassen.*

*Donnerstag, 9. Oktober*
*Hatte heute meine Augenuntersuchung. Nächste Woche kommen die Kontaktlinsen. Zwei Paar – danke, Kate –, und ich kann es gar nicht erwarten, ihr bei nächster Gelegenheit zu zeigen, wie sehr ich so ein fürsorgliches Geschenk zu schätzen weiß.*

*Freitag, 10. Oktober*
*[leere Seite]*

Dann sage ich laut zu meinem Tagebuch: »Es gibt heute nichts, was ich schreiben könnte.« Es fordert Rechenschaft von mir, da dachte ich, ich sollte es ihm erklären.
Aber nein, es ist nicht wahr, dass es nichts gibt, worüber ich schreiben könnte, und das weiß ich auch. Und ich schwöre, dass dieses Ding mich schafft. Ich kenne den Zweck, den es in meinem Leben erfüllt, und weiß, dass ich versagt habe – und meinen Vater enttäusche.
Na toll. In Tagebuchführen für Anfänger bekomme ich eine Sechs.

Später an diesem Abend begebe ich mich mit feierlichem Ernst an meinen Schreibtisch, schlage das Tagebuch auf und schreibe *Lieber Ethan* hinein. Dann halte ich inne, um ganz in Ruhe noch mal jede unserer Begegnungen Revue passieren zu lassen, jedes Lächeln, jeden Spaziergang und jedes Wort, das wir gewechselt haben, seitdem unsere Blicke sich in einem überfüllten Raum trafen.

*Lieber Ethan,*
*glaubst du an Liebe auf den ersten Blick? Bis ich dich kennenlernte, habe ich nicht daran geglaubt, aber seither habe ich einige wissenschaftliche Artikel darüber gelesen, und es scheint durchaus ein valides Phänomen zu sein – oder eine valide Erfahrung, wenn nicht gar ein Phänomen. Ich kenne keine Statistiken über die Häufigkeit seines Auftretens, aber ich kann dir sagen, dass ich meines Wissens der einzige Mensch in meinem näheren Umfeld bin, dem es schon mal widerfahren ist. Ich denke – ich glaube – ich bin mir fast sicher genug, um behaupten zu können, dass ich weiß, dass es mir widerfahren ist, als ich dich zum ersten Mal sah. Irgendetwas ist da jedenfalls passiert. Irgendetwas Seltsames und Aufregendes und Wunderbares, und je besser ich dich kennenlerne, desto seltsamer und aufregender und wunderbarer wird dieses Etwas, weil wir uns so ähnlich sind und in unseren Ähnlichkeiten so eng miteinander verbunden. Du hast selbst von der Verbindung zwischen uns gesprochen, als wir zum ersten Mal zusammen zu Fair Grounds gegangen sind – du hast gesagt, wie gut wir einander verstehen und dass wir dieselbe Sprache sprechen – na gut, das habe ich selbst gesagt, oder wollte es sagen. Jedenfalls habe ich es gedacht. Du hast gesagt, du*

*verstehst, was ich durchmache, und wie selten man Menschen trifft, die ähnliche Erfahrungen gemacht haben wie man selbst. Im Übrigen hast du recht, wenn du sagst, dass Gegensätze sich abstoßen.*

»Was schreibst du?«

Ich zucke zusammen vor Schreck, wirbele herum und sehe Kate vor mir stehen.

»Kannst du nicht *ein* Mal anklopfen?«

»Was ist es denn? Ein Lieeeeeebesbrief?«

»Sei still, und ich mein's ernst.«

»Oh, dann stimmt es also. Lass mal sehen.«

»Geh weg«, sage ich und schlage nach ihrer Hand, als sie nach dem Tagebuch greift, das ich schnell in meiner Schreibtischschublade verschwinden lasse.

»Entschuldige«, sagt sie. »Tut mir leid, Josie. Ich hab nur Spaß gemacht.«

»Das ist aber nicht lustig. Und es ist auch kein Liebesbrief. Ich hab nur … über den heutigen Tag geschrieben.«

»Okay, okay«, sagt sie und lässt sich auf eine Ecke meines Bettes fallen.

»Willst du irgendwas?«

»O Mann, du hast ja eine Laune.«

»Was willst du denn, Kate? Ich hab zu tun.«

»Wie kommt's, dass du heute nicht bei dem Spiel bist?«, fragt sie und meint das Football-Spiel an der Highschool.

»Bauchweh«, lüge ich.

»Ah, das erklärt deine Laune.«

»Du bist die Erklärung für meine Laune.«

»Ach herrje. Na gut. Ich geh ja schon. Ich hab nur gerade von Mom gehört, dass du zu Hause bist, und dachte, du hättest vielleicht Lust, dir mit Geoff und mir einen Film anzusehen.«

»Irgendwas über Zecken? *Die Zecke von Oz. Zeck-tanic.*«

Kate geht zur Tür.

»*Zecken und Sinnlichkeit.*«

Sie ist aus der Tür und nähert sich der Treppe.

»Nein, jetzt weiß ich's«, rufe ich. »*Harry Potter und die Kammer des Zeckens.*«

Ich schließe die Tür, kehre zurück an den Schreibtisch und beende meinen Eintrag.

*Eines Tages werde ich mutig genug sein, dir diese Dinge persönlich zu sagen. In der Zwischenzeit verharre ich in glücklicher, stiller Kontemplation und kann heute sagen, dass ich dich, möglicherweise, liebe. Oder es zumindest könnte, irgendwann.*

***Womöglich … Liebe.***

*Josie*

Später schlafe ich zufrieden mit dem Gefühl ein, mein neues Tagebuch jetzt so zu nutzen, wie mein Vater es wollte. Ich wünschte, ich hätte einen roten Stift zur Hand. Dann würde ich den heutigen Eintrag mit einer Eins benoten.

# 27

Wir versammeln uns heute Morgen bei Millicente, einem kleinen Brautmodengeschäft, das Kunden nur nach Terminabsprache empfängt, und bekommen dort im cremefarbenen Empfangsraum Croissants, Orangensaft, Tee und Kaffee angeboten, bevor man uns in den cremefarbenen Ankleideraum führt, wo die Änderungen gemacht werden.
Millicente ist Mrs Millicente DeGraf, eine französische Emigrantin mit einem weichen Akzent, sonnengeschädigter Haut und strohfarbenem Haar, das fachmännisch aus dem Gesicht gebürstet ist und sich an den Schultern nach außen wellt. Sie ist zum dritten Mal verheiratet und beliebte uns heute Morgen zu erzählen, ihr erster Mann sei ein Kindskopf gewesen, der zweite ein Fehler und der dritte nun die große Liebe ihres Lebens.
»*Pourquoi?*«, frage ich.
»Mon cœur«, sagt sie. »Il est à mon cœur. Sans lui, une partie de moi est allée.«
Warum?
Mein Herz. Er ist in meinem Herzen. Ohne ihn wäre ein Teil von mir verschwunden.
»Josie«, sagt Madison Orr so zärtlich, als würde sie den Namen eines Hündchens aussprechen. Dann wendet sie sich an Mutter und Maggie, die direkt neben mir stehen, und sagt: »Hört sie euch an. Sie spricht *Französisch.*«
»Warte erst, bis du meine Geheimsprache hörst«, sage ich.

»Ist sie nicht großartig? Muss man sie nicht einfach lieben?«, fragt Madison Mutter und Maggie.
»Ich tue es jedenfalls«, sagt Mutter, während Maggie mir ein schnelles Lächeln zuwirft.
Madison sieht Kate ähnlicher als ich, und das war auch immer schon so. Diese Ähnlichkeit hat sie zweifellos zu der abwegigen Schlussfolgerung verleitet, ich wäre ebenso ihre kleine Schwester wie Kates. Und das ist es wohl auch, was sie dazu bringt, mich jetzt in den Arm zu nehmen und auf die Wange zu küssen und Mutter und Maggie dann »Ich liebe sie« zuzuflöten.
Wir Brautjungfern stehen in unseren eleganten, aber schlecht sitzenden Kleidern da und beäugen uns skeptisch im Spiegel, wagen es aber noch nicht, auf der mit Teppich ausgelegten Bühne zu posieren, die vor dem dreiflügeligen Spiegel in der Mitte des Raums aufragt. Wir sind uns einig, dass Kate die Erste sein sollte, die hinaufsteigt. Sie, die Virtuosin des großen Auftritts, hat sich entschieden, ihr Hochzeitskleid im Empfangsraum anzuziehen und erst zu uns zu stoßen, wenn sie umgezogen ist.
»Okay, seid ihr so weit?«, ruft sie.
Madison begutachtet uns schnell noch mal und erwischt mich dabei, wie ich am Oberteil meines Kleides ziehe, um es obenzuhalten.
»Josie, bist du …?«, beginnt sie, wendet sich dann aber Mutter zu. »Ist Josie so weit?«
»Ja, ist sie«, sagen Mutter und ich wie aus einem Mund, wofür ich einen semi-kritischen Blick ernte, den eine Andeutung des immerwährend geduldigen Lächelns meiner Mutter jedoch gleich wieder relativiert.

»Fertig!«, ruft Madison, und dann warten wir. Eins … zwei … drei … vier … seufz … fünf.
Die Tür geht auf, und Kate kommt herein, ganz langsam, als würde die unsichtbare und schief sitzende Krone auf ihrem Kopf vier Kilo wiegen. Dann schnappen ihre Hofdamen wie aufs Stichwort nach Luft, bevor eine Kakophonie aus Komplimenten einsetzt und die Worte *wunderschön* und *umwerfend* und *traumhaft* den Raum erfüllen. Obwohl wir Kate schon bei den vorhergehenden Anproben in ihrem Kleid gesehen haben, reißt sie uns alle immer noch jedes Mal zu dieser Reaktion hin, und ich schäume innerlich vor Wut, dass ihr Anblick an Geoff verschwendet werden soll, der sicher nicht den geringsten Sinn für unsichtbare Kronen hat.
Während die anderen Brautjungfern sich um Kate scharen und sie sich in deren Beifall sonnt und ihn zu ungefähr gleichen Teilen erwidert, sagt Millicente DeGraf zu Mutter, Maggie und mir: *»Elle fait une belle mariée.«*
*»Pas encore«*, sage ich, worauf Mutter mir einen ganz und gar missbilligenden Blick zuwirft, während Millicente überraschend konziliant reagiert.
Sie neigt lediglich den Kopf in meine Richtung, als wollte sie *Na gut* sagen. Dann klatscht sie in die Hände, um die Aufmerksamkeit der Anwesenden auf sich zu ziehen, ruft zwei Schneiderinnen herbei, weist uns an, wo wir stehen sollen, und dirigiert uns dann den restlichen Vormittag auf die gleiche Art herum.
Millicente: Sie ist eine wunderschöne Braut.
Moi: Noch nicht.
Ich bin die letzte Brautjungfer, deren Kleid angepasst wird, und ernte ein schnelles und besorgtes *Hmm* von der rundlicheren

und graueren der beiden Schneiderinnen, die ihren Blick auf das gekräuselte Oberteil lenkt, das ich nach wie vor festhalte, damit es nicht rutscht. Selbst »wattiert mit extremem Push-up-Effekt« reicht nicht aus, damit ich es annähernd ausfülle. Die Schneiderin zaubert zwei falsche Busen aus Schaumstoff aus einer Schuhschachtel hervor und steckt sie kurzerhand – »Äh, Entschuldigung?!« – in meinen BH.

»Josephine«, ermahnt Mutter mich, und bevor ich weiter protestieren kann, ist alles an Ort und Stelle, und die Schneiderin fängt an, den Stoff abzustecken.

»O Mann, wie lustig«, sagt Madison zu Kate. Die beiden stehen, weiterhin in ihren Roben, nur wenige Schritte hinter mir und stecken die Köpfe zusammen, um zu tuscheln und zu lästern, zumindest sieht es im Spiegel so aus, den ich natürlich nicht aus den Augen lasse.

»Ja, sie kann sich bei solchen Sachen schon komisch anstellen«, sagt Kate.

»Sie war schon immer komisch, was solche Sachen anging«, bestätigt Madison, und ich spüre, wie meine Ohren glühen, und vertiefe ihre Rote-Bete-Farbe noch, indem ich rasch einen Blick auf mein eigenes Spiegelbild werfe.

Maggie und die anderen Brautjungfern steigen – mit Mutters fachkundiger Hilfe – vorsichtig aus ihren Kleidern und ziehen wieder ihre Jeans und dergleichen an. Währenddessen fahren Kate und Madison mit ihrer kleinen Besprechung fort und schielen dabei hin und wieder kritisch in meine Richtung.

»Und was ist mit ihren Haaren?«, fragt Madison. »Pferdeschwanz? Hochsteckfrisur?«

»Das habe ich noch nicht entschieden«, sagt Kate.

*Ich* schon, möchte ich sagen, lasse es aber.

»Wie wär's denn mit Abschneiden?«, fragt Madison »Habt ihr darüber schon nachgedacht? Sie sieht bestimmt süß aus mit einem Pony.«

Ich hole Luft, um zu protestieren, als Kate sagt: »Nein, das würde sie niemals tun.« Danke, Kate. »Abgesehen davon, würde ich das nicht noch mal durchstehen, nach dem, wie sie sich bei den Kontaktlinsen angestellt hat.«

*Du bist doch die, die einen Anfall bekommen hat!* Wieder etwas, das ich sagen möchte, es aber nicht tue.

»Kontaktlinsen?«, fragt Madison; sie ist offensichtlich begeistert von dieser Idee. »Sehr gut! Ich hab immer schon gedacht, dass ihr was unternehmen solltet wegen dieser Brille.«

Die Formulierung »etwas unternehmen« hängt mir echt langsam zum Hals raus.

»Ja, das ist erledigt«, sagt Kate. »Wobei ich schon finde, dass ihre Brille für jeden Tag ganz süß ist.«

»Ja, sicher, aber nicht für eine Hochzeit.«

»Jedenfalls nicht für meine Hochzeit. Da wäre sie einfach lächerlich«, sagt Kate. »Ich bearbeite sie gerade, damit sie sich Ohrlöcher stechen lässt. Und der wattierte BH« – sie zeigt auf mein Spiegelbild – »war das Beste, was ich für ihre Figur tun konnte.«

»Seid ihr euch eigentlich darüber im Klaren, dass ich drei Schritte von euch entfernt stehe und nicht taub bin?«, frage ich sie, drehe mich wütend um und störe die Schneiderin damit bei der Arbeit.

»Wir plaudern nur, Josie«, sagt Kate.

»Ja, schon klar. Über all meine *lächerlichen* Schönheitsfehler. Ich hab's ja gehört.«

»Nein«, korrigiert Kate mich etwas harscher, als ich es verdient zu haben glaube. »Über *meine* Hochzeit und darüber, wie *meine* Brautjungfern, inklusive meiner Schwester, gestylt werden, damit *niemand* lächerlich aussieht.«

»Alles in Ordnung?«, fragt Mutter und kommt einen Schritt in unsere Richtung.

»Ja, alles gut«, sagt Madison.

»Nein, ist es nicht!«, protestiere ich. »Ihr zwei steht einfach da und hackt auf mir rum!«

»Nein, tun wir nicht«, sagt Kate, während Mutter näher kommt. »Wir reden nur über meine Vorstellungen darüber, wie meine Brautjungfern an meinem Hochzeitstag aussehen sollen.«

»Von den anderen hast du aber keine kritisiert«, sage ich und zeige in die Runde. Und während ich weiterrede, spüre ich einen Kloß im Hals und werde noch wütender auf Kate, weil sie mich zu Tränen reizt. Hier, vor allen anderen. *Und* meinem eigenen Spiegelbild. »Du hast nicht gesagt, dass du was wegen ihren Brillen oder ihren Frisuren oder ihren Figuren ›unternehmen‹ musst.«

»Ja, weil es auch nicht nötig ist«, giftet Kate zurück.

»Das reicht«, sagt Mutter und schaut uns beide mahnend an.

Darauf drehe ich mich wieder um, damit die Schneiderin das Kleid zu Ende abstecken kann. Und Kate wendet sich zur Seite und sagt zu Madison: »Wegen ihres Mundwerks würde ich auch gern was unternehmen.«

»Wie wär's, wenn du dich auch um mein Gehör kümmern würdest?«, werfe ich ihr wütend über meine Schulter zu, und Kate fährt zu mir herum und sagt: »Nein, Josie, dein Aussehen und dein Mundwerk reichen mir.«

Und als Mutter ein strenges »Katriane« vernehmen lässt, besänftigt mich das nicht im Geringsten. Vor allem, weil die einzige Erwiderung, die mir einfällt, *sei still* ist, und das gleich in etlichen nutzlosen Sprachen.

Aber während Mutter weiter auf Kate einredet, bemerkt wenigstens keine von ihnen, dass die Schneiderin mir ein zerknülltes Taschentuch zusteckt, mit dem ich mir schnell die Augen trockne, um es mir dann vorn ins Kleid zu stecken – wo natürlich noch Platz ist –, bevor es einer sieht.

Den Rest der Anprobe verbringe ich damit, mit großem Interesse auf meine Schuhspitzen zu starren, wobei ich erfolglos versuche, den Kloß in meiner Kehle zu ignorieren.

# 28

Am Sonntagabend habe ich Probleme mit dem Einschlafen. Kate hat sich geweigert, sich für das zu entschuldigen, was ich Beleidigungen nenne, sie jedoch als Hochzeitsplanung bezeichnet. Sie hat nicht einmal zugegeben, dass ihre Bemerkungen beleidigend waren, weshalb ich mich doppelt elend fühle, als ich abends vor meiner Frisierkommode stehe und mich vorbeuge, um im Spiegel die ästhetische Differenz zwischen mit Brille und ohne Brille zu untersuchen.
Bis gestern habe ich über meine Brille nicht mehr nachgedacht als über meine Schuhe. Sie gehören zu den Dingen, die ich brauche und täglich benutze. Aber heute Abend höre ich, immer wenn ich sie aufsetze, Kates Stimme, die ein bestimmtes Wort sagt. *Lächerlich.*

Am Montagmorgen hebt sich meine Laune beträchtlich, denn ich eifere Sophies Kunst des Schwärmens insofern nach, als ich den gesamten Soziolinguistik-Kurs hindurch insgeheim in Ethan Glasers Perfektion schwelge – zu der unbedingt auch seine großartige Nickelbrille gehört. Niemand, nicht einmal Kate, würde sich erdreisten, ihm zu sagen, er müsste auch nur das kleinste Detail an seinem Erscheinungsbild verändern, ganz egal für welchen Anlass.
Am Ende bin ich entschlossen, für mein Recht einzustehen, mir die Art der Augenkorrektur auszusuchen, die mir passt, doch

abends beim Essen ändere ich meine Meinung wieder, nachdem Mutter mir mitgeteilt hat, dass meine Kontaktlinsen mit der Post gekommen seien.
»Ich hab sie oben auf deinen Schreibtisch gelegt«, sagt sie zu mir.
»Oh, gut«, sagt Kate und klingt dabei sowohl erleichtert als auch erfreut.
Wir essen heute Abend zu viert. Geoff hängt kopfüber in einem dunklen Glockenturm unweit des Flusses. Oder er muss lange arbeiten. Ich glaube, Kate hat so was erwähnt.
»Geh gleich hoch und setz sie ein, Josie«, verlangt sie. »Ich kann es gar nicht erwarten zu sehen, wie du damit aussiehst.«
Ich setze meine Brille ab.
Ich lege sie auf den Tisch.
Ich schaue Kate an.
»So sehe ich damit aus«, sage ich.
Sie kichert, als Dad »Exzellent« sagt. Dann fügt sie hinzu: »Gut, dann nach dem Essen.«
»Morgen«, gebe ich zurück.
»Morgen früh«, sagt Kate.
»Morgen Abend.«
»Morgen vor dem Abendessen«, sagt sie.
»Nach dem Abendessen.«
»Josie.« Sie heult fast.
»Okay, nach dem Salat, aber vor dem Nachtisch«, sage ich.
»Josie«, sagt Kate seufzend und steigt damit aus einem Spiel aus, das mir Spaß gemacht hat. »Setz sie einfach morgen vor dem Abendessen ein«, und ich gebe mich geschlagen, indem ich »Na

gut« sage. Daraufhin nimmt Kate den gesamten Rest unserer Unterhaltung bei Tisch in Beschlag, um Themen wie Briefpapier mit Monogramm, personalisierte Gottesdienstprogramme und die weltweite Übertragung ihres Ehegelöbnisses auf NBC zu erörtern. Oder so was in der Art. Ich hab aufgehört, ihr zuzuhören, als sie erwähnte, dass sie die Queen einladen will. Nein, dass sie die Queen *sei*. Ich glaube, das war es, was sie gesagt hat. Oder ich habe *gedacht*, dass sie es gesagt hat.

*Montag, 13. Oktober*
*Kate war viel lustiger, bevor sie anfing, diese Hochzeit zu planen. (Ich halte inne, um über die Ereignisse nachzudenken, die ihr dieses Schicksal eingebrockt haben.) Wofür ich Geoff die Schuld gebe.*

Am Dienstagabend kommt sie zur Hintertür hereingestürmt, während sie einem Kollegen den Arbeitsplan für die restliche Woche praktisch durchs Telefon ins Ohr schreit. »Sorry«, formt sie mit den Lippen, bevor sie die Treppe hochläuft.

Ich schneide gerade Tomaten für einen Salat, als Kate die Treppe wieder heruntergelaufen kommt und »Moment, bleib mal kurz dran«, ins Handy sagt.

»Josie«, sagt sie zu mir in ziemlich demselben Ton, den sie vorher ihrem Kollegen gegenüber angeschlagen hat. »Kontaktlinsen. Abendessen. Los.«

Ich ziehe übertrieben die Augenbrauen hoch, um Mutter mein Missfallen anzuzeigen, aber sie macht sich kommentarlos daran, Öl und Essig in einen großen Messbecher zu gießen.

Ich lasse mir Zeit. Zuerst schneide ich die Tomaten fertig in

Scheiben. Dann decke ich den Tisch. Kate kommt zurück in die Küche, jetzt in bequemer Kleidung, einer Jeans und einem weißen Oberteil, und bevor sie einen apoplektischen Anfall bekommt, weil ich immer noch die Brille auf der Nase habe, sage ich zu ihr: »Ich geh ja schon« und renne die Treppe hoch in mein Zimmer.

Dort kombiniere ich die beiden Linsenpaare und setze eine durchsichtige in mein linkes Auge und eine dunkelgoldfarbene in mein rechtes Auge ein. Genaugenommen heißt die Farbe, die ich letzte Woche beim Optiker bestellt habe, warmes Honigbraun, aber es ist die gleiche Farbe, die körniger Senf hat, und sie passt, wie ich finde, ziemlich gut zum heutigen Menü aus Truthahn-Burgern mit Zoff.

Unten setze ich mich auf meinen Platz und halte den Blick gesenkt, während Dad das Tischgebet spricht.

Amen.

Dann starre ich Kate mit großen Augen an, während sie die fesselnden Details darüber ausbreitet, auf welch mannigfaltige Weise man einen Schleier an seinem Kopf befestigen kann, wenn man eine aus schleierhaften Gründen stattfindende Hochzeit feiert.

»Maggie findet offenbar, dass man am besten aus einigen Haarsträhnen hier oben einen Zopf flechtet«, sagt sie und legt eine Hand auf ihren Kopf.

»Nein wirklich?«, frage ich allzu enthusiastisch.

»Aber ich weiß nicht. Ich meine, was ist, wenn er rausrutscht? Dann stehe ich total blöd da, aber Maggie sagt …«

Mutter reicht mir den Salat, während Kate weiterplappert, sieht sofort, was los ist, und seufzt missbilligend.

»Josephine«, sagt sie leise.
Und da ich Dad nicht außen vor lassen möchte, schaue ich ihn gezielt an und reiche die Schüssel an ihn weiter, aber er stellt sie einfach ab, faltet die Hände im Schoß und wartet auf das Unvermeidliche.
»… ich weiß ja, dass an dem Schleier extra eine Haarspange befestigt ist, aber ich dachte, wir könnten eine von den Schneiderinnen von Millicente bitten, noch einen Kamm einzunähen oder wenigstens einen kleinen«, sagt Kate. »Denn dann wäre ich …«
*Bumm* … dröhnt der Schuss, den ich Kate vor den Bug gebe.
»›Einen kleinen Kamm‹, sagtest du. Und? Was ist damit? Willst du nicht weiterreden?«, sage ich.
»Jos… Mutter! Josie! Nimm diese Dinger raus!«
»Du wolltest sehen, wie ich mit Kontaktlinsen aussehe. Bitte sehr.«
»Nimm, diese Dinger raus, Josie!«
»Aber dann muss ich wieder meine Brille aufsetzen«, sage ich, »und wir wissen doch alle, wie lächerlich ich deiner Meinung nach damit aussehe.«
»Ich hab nicht … Du … Du trägst bei meiner Hochzeit auf keinen Fall diese Dinger«, sagt sie und zeigt quer über den Tisch mit dem Finger auf mich.
»Erst sagst du, dass ich sie tragen soll. Und dann sagst du, dass ich sie nicht tragen darf. Ich wünschte wirklich, du könntest dich mal entscheiden.«
»Du kleines Monster!«
»Josephine, Katriane«, ermahnen unsere Eltern uns fast simultan.

»Du wolltest doch, dass ich auf deiner Hochzeit *hübsch* aussehe«, sage ich und staune sogar selbst, wie ich ihr das Wort *hübsch* entgegenschleudere.

»Das ist nicht … Du kannst nicht … *Die* kannst du unmöglich anziehen!«

»Oh, ich glaube, du weißt sehr gut, dass ich das kann und dass ich es tun werde.«

»Josie! Oh!«

»Warte erst, bis ich mir Ohrlöcher stechen lasse und die Ohrringe trage, die ich mir ausgesucht habe.« Ich schaue Mutter an. »Es sind Schweine im Bondage-Outfit.«

»Josie!« Kate schlägt auf den Tisch.

»Beruhige dich, Kate«, sagt Dad.

»Mich beruhigen?! Sie wird meine Hochzeit ruinieren, genauso wie sie Maggies ruiniert hat!« Sie schreit förmlich, während sie nach oben auf ihr Zimmer rennt, und ich nehme einen Bissen von meinem Truthahn-Burger und triumphiere innerlich, als Mutter »Katriane« hinter ihr herruft.

Mutter macht die Burger mit Ketchup, Soja-Sauce, Worcester-Sauce, Paniermehl, scharfer Sauce und Zitronensaft. Sie schmecken auch ohne körnigen Senf, aber der Senf war trotzdem eine hübsche Verzierung.

»Sie ha ni aa vahien«, sage ich.

»Sie hat es nicht anders verdient?«, fragt mein Vater. »Warum?«

Ich kaue zu Ende und schlucke, bevor ich antworte: »Weil sie seit Wochen auf meinem Aussehen rumhackt.« Ich wende mich Mutter zu. »Du hast es ja gehört.«

»Sie war … ungewöhnlich kritisch«, sagt Mutter. »Kate hat sehr genaue Vorstellungen davon, wie du auf ihrer Hochzeit aussehen sollst.«

»Sie hat mich beleidigt. Und das gefällt mir nicht. Und noch weniger gefällt mir, dass sie nicht mal merkt, wie verletzend das ist.«

»Und deshalb hast du dir das da ausgedacht«, sagt Dad und zeigt auf meine Augen.

»Ich wusste, dass das farbige Paar mir eines Tages gute Dienste leisten würde.«

»Nun, dieser Tag ist jetzt vorbei. Du hast deinen Spaß gehabt«, sagt er ohne die leiseste Spur von Zurechtweisung. »Ich möchte, dass du dich bei deiner Schwester für deinen Anteil an der heutigen Auseinandersetzung entschuldigst. Deine Mutter und ich werden später mit Kate reden.«

»Ja, Sir«, sage ich. Als ich an seinem Stuhl vorbeikomme, hält er mich an der Hand fest und sagt: »Wenn du zurückkommst, möchte ich, dass deine Augen beide die gleiche Farbe haben.«

»In Ordnung«, sage ich, und als ich die Treppe hochgehe, ruft Mutter hinter mir her: »Und zwar blau.«

Mist.

Nur um das klarzustellen: Ich habe Maggies Hochzeit nicht ruiniert. Sie hatte sich damals angewöhnt, mich meine Süße zu nennen, und ich habe sie gebeten, das zu unterlassen, weil *meine Süße* eine Formulierung ist, zu der Großeltern und Großtanten greifen, die einem zwei Dollar und Minzbonbons zum Geburtstag schenken. Aber keine Schwestern. Keine Menschen, die gleichgestellt sind. *Meine Süße* heißt in der Familiensprache *niedlich genug, um wahrgenommen, aber nicht, um ernst genommen zu werden.*

Maggie hat meine Bitte ignoriert, selbst nachdem ich ihr eine Liste mit acht Einwänden gegen dieses Wort geschrieben hatte, die sie als süß bezeichnet und an ihren Kühlschrank gehängt hat. Das war – zusammen mit meiner Rolle als *Junior*-Brautjungfer – die reinste Folter, so sehr hat es mich geärgert. Zu meinen Aufgaben als Junior-Brautjungfer gehörte es, eine Schar von klebrigen kleinen Blumenmädchen hierhin und dorthin zu führen und Hunderte von schmutzigen kleinen Händen unter Kontrolle zu halten, die nach sämtlichen Utensilien und Speisen auf dem ziemlich langen Buffet griffen. Obwohl Maggie von meiner Aversion gegen alles Klebrige – einschließlich Kinder – wusste, hat sie meinen Antrag, eine andere Rolle bei der Zeremonie zugewiesen zu bekommen, abgelehnt.

Also habe ich allen ihren angeheirateten Verwandten beim Hochzeitsempfang erzählt, ich wäre ihre Tochter aus erster Ehe und dass sie Verständnis dafür haben müssten, dass »wir angesichts all der schwebenden Gerichtsverfahren nur äußerst ungern über meinen richtigen Vater sprechen«.

Kann sein, dass ich auch einen ausstehenden Haftbefehl erwähnt habe.

Oder zwei.

Offenbar haben mir einige der angeheirateten Familienangehörigen die Geschichte abgekauft und sie untereinander verbreitet, bis sie schließlich bei Ross' Eltern ankam, die sich dann trauten, ihrer neuen Schwiegertochter beim nächsten gemeinsamen Abendessen einige besorgte Fragen zu stellen.

Ross und Maggie lachen inzwischen darüber, aber damals hat Maggie mir ganz schön die Ohren langgezogen, und zur Strafe musste ich mich schriftlich bei einer Handvoll Leuten aus der angeheirateten Verwandtschaft entschuldigen, die meine Briefe und die ganze Sache, wie Maggie mir später erzählte, einfach nur süß fanden.

Kate ist nicht in ihrem Zimmer oder Bad. Und auch nicht in meinem.

Ich werde zunehmend sauer, während ich sie im oberen Stockwerk suche, aber sie ist nirgends zu finden, was wahrscheinlich auch gut so ist, denn ich habe eigentlich gar keine Lust mehr, mich reumütig zu zeigen.

In meinem Bad nehme ich die farbige Kontaktlinse heraus. Diese gelben Linsen sind wirklich bizarr; die hebe ich mir für Halloween auf oder dafür, um die Gegnerinnen beim nächsten Volleyball-Turnier abzulenken.

Während ich das Badezimmer wieder verlasse, rücke ich die frisch eingesetzten durchsichtigen Linsen mit der Fingerspitze zurecht, blinzele zweimal, atme tief ein, halte die Luft an und bereite mich darauf vor, an Ort und Stelle tot umzufallen, da ich sehe, dass meine Schreibtischschublade nicht ganz zu ist. Und ich habe sie definitiv geschlossen.

SMS an Stu und Sophie, 18:42 Uhr

*Kate hat eine sehr persönliche Seite aus meinem Tagebuch geklaut!!!*

Aber bevor ich auf Senden drücke, lösche ich sie mit zitternder Hand wieder. Die beiden würden mich fragen, was denn drauf stand auf dieser Seite, und das würde ich niemandem erzählen außer … Kate. Der Kate, die ich früher mal gekannt habe. Der Kate, für die es nichts Besseres auf der Welt gab, als mir die Haare zu bürsten und dabei Geschichten über Vögel und Engel zu erfinden. Der Kate, die mit mir über Blicke kommunizieren konnte, während sie berufliche Telefonate führte. Der Kate, die noch nicht die-zukünftige-Braut-Kate war. Der Kate vor Geoff.

Mir ist fast zum Heulen zumute.

Nur dass ich dafür keine Zeit habe – jetzt, wo der Krieg begonnen hat.

# 29

Das Abendessen ist ein Albtraum.

Als ich zurück an den Tisch komme, finde ich dort Kate vor, die so tut, als würde sie nicht mehr wütend auf mich sein und mir mit den Worten »Ach, schon gut, Josie« vergeben, als ich sage: »Tut mir leid, dass ich dich geärgert habe, Kate.«

»Das Geld für die farbigen Linsen zahle ich dir zurück«, füge ich hinzu, während ich mich auf meinen Platz setze.

»Das ist sehr freundlich«, sagt Mutter.

»Das braucht sie nicht«, sagt Kate. »Das brauchst du nicht, Josie. Viel Spaß damit. Ich möchte sie nur nicht auf der Hochzeit sehen.«

»Wirst du nicht«, sage ich.

Was kann ich schon tun, außer klein beigeben?

»Wie läuft es denn so an der Cap, Josie? Du hast noch gar nicht viel erzählt«, fährt sie fort.

»Gut.«

»Ich weiß, dass du Geschichte und Religion hast. Aber das Thema von deinem dritten Kurs fällt mir nicht mehr ein. Was war das noch gleich?«

»Soziologie.«

»Und was genau?«

»Einführung in die Soziolinguistik.« In dem Bemühen, die Riesenkrähe namens Kate zu ignorieren, wende ich mich Dad zu. »Mein Sprachvarietäten-Projekt macht gute Fortschritte. Ich habe einundvierzig Bedeutungsvarianten für ›sei still‹ gesammelt. Ich brauchte bloß dreißig, aber die Verbreitung dieses Ausdrucks hat es mir leicht gemacht, mehr Beispiele zu finden. Und jetzt bin ich dabei, die Unterschiede zwischen der jeweils intendierten Bedeutung und der echten Bedeutung zu analysieren. Ich bin sogar schon fast fertig.«

»Das klingt interessant. Erzähl mir mehr darüber«, sagt Dad, und die nächsten Minuten unterhalten er und ich uns über die Geschichte von Wörtern und darüber, wie ihre Bedeutungen sich von Gruppe zu Gruppe und selbst innerhalb von Gruppen verschieben.

Als eine natürliche Pause innerhalb unseres Gesprächs entsteht, schaltet Kate sich ein. »Stu ist auch in diesem Kurs, oder?«

»Ja, stimmt«, sage ich.

»Ich glaube, ich bin weder mit Sophie noch mit ihm auf Facebook befreundet. Ich sollte ihnen mal eine Anfrage schicken.«

»Klar«, sage ich, da mir nichts anderes übrigbleibt.

Später, beim Spülen, flüsterte sie mir zu: »In deinem Zimmer. Sobald wir hier fertig sind.«

Ich glaube, so schnell haben wir den Abwasch noch nie erledigt.

Oben folgt sie mir derart dicht auf den Fersen, dass ich sicher bin, dass sie die heiße Wut spüren kann, die ich ausstrahle. Sie schließt die Tür, und ich zeige mit dem Finger auf sie.

»Ich fasse es nicht, wie bösartig du sein kannst. Früher warst du nie so.«

»Ach, ich bitte dich«, sagt sie, schiebt meinen Finger weg und setzt sich auf meine Bettkante. »Was war denn das mit den Kontaktlinsen, wenn nicht bösartig?«

»Zwischen Antagonismus und Bösartigkeit besteht ein himmelweiter Unterschied, Kate.«

»Du gibst also zu, dass du dich mir gegenüber antagonistisch verhältst?«

»Gibst du denn zu, dass du bösartig bist?«

»Josie«, sagt Kate seufzend. Und sie wird ein wenig nachgiebiger, als sie sagt: »Ich möchte diesem Ethan deinen Brief gar nicht zeigen.«

»Gut«, sage ich, setze mich auf meinen Schreibtischstuhl und verschränkte die Arme vor meiner sogenannten Brust. »Ich warte hier, während du ihn holst.«

»Ich geb ihn dir nicht zurück.«

»Was?«

»Hör zu, Josie. Ich hab keine Ahnung, wie ich dich sonst davon abhalten soll, die Dinge zu sagen und zu tun, die du in letzter Zeit gesagt und getan hast und die mich in den Wahnsinn treiben. Geoff hat gesagt, ich bräuchte ein kleines …«

»Was?!«

»… Druckmittel, so wie die Dinge zwischen uns momentan stehen.«

»Ich wusste, dass er dahintersteckt. Von selbst hättest du so was nie getan.«

»Ich geb dir den Brief auf der Hochzeit zurück.«

»Nimm ihn nicht dahin mit.«

»Wenn du dir nicht noch mal so eine Nummer leistest wie heute Abend mit den Kontaktlinsen, gebe ich ihn dir so zurück, dass es keiner mitbekommt. Ansonsten werde ich Stu fragen, wer Ethan ist, und ihm diesen Brief übergeben.«

»Dann sage ich Stu eben, dass er es dir nicht sagen soll.«

»Dann finde ich es eben auf anderem Wege heraus. Ich rufe deinen Dozenten an und denke mir eine Geschichte aus. Ich finde es heraus, wenn ich will, Josie, und das weißt du auch.«

»Ich kann nicht glauben, wie sehr du dich verändert hast. Früher warst du nie so.«

»Du auch nicht.«

»Ich reagiere nur auf dich. Du bist die, die sich verändert, um irgendeinem Typen zu gefallen. Einem Typen, der nicht mal der Richtige für dich ist.«

»Geoff und ich werden heiraten, und es wird Zeit, dass du das endlich akzeptierst«, sagt sie, und der scharfe Unterton kehrt in ihre Stimme zurück. »Das ist meine Hochzeit, nicht irgendein Spiel. Und auch nicht irgendeine Party. Es ist meine Hochzeit, und die ist für mich und Geoff sehr wichtig, und ich möchte, dass sie perfekt wird. Und ich *werde* ihn heiraten, und er *wird* ein Teil dieser Familie werden, und wir haben deine Sticheleien und Auftritte, die du für so schlau und raffiniert hältst, beide gründlich satt.« Während Kate fortfährt, ziehe ich meine Augen zu Schlitzen zusammen und schaue sie so wütend an, wie ich nur kann. »Ich will, dass du von jetzt an bei Brautpartys, Anproben, oder wenn Geoff hier ist, freundlich und zuvorkommend und gutgelaunt bist. In *jeder* Sprache, die du sprichst. Und wenn du das nicht sein kannst, dann halt einfach den Mund. Oder ich telefoniere ein bisschen rum und schicke diesen Brief ab.«

Sie steht auf und geht zur Tür.

Dort sagt sie: »Der Brief ist bloß eine Versicherung für mich. Sonst nichts. Wie ich schon sagte: Du bekommst ihn bei der Hochzeit zurück. Verstanden?«
»*Je comprends*«, sage ich, und sie geht.

*Dienstag, 14. Oktober, 20:02 Uhr*
*Ich hasse Kate.*

*Dienstag, 14. Oktober, 23:17 Uhr*
*Ich hätte nie gedacht, dass ich das mal sagen würde, aber ich hasse eine meiner Schwestern. Ich hab das noch nie zu jemandem gesagt, nicht mal andeutungsweise oder im Scherz, so wie Freundinnen zu Sophie sagen, dass sie sie hassen. »Du siehst so gut aus. Ich hasse dich.« Ich bin immer davon ausgegangen, dass die zweite Hälfte dieses vermeintlichen Kompliments einfach nur Eifersucht oder Neid ausdrückt, aber nicht wirklich Hass. Doch jetzt frage ich mich, ob ich das falsch übersetzt habe. Ob nicht auch ein gewisses Maß an Wahrheit in diesen Worten steckt.*

*Ich*
*hasse*
*dich*

*Vielleicht sind einige Mädchen – Freundinnen von Sophie, nur als Beispiel – so von ihrem Neid auf ihre Schönheit zerfressen, dass sie hin und wieder nicht mehr an sich halten können und ihnen das Hassbekenntnis rausrutscht, das sie als Humor tarnen und mit Worten der Anerkennung übertünchen.*

*Oder vielleicht rutscht es ihnen auch gar nicht raus. Vielleicht entscheiden sie sich ganz bewusst dafür, ihrem Hass Ausdruck zu verleihen, weil sie so darunter leiden, dass sie diese Äußerung Sophie gegenüber für ihre einzige Möglichkeit halten, sich Erleichterung zu verschaffen. Aber gibt das ihnen das Recht, es zu sagen?*
*Ich hasse dieses Tagebuch.*

*Mittwoch, 15. Oktober, 1:42 Uhr*
*Ich hasse Kate nicht. Ich bin nur wütend. Ich fühle mich von ihr in die Enge getrieben. Und es tut mir weh zu sehen, dass meine eigene Schwester mir droht, mich so zu demütigen, einfach nur weil sie ein Druckmittel braucht, wie sie es nennt. Und ich bin total sauer auf sie, weil sie schuld ist, dass ich so spät noch auf bin und hier sitze und meine Gefühle in diesem anstrengenden Tagebuch seziere und über die Macht schäume, die sie jetzt über mich hat.*
*Aber nein, ich hasse Kate nicht. Hat es sich wie Hass angefühlt, als ich das schrieb? Ja. Anfangs schon. War es auch Hass?*
*Nein. Nur eine starke und vorübergehend glaubhafte Emotion; ein Wutausbruch, hinter dem sich – keine Ahnung – Frust, Traurigkeit, Kummer verbergen. Es ist leichter zu hassen, als verletzt zu sein.*
*Es erleichtert mich, dass ich ihr diese Worte nicht an den Kopf geworfen habe. Und ich verstehe jetzt, warum unsere Eltern uns immer davon abzubringen versuchen, dieses Wort auszusprechen. Ich glaube, es wäre sehr schwer, es zurückzunehmen.*
*Ebenso wie »Ich liebe dich«.*
*Aber Emmy Newall hat unrecht. Liebe und Hass liegen im Spektrum aller Emotionen nicht annähernd nebeneinander. Entweder*

*hat sie was falsch verstanden – oder sie irrt sich, was ihre wahren Gefühle für Nick angeht.*

Ich lege meinen Stift weg.
Für heute bin ich fertig mit Tagebuchschreiben und erschöpft, aber ich bin noch nicht fertig mit Sauersein und starre noch eine Weile auf die verschwommene, weiße Leere an meiner Decke, bis mein Sauersein irgendwann zwischen 2:15 Uhr und dem Zeitpunkt meines Einschlafens Früchte abwirft. Sie zaubern sogar ein böses Grinsen auf meine Lippen, das sich mit dem von Kate vorhin messen kann, und ich stelle meinen Wecker auf fünf vor sechs.

# 30

Ich stehe Ewigkeiten in der leeren, trockenen Dusche. Stundenlang. Jedenfalls fühlt es sich so an. Wenn nötig, verpasse ich Soziolinguistik. Wenn nötig, bleibe ich den ganzen Tag hier stehen.

Die Sekunden vergehen. Dann Minuten. Und noch mehr Zeit. Dann … höre ich, wie die Tür sich schließt.

Ich habe das Gefühl, ohnmächtig zu werden vor lauter Sauerstoffmangel, aber ich weiß genau, wenn ich atme, muss ich lachen, und dann ist alles ruiniert, und ich möchte diese Gelegenheit ungern versäumen. Noch drei Sekunden. Zwei. Eine. Dann ziehe ich langsam den Duschvorhang beiseite und *klick-blitz*!

Kate schreit auf.

Ich renne!

In meinem Zimmer schließe ich die Tür ab und lade das Foto auf meinen Computer hoch, bevor Kate eine Chance hat, ihre Unterhose hochzuziehen und die Spülung zu betätigen. Und bevor sie an meine Tür schlagen kann – denn keine von uns kann momentan ein Interesse daran haben, Mutter oder Dad in diese Sache hineinzuziehen –, öffne ich sie und zeige ihr stolz das Foto, das ich *Queen Kate auf dem Thron* betitelt habe.

Ich schalte den Computer genau in dem Moment aus, in dem sie darauf zustürzt.

»Du kleines Monster«, zischt sie.

»Gib mir meinen Brief zurück, dann lösche ich es.«

»Lösch es, und ich geb ihn dir zurück.«

»Hm, nö«, sage ich leichthin.

Sie verschränkt die Arme vor der Brust.

»Und was jetzt?«

»Patt«, sage ich. »Lass dir das von Geoff erklären.«

»Ich weiß, was das heißt.«

»Und du sagst, du bist nicht hochbegabt.«

»Josie«, zischt sie durch zusammengebissene Zähne.

»Wenn du irgendwem diesen Brief zeigst – ganz egal wem –, geht das Foto online. Außerdem wird es die Cocktail-Servietten auf deinem Empfang zieren. Die Untersetzer. Die Streichholzbriefchen. Und es wird Postkarten davon geben.« Vier Finger sind in der Luft. »Ich werde sogar Poster davon drucken lassen und sie Aunt Toot und Mrs Easterday zu Weihnachten schenken.«

Sie gibt einen grunzenden Laut von sich. »Ich hatte wirklich nicht vor, irgendwem diesen Brief zu zeigen. Es sei denn, ich wäre dazu gezwungen gewesen. Er sollte nur eine Art Versicherung für mich sein.«

»Dann betrachte das jetzt als deine neue Police.«

»O Mann, Josie«, sagt sie, schnaubt und stürmt aus dem Zimmer.

Sobald sie weg ist, rufe ich das Bild wieder auf und ersticke fast, weil ich in das Kissen lache, das ich mir vors Gesicht drücke, damit ich meine Eltern nicht wecke. Das war mir zuerst gar nicht aufgefallen, aber Kate – Gott segne dich, Kate – sitzt nicht nur auf der Toilette, sie bohrt auch noch in der Nase. Eigentlich wäre es fast schade, wenn sie Ethan meinen Brief nicht gibt. Was für

eine Verschwendung, die Welt nicht an diesem Foto teilhaben zu lassen.
Aua! Falls es geht, dass man sich vom Lachen eine Muskelzerrung holt, kann es sein, dass ich eine Halskrause brauche.

Beim Frühstück setzt die Erschöpfung ein. Ich bin zu müde, um mich daran zu stören, dass die Müslidose auf dem Tresen statt im Schrank steht. Ich schnappe sie mir einfach und kippe achtlos etwas Müsli in eine Schale, was Mutter veranlasst, mich zu fragen: »Ist alles in Ordnung mit dir?«
»Bin nur müde«, sage ich. »Hab nicht gut geschlafen. Mir gehen zu viele Sachen im Kopf rum.«
»Möchtest du darüber reden?«
»Dad hat schon dafür gesorgt, dass ich darüber schreibe.«
»Und? Hilft es?«
»Es ist schwer«, gebe ich zu.
»Ah«, sagt Mutter, während sie meine Krümel wegwischt, »dann hilft es.«

Es fühlt sich nicht so an, als würde es helfen. Früher hat es sich – jedenfalls manchmal – gut angefühlt, zu schreiben, erleichternd, so als würde mich der bloße Akt des Zu-Papier-Bringens legitimieren. Jetzt fühlt es sich aus denselben Gründen so an, als würde das Problem schlimmer werden oder schwieriger oder auf eine leidigere Art zur Last, als ich es mir vorgestellt habe. Und abgesehen von dem Brief, habe ich kein Wort mehr über Ethan geschrieben. Weil es schlimmer oder schwieriger oder auf eine leidigere Art zur Last wird, wenn ich es tue.

Ich lasse mich auf die Rückbank von Stus Auto fallen und sage mürrisch guten Morgen.

»Zu lange aufgeblieben?«, fragt Stu.

»Hab nicht gut geschlafen«, sage ich.

»Sieht man, sogar durch die Brille«, sagt Sophie.

»Sophie«, sagt Stu mahnend.

»Was denn? Ist doch so«, sagt sie. Dann zieht sie eine Tube Abdeckcreme aus ihrem Rucksack und gibt mir genaueste Anweisungen, wie ich das Zeug auftragen soll.

Nachdem sie ausgestiegen ist, drücke ich ein bisschen von dem klebrigen Zeug auf meine Finger, erschaudere angesichts seiner dicken, klebrigen Konsistenz und beschließe, für den Rest meines Lebens immer früh schlafen zu gehen, wenn dies die einzige Möglichkeit ist, dunkle Ringe unter den Augen zu verbergen.

Heute Morgen habe ich Angst davor, den Kursraum zu betreten. Ich möchte Ethan nicht mal sehen und schaue nur aus Höflichkeit kurz mal in seine Richtung. Irgendwie habe ich das Gefühl, dass er über meine Tagebuchseite Bescheid weiß. Ein Blick auf mich genügt, und er weiß, dass es raus ist, dass ich etwas für ihn empfinde und dass ich mich, indem ich diesen Brief geschrieben habe, der sich nun in Kates Gewahrsam befindet, des Schutzes der Heimlichkeit entkleidet habe.

Er weiß es.

Alle wissen es.

»Alles in Ordnung, Josie?«, fragt er, als ich mich hinsetze.

»Ich bin nur müde«, sage ich und mache mir an meinen Büchern, Heftern und Stiften zu schaffen. Und das ist das letzte Mal, dass ich ihn an diesem Morgen auch nur ansehe.

Nach dem Unterricht renne ich förmlich aus dem Raum, so dass Stu sich zum ersten Mal überhaupt beeilen muss, um mich einen Block von Fair Grounds entfernt einzuholen. Dort hält er mich am Ellenbogen fest, um mein Tempo zu drosseln, und sagt: »Okay. Was ist los?«

»Ich hab mich gestern Abend mit Kate gestritten. Mir geht eine Menge im Kopf rum.«

»Das ist alles?«

»Es war ein schlimmer Streit.«

»Wegen der Hochzeit?«

»Wegen allem Möglichen.«

»Willst du drüber reden?«

»Davon wird es nur noch schlimmer«, gifte ich ihn an. Dann seufze ich. »Tut mir leid.«

»Was ist los, Josie?«, fragt er, legt eine Hand auf meinen Arm und schaut mir suchend in die Augen.

Wir sind vor Fair Grounds stehen geblieben. Ich blicke mich nervös um.

»Ich hab keine Lust mehr auf diesen Laden. Können wir ins Juliana gehen?« Das ist ein weniger beliebtes Café auf der anderen Straßenseite und einen Block weiter östlich.

»Klar. Unter der Bedingung, dass du mich nicht jedes Mal anschreist, wenn ich dich frage, ob alles in Ordnung ist.«

»Tut mir leid«, sage ich mit einem halben Lächeln, und wir setzen uns in Bewegung. »Ich hab fast gar nicht geschlafen.«

»Warum?«

»Zwischen Kate und mir sind die Fetzen geflogen. So richtig, und sie … ich verstehe sie einfach nicht mehr.«

»Warum sagst du das?«
»Ich werde dir genau sagen warum. Weil Geoffrey Stephen Brill sie verändert. Sie macht alles, was er sagt. Ich ertrag das nicht. Dieses Stopp-Zeichen.« Ich imitiere die Handbewegung. »Die Spaghetti. Versicherungspolicen. Und Kate macht all das mit.«
»Mehr als nur einem Songwriter zitierend, sage ich: ›Love changes everything‹, Josie.«
»Ist das deine Erklärung?«
»Ich weiß ja nicht mal, worüber wir hier eigentlich reden.«
»Kate.«
»Nicht über Geoff und irgendeine Versicherung?«
»Kate.«
»Gut, und was haben Stopp-Zeichen und Spaghetti mit ihr zu tun?«
»Und was haben Songtexte mit irgendwas davon zu tun?«
»Josie«, sagt Stu den Kopf zu einem Mega-Achselzucken zwischen die Ohren ziehend. »Mir fehlen hier Untertitel. Oder Fußnoten.«
Ich atme die Luft aus, von der ich gar nicht wusste, dass ich sie angehalten hatte, und frage: »Oder Flaggensignale?«
»Könnten auch helfen. Ich brauche eins, das besagt: ›Rettet mich aus dem Gespräch mit Josie. Schickt starke Männer mit großen Hüten!‹«
»Großen Hüten?«
»Das wäre doch eine coole Signalflaggen-Message. Finde ich.«
»Also. Zurück zu Kate.«
»Und klaren Formulierungen«, sagt er, während wir weitergehen.

»Ich weiß nicht, was ich machen soll wegen ihr«, sage ich. »Oder wegen Geoff. Oder wegen der Hochzeit. Wegen allem – außer dass ich heute offenbar riesige Ringe unter den Augen habe.«

»Man sieht sie fast gar nicht.«

»Du hast sie gesehen.«

»Ja, sie sind schlimm in Wahrheit«, sagt er grinsend und wirft mir einen raschen Seitenblick zu. Dann stößt er mich mit dem Ellbogen an. »Du siehst heute einfach etwas müde aus, Josie. Aber nicht schlecht. Vielleicht legst du dich heute Nachmittag einfach ein bisschen hin. Wahrscheinlich ist danach alles klarer. Für uns alle.«

»Danke«, sage ich, und wir legen den Rest des Weges ins Café Juliana schweigend zurück.

Unterwegs denke ich, zu müde zum Reden, über Sophies viele Liebesgeschichten und ihre offenbar obligatorischen tragischen Ausgänge nach. Ich denke über Stus viele Liebesgeschichten und ihr offenbar obligatorisches Versanden nach. Ich denke über Ross' und Maggies perfekte Harmonie nach. Ich denke über Dad nach, wie er in der Küche seinen Arm um Mutters Taille legt. Ich denke über Ethan nach, wie er vor dem Kurs steht und uns fachkundig unterrichtet. Und ich denke über Kate und Geoff nach, wie sie Spaghetti kochen. Und es dauert nicht lange, und ich denke über die genaue Bedeutung des Wortes *Liebe* nach, das sich plötzlich gigantisch, sperrig, einschüchternd anfühlt.

Ich wünschte, ich hätte mein Tagebuch bei mir – dieses elende, anstrengende, alles noch schlimmer machende, schreckliche Tagebuch. Dann würde ich schreiben: *Kate verändert alles.* Nein, ich meine die Liebe. *Die Liebe verändert alles.* O Mann, das war ein echter Freud'scher. Bin ich froh, dass ich das nicht hingeschrieben habe.

Später nicke ich in der letzten Stunde, Staatskunde, für ein, zwei Sekunden ein und wache wieder auf, weil mein Kopf nach vorn kippt. In Staatskunde schlafen eine Menge Leute ein, manche schamlos, indem sie die Arme auf den Tisch legen und den Kopf darauf betten. Der alte Mr Bloom scheint sich nichts daraus zu machen und kämpft offenbar gegen seine eigene Müdigkeit an, was zweifellos dadurch erschwert wird, dass er zum viertausendsten Mal mit monotoner Stimme die Beziehung zwischen Land, Arbeit und Kapital erklärt.

»Was ist denn heute mit dir los?«, giftet Emmy mich vor meinem Schließfach förmlich an. Und weil ich zu erschöpft bin, um sowohl ihre Worte als auch ihren Ton zu übersetzen, reagiere ich gereizt.

»Ich bin müde. Darf ich das nicht sein?«

»Okay, tut mir leid.«

Wir legen schweigend den Weg zum Umkleideraum zurück.

Das Volleyballtraining belebt mich nicht, sondern macht mich nur noch fertiger. Weil ich nicht aufpasse, bekomme ich zweimal den Ball ins Gesicht, aber nicht fest. Am Ende des Trainings kommt Jen angesprungen und verschränkt ihre Finger mit meinen.

»Ich hab über was nachgedacht, das du gesagt hast«, sagt sie und sieht mich mit ihrem breiten runden Lächeln an.

»Über was denn?«

»Über Stu.«
»Und inwiefern über Stu?«
»Du weißt schon«, sagt sie. »Ob er mir gefällt oder nicht.«
»Ach so«, sage ich.
»Und was würdest du sagen, wenn ich sagen würde, dass er mir gefällt?«
»Äh … Keine Ahnung.«
»Ach, komm schon, Josie. Ich dachte, du würdest dich freuen.«
»Äh, ja, klar. Ich bin schrecklich müde, Jen.«
»Ich weiß. Das sieht man.« Sie drückt meine Hand und sagt dann: »Okay, sag ihm nichts, aber versuch herauszufinden, ob ich ihm gefalle, ja? Ich meine, da er ja dein Cousin ist und so, dachte ich, du könntest ihn fragen, damit es nicht so aussieht, als würde ich ihn gut finden.«
»Klar.«
»Du bist super. Ich liebe dich«, sagt sie und umarmt mich, und für den Rest des Tages habe ich wirklich keinerlei Energie mehr zu irgendwas.

Stu fährt mich nach Hause, und das Einzige, was ich unterwegs sage, ist, dass ich mich für meine fortgesetzte Müdigkeit entschuldige. Dann breche ich auf meinem Bett zusammen, schlafe bis ungefähr sechs Uhr und wache mit leicht verquollenen Augen und dem Abdruck meiner Armbanduhr auf der linken Wange auf.
Ein bisschen kaltes Wasser, das ich mir ins Gesicht werfe, und ein Festzurren meines Pferdeschwanzes tragen wenig zur Verbesserung meines Erscheinungsbildes bei, aber wenigstens sind die

Augenringe verschwunden, und ich fühle mich besser als zuvor, so dass ich keinen Gedanken an die verquollenen Augen oder den Abdruck im Gesicht verschwende, als ich nach unten gehe und die Haustür aufmache, weil es geklingelt hat.

Und wie durch Zauberei – oder eher: schwarze Magie – erstarre ich umgehend zur Salzsäule, als ich ihn sehe. Er steht vor meiner Haustür, lächelt mich an und hält, ausgerechnet, ein Portemonnaie in der Hand. Mein Portemonnaie. Ich glaube, er sagt etwas.

Ich.

Kann.

Mich.

Nicht.

Bewegen.

Ich weiß nicht, wie lange ich so dagestanden habe. So lange, dass Kate gekommen ist und fragt: »Wer ist denn an der Tür, Josie? Josie?«

Sie blinzelt mich an – leicht verärgert, aber das ist ja nichts Neues –, bevor sie die Tür ganz aufmacht und er sich ihr vorstellt.

»Hallo, ich bin Ethan Glaser«, sagt er. »Ich bin Josies Soziologie-Dozent an der Cap.«

# 31

Ganz am Rande nehme ich wahr, dass sich ein listiges Lächeln auf Kates Gesicht ausbreitet – die Art von Lächeln, die normalerweise einem Anfall fiesen Gelächters vorangeht. Aber Kate zeigt eine beeindruckende Selbstbeherrschung und kostet die Situation nur genüsslich aus.

»Ihr Dozent? Ethan Glaser?«, fragt sie und lenkt ihren Blick dann ein zweites Mal auf mich, und zwar gerade lange genug, um mich still zu quälen.

»Ethan«, sagt er. Die beiden geben sich die Hand, und Kate bittet ihn herein.

Ich kann mich immer noch nicht rühren. Kann offenbar nichts außer meinem Kopf bewegen, um zuzusehen, wie Ethan hereinkommt und mir mein Portemonnaie hinhält.

»Das hast du heute Morgen im Kursraum vergessen, Josie. Ich hab's nicht früher geschafft hierherzukommen, tut mir leid.«

»Hm, hm«, macht mein Mund, und ich schaffe es irgendwie, einen Arm zu heben, um ihm das Portemonnaie abzunehmen.

»›Danke‹, würde Josie sagen, wenn sie nicht gerade erst aufgewacht wäre«, sagt Kate.

»Langen Tag gehabt?«, fragt Ethan mich. »Du wirktest heute im Unterricht ein bisschen müde.«

»Hm, hm.« Ich räuspere mich. »Äh, ja.«

»Ich will euch gar nicht lange aufhalten«, sagt Ethan. »Wahrscheinlich störe ich beim Abendessen.«

»Was ist denn hier draußen los, Ladys?«, fragt Dad aus der Küche in die Diele tretend. »Oh, entschuldigen Sie. Ich wusste nicht, dass wir Besuch erwarten. Hugh Sheridan«, sagt er und reicht Ethan die Hand.

»Ethan Glaser.«

»Ethan ist Josies Soziologie-Dozent an der Cap«, sagt Kate.

»Ah! Josie redet über nichts anderes mehr«, sagt Dad. »Ich weiß, dass ihr das sehr viel Spaß macht.«

»Danke. Es macht auch großen Spaß, sie im Kurs zu haben.«

»Was führt Sie zu uns, Ethan?«

Er erklärt es. Dann fragt Dad: »Haben Sie schon mal eine Barbierschale aus dem achtzehnten Jahrhundert im Original gesehen, Ethan?«

»Nein, habe ich nicht«, sagt Ethan. Kate beugt sich zu ihm hin, legt ihm eine Hand auf den Arm und flüstert: »Eigentlich ist es eine Schale, die benutzt wurde, um Leute zur Ader zu lassen.«

»Tatsächlich? Die würde ich mir liebend gern mal ansehen«, erwidert Ethan, und Dads Miene hellt sich auf.

»Nun, dann sind Sie hier an der richtigen Adresse«, sagt er und geleitet Ethan – eine Hand auf seinem Rücken – für eine Führung durch seine Sammlung medizinischer Antiquitäten in sein Arbeitszimmer.

Kate geht ihnen hinterher. Als sie an mir vorbeikommt, stößt sie mich absichtlich mit dem Ellbogen an und flüstert: »Wir reden später.«

Dann ziehen wir in perfekter Synchronie unsere Augen zu Schlitzen zusammen und sehen uns an, aber Kate geht als Siegerin aus diesem Zweikampf hervor, weil sie ihrem Blick ein teuflisches Grinsen an die Seite stellt.

Dann stürze – STÜRZE – ich nach oben.

In Rekordtempo wasche ich mir das Gesicht, trage das bisschen Schminke auf, die ich besitze – Eyeliner, Mascara und Abdeckcreme –, und notiere in Gedanken: Bei Sophie dafür bedanken, dass sie mir gezeigt hat, wie man das alles verwendet. Dann kämme ich mir noch mal durchs Haar und sichere es mit einem schwarzen Band, das zu dem schwarzen T-Shirt passt, das ich überziehe. Bevor ich wieder nach unten flitze, nehme ich meinen wattierten BH und überlege kurz, ob ich ihn anziehen soll. Ich halte ihn mir an. Stelle mich seitlich vor den Spiegel.

Vielleicht.

Ach, vergiss es.

Ich werfe das Teil zurück in die Unterwäscheschublade und schlendere die Treppe hinunter, als wäre Ethans Besuch sowohl alltäglich als auch nicht weiter von Bedeutung. Aber er ist weg. Ich luge in Dads Arbeitszimmer, wo noch zarte Überreste von Ethans Rasierwasser in der Luft schweben, aber anscheinend habe ich ihn verpasst. Im Haus ist es still, und ich ertappe mich dabei, wie ich meine Hals- und Kiefermuskulatur entspanne, die ich unwillkürlich überstrapaziert habe.

In der Küche stoße ich auf Mutter; sie schneidet gerade eine Zwiebel, was prompt die Erinnerung an Ethans süßen Duft aus meinem Gedächtnis löscht.

»Brauchst du Hilfe?«, frage ich.

»Du könntest mir ein bisschen Gesellschaft leisten«, sagt sie. Also steige ich auf einen der Barhocker am anderen Ende des Raums.

Dann drehe ich mich langsam um mich selbst, da ich die monotone, beinahe hypnotische Bewegung als beruhigend empfinde.
»Du warst ja schrecklich müde heute«, sagt Mutter. »Geht es dir jetzt besser?«
»Ich war lange auf. Zu lange.«
»Was hast du gemacht?
»Nachgedacht«, sage ich.
»Möchtest du mir erzählen, worüber?«
»Über die Komplexität aller Beziehungen auf der Erde.«
Ich drehe mich ein bisschen schneller.
»Das kann einen wirklich eine Menge Schlaf kosten«, sagt Mutter, und ich erhasche einen flüchtigen Blick auf ihr Lächeln, während ich auf dem Barhocker im Kreis herumsause. »Welche spezielle Beziehung findest du denn am vertracktesten?«
»Ethan Glaser«, sagt Kate, während sie mit Ethan und Dad im Schlepptau über die Hintertreppe in die Küche kommt. »Das ist meine Mutter …«
Äh … pardauz!
Das war ich. Ich bin vom Barhocker gefallen, während die beiden einander vorgestellt wurden.
»Meine Tochter kennen Sie ja«, sagt Mutter, auf meine verdrehte Gestalt auf dem Fußboden zeigend.
Dad raunt Ethan trocken zu: »Wir erwähnen das in der Öffentlichkeit nicht gern, aber sie ist hochbegabt, wissen Sie.« Dann fragt er mich: »Na? Macht die Bodenübung Fortschritte?«
»Der Schlusssprung lässt noch ein bisschen zu wünschen übrig«, antworte ich im Aufstehen, klopfe meine Kleider ab und versuche meine tiefe Scham zu überspielen, die mir sicher deutlich

im Gesicht steht. Ich kann nicht mal sagen, ob ich mir weh getan habe.
»Der Schlusssprung ist aber auch das Schwierigste«, sagt Dad, während Ethan mich fragt, ob alles in Ordnung ist.
»Ja, danke. Ich bin ungeschickt und sterbe vor Peinlichkeit, aber sonst geht's mir gut.« Während ich meine Gliedmaßen und Gedanken ordne, entgeht mir ein wichtiger Teil des Gesprächs, denn als ich meine Aufmerksamkeit wieder auf das andere Ende des Raums richte, trinken Mutter, Dad und Kate mit Ethan Wein. Sie trinken Wein und plaudern. Trinken Wein, plaudern und lachen. Und, Moment mal, wie ist Geoff denn hierhergekommen? Und wie kann sich irgendwer in seiner Gegenwart derart amüsieren, wo der Mann doch immer nur über Zecken redet?
Ich gehe zur Spüle, um mir ein Glas Wasser einzuschenken. Und während ich daran nippe, versuche ich aus dem Gesagten irgendetwas Verständliches herauszufiltern, worüber ich mich in das Gespräch einklinken könnte. Aber nichts ergibt einen Sinn. Geoff und Ethan reden schnell, ihre Stimmen werden lauter, dann noch lauter, und schließlich lachen alle. Dad sagt etwas über Chicago und macht dabei eine ausladende Geste, dann folgt noch mehr lautes, fröhliches Geplapper. Kate sagt: »Aber dann war es so weit …«, und Geoff klinkt sich nahtlos ein, als sängen sie ein Duett, und sagt etwas, das klingt wie: »… denn das Schlangenpferd verdaut den Hut«. Während sie erneut in Gelächter ausbrechen, nippe ich nervös an meinem Wasser und nehme fassungslos und verdutzt zur Kenntnis, dass die fünf eine Sprache sprechen, die ich nicht kenne. Fassungslos, verdutzt und verärgert. Das gefällt mir ganz und gar nicht.

Und mein Schock verwandelt sich in echte Panik, als ich höre, wie Kate Ethan fragt: »Hast du eine Freundin? Ich kenn da jemanden, den ich dir gern vorstellen würde.«
Dann ist plötzlich Madison Orr am Telefon, und die vier verabreden sich fürs kommende Wochenende, und kurz darauf stehe ich an der Tür und schüttele Ethan die Hand, während er mir diesen freundlichen Abschiedsgruß entbietet:
»Dann bis Freitag im Kurs, Josie.«

Nach dem von mir nur diffus wahrgenommenen Ereignis, welches das Abendessen darstellte, gehe ich fast roboterhaft auf mein Zimmer, setze mich aufs Bett und starre auf den beruhigend eintönigen Fußboden. Dann lasse ich mit bestürzender Präzision das seltsame Gespräch von vorhin Revue passieren, das zwischen Mutter, Dad, Geoff, Kate und Ethan. Den Erwachsenen. Ich schlucke schwer. Allen außer mir.
Die einzelnen Worte kamen mir vertraut vor, aber der Rhythmus fühlte sich fremd an. Und die Gesten. Und das Lachen. Auf diese Art. All das wirkte auf mich wie die Sprache eines privaten Clübchens, das mich nicht dabeihaben wollte.
»Um Himmels willen, Josie«, sagt Kate, als sie hereinkommt. Ich erschrecke mich dermaßen, dass ich aufspringe und sie anfahre:
»Kannst du nicht *ein Mal* anklopfen?«
Sie schließt die Tür hinter sich.
»Er ist sechsundzwanzig!«, sagt sie.
»Na und?«
»Er ist zu alt für dich.«
»Jetzt vielleicht. Aber in ein paar Jahren nicht mehr.«

»Komm schon, Josie.«

»Nein, komm du schon, Kate. Du weißt genau, was ich für ihn empfinde, und trotzdem verkuppelst du ihn vor meiner Nase mit Madison.«

»Madison ist in seinem Alter. Meinem Alter. Unserem Alter.«

»Das war herzlos, ganz egal, wie alt ihr seid.«

»Schluss jetzt, Josie.«

»Vor vier Wochen hattest du noch Verständnis für das, was in mir vorging. Wir haben darüber gesprochen. Hier in diesem Zimmer.«

»Vor vier Wochen habe ich geglaubt, du sprichst von einem Studenten vom College.«

»Das Einzige, was vor vier Wochen anders war als heute, war, dass du Ethans Alter nicht kanntest. Sonst hat sich nichts geändert.« Kate lacht schnaubend, und ich laufe rot an. »Was fällt dir ein, da zu stehen und mich auszulachen?«

»Ich lache, weil es lustig ist, Josie.«

»Wie kannst du nur so was sagen?«

Wieder dieses schnaubende Lachen, dieses herablassende, süffisante Grinsen.

»Du hast dich in deinen Lehrer verknallt«, sagt sie.

»Es ist mehr.«

»Es ist eine Schwärmerei.« *Schnaub.* »Ross, Dennis DeYoung, Ethan Glaser.« Sie zählt sie an den Fingern ab. »Alles bloße Schwärmereien.«

»Ja, Ross und Dennis vielleicht. Aber woher willst du wissen, dass ich nicht in Ethan verliebt bin? Warum soll das nur eine ›Schwärmerei‹ sein? Woher willst du wissen, dass es nicht mehr ist?«

»In Ordnung. Dann sag mir, was Liebe ist.«

»Liebe ist … *äh.*« Jetzt bin ich mit Schnauben an der Reihe.

»Es ist eine Schwärmerei. Rahm dir ein Bild von ihm ein und stell es dazu«, sagt sie auf Dennis DeYoung auf dem Schreibtisch zeigend. Und weißt du was: Ich liebe dich dafür. Denn das lässt dich so wunderbar normal erscheinen. Und glaub mir«, sagt sie, während sie zur Tür geht, »das macht den Brief, den du geschrieben hast, nur noch wertvoller. Eine Peinlichkeit globalen Ausmaßes – findest du nicht auch, dass es das trifft?«

»Ahh!«, sage ich, nachdem die Tür sich hinter ihr geschlossen hat, und es ist mein ganzer Körper, der spricht: *Ahh!* Ich beiße die Zähne zusammen, balle die Fäuste, meine Schultern beben. Dann schreite ich zur Tat. Innerhalb von Sekunden nehme ich meinen Platz am Schreibtisch ein, rufe die Seite von Kates und Geoffs Hochzeitsfotografin auf, hacke mich schon beim dritten Versuch erfolgreich in ihren Account ein, weil sie ein irrwitzig einfaches Passwort verwendet – kate&geoffbrill – und lade *Queen Kate auf dem Thron* in die Datei hoch, die sich *Diashow für Empfang* nennt.

Ich befinde mich in einem Zustand emotionaler Lähmung, irgendwo zwischen Wut und Befriedigung, Trauer und Entschlossenheit, Scham und Zuversicht, als mein Blick auf mein Tagebuch fällt. Aber ich mache keine Anstalten, mich darauf zuzubewegen.

Es raubt mir schon durch seine bloße Existenz den letzten Nerv, mehr noch als Geräusche und Gerüche oder kratzende Nähte und Insekten. Und wenn es anfangen würde, mit mir zu sprechen – *»Jooosieee, Jooosieee. Hieeer bin ich. Komm und erzähl mir*

*jedes köstliche Detail aus deinem unbedeutenden kleinen Leben«* – würde mich das auch nicht mehr überraschen.
Ich glaube, Mutter findet mich in letzter Zeit unkonzentriert und würde gern wissen, wo ich meine Gedanken habe. Aber sie fragt mich nicht, was ich ihr hoch anrechne. Ich werde ihr alles erzählen – fast alles –, sobald ich bereit dazu bin, sobald ich herausgefunden habe, was ich sagen will und wie. In ein paar Jahren. Oder vielleicht auch nie.
Schließlich schlage ich mein Tagebuch auf und schreibe:

*Mittwoch, 15. Oktober, 20:17 Uhr*
*Was ist das Wesen der Liebe?*

Ich antworte nicht. Ich möchte, dass mein Tagebuch das für mich tut.

# 32

Als ich am Freitagmorgen den Kursraum betrete, begrüßt Ethan mich mit einem Lächeln, das noch zusätzlich durch seine hochgezogenen Augenbrauen betont wird, die zufrieden zu sagen scheinen: *Ich war bei dir zu Hause und weiß, wo du wohnst.* Vor zwei Tagen hätte mich diese Intimitätsbekundung noch begeistert, womöglich gar in Ohnmacht fallen lassen. Und es ist in der Tat intim, wenn zwei Menschen Wissen und Erlebnisse teilen oder Witze kennen, über die nur wenige andere ebenfalls im Bilde sind. Oder wenn sie eine ganz eigene Sprache sprechen. Aber heute bin ich weder begeistert, noch falle ich in Ohnmacht. Heute schrumpfe ich – falle in mich zusammen oder möchte es zumindest.

Ich lächele kurz zurück, aus Höflichkeit.

»Alles in Ordnung?«, fragt Stu und beugt sich zu mir.

»Ja. Wieso?«

»Du siehst aus, als hättest du in einer Sekunde einen Schweinefötus zu sezieren.«

»Glaubst du nicht, dass ich mich übergeben müsste, wenn ich einen Schweinefötus zu sezieren hätte?«

»Woher willst du wissen, dass ich damit nicht sagen wollte, dass du aussiehst, als müsstest du dich jeden Augenblick übergeben?«

»Willst du damit sagen, ich sehe aus, als müsste ich mich jeden Augenblick übergeben?«

»Nein. Das ist nur eine schlechte, aber ganz amüsante Metapher. Fangen wir noch mal von vorn an. Alles in Ordnung?«

»Ja«, sage ich und unterdrücke ein Lächeln, was Stu immer Freude macht. »Warum?«

»Du siehst aus, als hättest du gerade gemerkt, dass du vergessen hast, eine Unterhose anzuziehen.«

»Glaubst du im Ernst, ich würde erst so weit weg von zu Hause merken, dass ich keine Unterhose anhabe?«

»Nein, glaube ich nicht. Aber das ist es ja gerade. Darum musste ich dich doch fragen, ob alles in Ordnung ist.«

Ich gebe mich mit einem Lächeln geschlagen, das er erwidert, und sage: »Mir geht's gut, danke.«

Der Unterricht beginnt. In den ersten Minuten mache ich mir unnötige Notizen, einfach nur, damit ich woanders hinsehen kann als zu meinem – *schluck* – Lehrer. Aber als ich schließlich doch einen Blick riskiere, sehe ich ihn so, wie ich ihn immer gesehen habe – gutaussehend, fröhlich, perfekt. Aber gutaussehend, fröhlich und perfekt machen mich heute klein, rosarot und unglücklich.

»Stellt euch nur mal vor, wie es wäre, wenn ich nicht hier stehen und mit euch sprechen würde«, sagt Ethan zum Kurs, »sondern euch einfach nur Skripte mit meinem Vortrag verteilen und von euch verlangen würde, sämtliche Fragen und Antworten schriftlich an mich zu richten. Ihr würdet alle nicht mehr in diesen Kurs kommen. Denn das wäre merkwürdig. Ein merkwürdiges Verhältnis. Irgendwie schief.«

Ich nicke.

»Sprache überwindet Schiefheit«, sagt er. »Denkt an die vielen Male zurück, die ich euch außerhalb des Kurses getroffen habe. Da haben wir geredet. Stimmt's?«
Viele links und rechts von mir nicken. Viele. Moment mal – viele?
»Ich bin nicht nur zu euch hingegangen und habe da gestanden, ohne etwas zu sagen. Oder bin ein Stück mit euch gegangen, ohne ein Wort rauszubringen«, sagt er, und einige aus dem Kurs lachen. »Ja, das wäre auch zu seltsam«, sagt er. »Nein, wir haben uns unterhalten. Meistens über neutrale Themen. Unverfängliche Themen, weil wir uns ja gerade erst kennenlernen. Das ist eine der Funktionen von Sprache. Sie leistet einen Beitrag zur Höflichkeit und dazu, dass Fremde sich auf unangestrengte Weise miteinander wohl fühlen. Sie überbrückt die Stille, die wir als peinlich empfinden würden.«
Ich gehe. Ich stehe auf und gehe. Das passiert schon mal. Kein Drama. Es ist nichts Besonderes, wenn man ein dringendes Bedürfnis hat, aber das ist es nicht. Nicht in meinem Fall. Nicht heute. Mein Gesicht glüht, mein Herz rast, und mir ist kotzübel. Ich gehe im Kopf die möglichen Ursachen durch:
– akuter Herzinfarkt
– verzögerter anaphylaktischer Schock
– ein langsam fortschreitendes Aneurysma im Gehirn
– Hitzewallungen
Es ist was Ernstes.

Als ich in der Mädchentoilette ankomme, ziehe ich mein Handy aus der Tasche.

SMS an Mutter, 9:17 Uhr
*Ich glaube, ich habe ein Aneurysma im Gehirn.*

SMS von Mutter, 9:17 Uhr
*Nein, hast du nicht.*

SMS an Mutter, 9:18 Uhr
*Ich fühle förmlich, wie es anschwillt.*

SMS von Mutter, 9:19 Uhr
*Kann nicht sein.*

Ich stelle mein Handy wieder aus, stecke es zurück in meine Hosentasche und vermeide es, in den Spiegel zu schauen, während ich meine Hände wasche und mir ein wenig Wasser ins Gesicht spritze. Wenn es kein Aneurysma, kein Herzinfarkt, kein anaphylaktischer Schock und keine verfrüht einsetzende Menopause ist, gibt es nur noch eine lebensbedrohliche Lage, in der ich mich befinden kann: Peinlichkeit globalen Ausmaßes.

Zurück im Kurs zwingt mich Ethans Anwesenheit – seine gutaussehende, fröhliche und perfekte Erscheinung, auf die alle Augen und Ohren gerichtet sind – dazu, mich drei schmerzhaften Fragen zu stellen, die alle nur in eine demütigende Richtung führen.

Was, wenn Kate recht hat?

Was, wenn es nur eine Schwärmerei ist?

Wie kann es dann sein, dass ich meine Gefühle so entsetzlich falsch interpretiert habe?

Was ist das Wesen der Liebe?

Das muss man doch irgendwie rauskriegen können.

Ich denke still über die möglichen Formeln nach, während ich auf Stus Bett liege und an die Decke starre, sehe aber nur Xe und Ys, Klammern und Fragezeichen vor mir. Stu liegt neben mir und starrt ebenfalls an die Decke.

»Gute Frage«, sagt er. »Ich hab nicht den leisesten Schimmer, was die Antwort ist.«

»Aber du hast doch tonnenweise Erfahrung«, sage ich.

»Das behauptest du andauernd.«

»Hey«, Sophie kommt ins Zimmer. »Was macht ihr?«

»Ausdruckstanz«, sagt Stu und reckt das linke Bein und den rechten Arm ein paar Sekunden lang zur Decke.

»Wir denken über das Wesen der Liebe nach«, sage ich, während Sophie sich neben mich legt.

»*Du* denkst darüber nach. Ich mache meine Übungen«, sagt Stu.

»Wer will denn das wissen?«, fragt Sophie.

»Ich«, sage ich.

»Echt?«, fragt sie. »Du denkst aber nicht wieder über Stefan nach, oder?«

»Nein«, sage ich.

»Gibt es einen anderen?«

»Nein.« *Nicht mehr*, möchte ich sagen. Vielleicht. Ich weiß es nicht. »Nein. Ich dachte, ich wäre so weit, mich zu verlieben, aber jetzt bin ich nicht einmal mehr sicher, was Liebe eigentlich ist. Außerdem glaube ich, dass ich, wenn ich genau verstehe, wie sie sich anfühlt, wie sie aussieht, wie sie klingt, wie sie sich verhält und inwiefern sie etwas anderes ist, als jemanden zu mögen oder jemanden sehr zu mögen und sogar als mit jemandem rumzumachen, dass ich Kate dann besser verstehen kann.« Und mit *Kate* meine ich mich selbst.

Es ist jetzt mehr als eine Woche her, dass Ethan mit meinem Portemonnaie bei uns zu Hause aufgekreuzt ist und mit meiner Familie gesprochen hat. Seither bin ich dreimal mit ihm zu Fair Grounds gelaufen. Und unterwegs haben wir geredet. Oder besser: Ich habe geredet. Denn diesmal habe ich auch zugehört. Er hat Fragen gestellt – über mich, meine Stufe in der Highschool, Musik, Volleyball, die Cap, meine Familie. Musik. Schule. Hobbys. All die Wochen hindurch ist mir entgangen, dass Ethan, während ich fließend Josie mit ihm gesprochen habe, bloß die Peinlichkeit der Stille zwischen mir und ihm überbrückt hat. Geoff hat das an dem Abend, als wir uns kennenlernten, auch versucht, aber mit weitaus weniger Erfolg.

Heute Nachmittag habe ich nach der Schule in mein Tagebuch geschrieben:

*Freitag, 17. Oktober*
*Ethan hat einen guten Draht zu Halbwüchsigen.*

»Ich sag dir doch schon seit Monaten, dass Kate Geoff wirklich *liebt*«, sagt Sophie auf Stus Bett zu mir.

»Aber wie willst du das wissen?«, frage ich.

»Sie heiratet ihn.«

»Da etliche Ehen wieder geschieden werden, kann eine Eheschließung unmöglich als Liebesbeweis gelten.«

»Man kann sich auch wieder entlieben«, sagt sie. »Das ist mir schon neunmal passiert.«
»Gut, aber warum entlieben sich manche Menschen, während andere ihr Leben lang ineinander verliebt bleiben?«
»Keine Ahnung, Josie. Man kommt ganz schön schnell ins Schwimmen, wenn man über so was nachdenkt.«
»Keine Sorge. Da, wo du schwimmst, ist das Wasser ziemlich seicht. Ertrinken kannst du also nicht«, sagt Stu, und Sophie schlägt über mich hinweg auf den Arm ihres Bruders.
»Ich hatte gehofft, ihr zwei könntet mir helfen«, sage ich.
»Nope«, sagt Stu, steht auf und setzt sich an sein Keyboard. »Ich bin dir ganz bestimmt keine Hilfe, da ich keinerlei Erfahrung habe.«
»Echt unglaublich, wie der die Realität verleugnet«, sagt Sophie zu mir. »Weißt du schon, dass er mit Jen Auerbach zum Schulball geht?«
Ich stütze mich auf die Ellbogen und frage: »Wirklich?«
»Ja«, sagt er und spielt leise ein paar Akkorde.
»Komponierst du ihr auch ein Lied?«, frage ich.
»Ein Liiiieeebeslied«, neckt Sophie.
»Das würde ich ja, aber dank Josies Fragen und *deiner* Antworten weiß ich jetzt auch nicht mehr, was Liebe ist«, sagt er.
»Damit gibst du zu, dass du bis eben verstanden hast, was das Wesen der Liebe ist«, sage ich, und er schüttelt kaum merklich den Kopf, während er die ersten Takte des Hallelujas spielt.
»Nein, er gibt höchstens zu, dass ihr beide zu viel darüber nachdenkt«, sagt Sophie. »Du darfst nicht zu viel über die Liebe nachdenken, Josie.«

»Wie definierst du *zu viel*?«
»O Mann, du bist unmöglich«, sagt sie und marschiert aus dem Zimmer.
*Das* ist unmöglich, sage ich mir und lege mich wieder auf den Rücken, um besser an Stus Decke starren zu können.
»Jen also? Und der Schulball?«, frage ich.
»Yep.«
»Aber du weißt schon, dass sie nicht die Richtige für dich ist«, sage ich.
»Ich dachte, in deinen Augen wäre *ich* nicht der Richtige für *sie*.«
»Stimmt ja auch.«
»Aber ergibt zweimal negativ nicht positiv?«, fragt er.
»Ich bin mir nicht ganz sicher, ob es dafür eine Formel gibt«, sage ich. Aber ich wünschte, es gäbe eine. Dann hätte ich sie nämlich angewendet und alle meine Werte für die Variable x und Ethans für y eingesetzt. Und dann hätte ich ausgerechnet, was das Ergebnis ist, und zwar bevor ich mich gefühlsmäßig involviert hätte, und würde mich jetzt nicht so fühlen, wie ich mich fühle: als hätte jemand in echt mit mir Schluss gemacht, den es aber nur in meiner Phantasie gibt.

# 33

Das Umschalten zwischen den jeweiligen kulturellen Eigenheiten an der Cap und an der BHS zerrt die ganze Woche hindurch wahnsinnig an meinen Nerven. Der Ball steht an, hier wie dort. An der Cap ist er am Samstag. An der Bexley Highschool am Freitag. Die Cap handelt dieses Ereignis an einem Wochenende ab. An meiner Highschool dominiert es die ganze Woche. Auf dem Campus höre ich von Dingen, mit denen ich nichts zu tun habe – Burschenschaften, Studentinnenvereinigungen, Ehemaligentreffen. Nachmittags in der Highschool bekomme ich nur die Überreste der täglichen Aktivitäten mit, die allenfalls in der ersten Stunde, der morgendlichen Orientierungsstunde mit dem Stufenleiter, noch interessant waren. Ich bin schon seit zwei Jahren bei keiner Orientierungsstunde mehr gewesen, und ich weiß nicht, ob ich sie vermisse.
Da ich mich zwischen der Cap und der Highschool aufteile, hat mein Gemeinschaftsgefühl in letzter Zeit ziemlich gelitten. Aber kann sein, dass es vorher auch nicht viel ausgeprägter war.

Heute, am 25. Oktober, ist Schulball an der Highschool, gleichzeitig aber auch Kates erste Brautparty. Somit habe ich eine Ausrede dafür, weder an den heute stattfindenden sportlichen Aktivitäten in der Schule noch am Ball selbst teilzunehmen, aber in Wahrheit fehlt mir zu beidem einfach die Energie. Außerdem habe ich keinen Begleiter für den Ball. In letzter Zeit fehlt mir

irgendwie für alles die Energie, und ich bin froh, dass wir uns mit der Volleyballmannschaft in dieser Saison nicht für die Playoffs qualifiziert haben.
Stu kommt kurz in der Küche der Wagemakers vorbei, um mir einen schönen Abend zu wünschen. Er will gleich los, Jen zum Essen ausführen und danach mit ihr zum Schulball. Sophie ist vor einer Viertelstunde mit Josh abgezogen. Stefan führt heute Abend Sarah Selman aus, wie ich hörte, und ich wünsche den beiden, dass sie sich gut amüsieren. Er redet immer noch nicht mit mir, und es schmerzt mich immer noch.
Ich versuche, Moses mit einer Garnele anzulocken, die eigentlich für die Brautparty heute Abend gedacht ist, aber seit ich ihn zuletzt fallen gelassen habe, weigert er sich, auch nur in meine Nähe zu kommen.
»Schmier sie dir doch das nächste Mal in die Haare«, schlägt Stu vor, während er sich einen Würfel Cheddar in den Mund wirft.
»Ja, danke für den Tipp«, sage ich im Aufstehen, und Stu bewegt den Kopf ruckartig ein wenig nach hinten.
»Ja?«, frage ich.
Er kaut erst zu Ende, bevor er antwortet. »Nichts, du siehst nur toll aus, so aufgebrezelt.«
»Du hast mich doch schon mal so gesehen.«
»Ja, aber heute Abend siehst du echt richtig gut aus.«
»Im Gegensatz zu all den anderen Malen?«
»Ja. Im Gegensatz zu all den anderen Malen«, sagt er und versucht erfolglos, sich ein Grinsen zu verkneifen.
»Ich gehe ja auch auf eine Party«, sage ich mit Blick auf mein

schwarzes Kleid und absurd hohe Pumps. »Da dachte ich mir, ein Overall kommt nicht so gut. Und Bademantel oder Taucheranzug auch nicht.«

»Ich hab Flossen, die ich dir leihen könnte.«

»Oh«, sage ich, und einen kurzen Moment erscheint mir diese Idee sehr verführerisch. »Vor drei Wochen hätte ich das Angebot noch angenommen.«

»Und jetzt nicht mehr? Was ist los? Was macht dein Herz auf einmal so wankelmütig?«

»Keine Ahnung.«

»Ja, ich weiß, wie das ist.«

»Oh, interessant.«

»Was?«

»Du überlegst jetzt schon, mit Jen Schluss zu machen«, sage ich. »Dabei bist du noch nicht ein Mal mit ihr ausgegangen.«

»Ich überlege nicht, mit ihr Schluss zu machen, weil wir gar kein Paar sind.«

»Doch, irgendwie schon«, sage ich, und er zuckt mit den Achseln.

»Wenigstens hab ich sie vor dir gewarnt«, sage ich.

»Und lagst wieder falsch.«

»Nein, lag ich nicht.«

»Schönen Abend noch, Josie«, sagt er.

»Dir auch, Stu.«

Er geht, bleibt an der Hintertür aber kurz stehen, als wollte er noch etwas sagen – irgendwas Gutes, denn er grinst –, aber er winkt nur und verschwindet.

Am früheren Abend habe ich, während Kate mir einen tief angesetzten Pferdeschwanz gemacht und das Band geschickt unter einer Haarsträhne verborgen hat, ein paar Dutzend Antwortkarten durchgesehen. Auf dem unteren Rand von Mrs Easterdays Karte steht: *Das möchte ich um nichts in der Welt versäumen.* Und etliche andere haben ähnliche Nettigkeiten auf ihre Zusagen geschrieben.

Als Kate mit meinen Haaren fertig war, sagte sie zu mir, ich sei »die Beste«, weil ich wegen ihrer ersten Brautparty auf den Schulball verzichte. Darauf habe ich in der Sprache ihrer Hochzeit geantwortet: »Die würde ich doch um nichts in der Welt versäumen wollen.« Sonst haben wir nicht sehr viel geredet.

Jetzt stehen wir Sheridans und Wagemakers und eine – wie ich annehme – zukünftige Brill in Aunti Pats und Uncle Kens Küche und warten darauf, dass die Gäste eintreffen, um zu feiern, was ich – wie ich fürchte – nicht verhindern kann, und was ich inzwischen noch weniger verstehe als damals im Februar, als diese ganze vertrackte Geschichte ihren Anfang nahm.

»Was machst du?«, fragt Kate Geoff, der einen seiner krallenartigen Finger in seinen Kragen gesteckt hat und diesen vom Hals wegzieht.

»Da muss irgendein Etikett drin sein, das mich kratzt.«

»Reiß es einfach raus.«

»Das kann man nicht rausreißen«, sagen Geoff und ich praktisch unisono, was weder ihn noch mich überrascht.

»Hier«, sage ich und hole eine kleine Schere aus der Schublade, in der Auntie Pat sie aufbewahrt.

Kate nimmt sie, schneidet das Etikett ab und murmelt dabei: »Ihr zwei wieder.« Geoff zwinkert mir standardmäßig zu, aber nichts kann die tiefe Traurigkeit erschüttern, die mich befallen hat.

Ethan und Madison sind die Ersten, die eintreffen. Sie füllt die ganze Diele mit ihren Umarmungen und ihrer Stimme aus. Ich nicke Ethan – dessen Anblick einen Gefühlswirrwarr in mir entfacht, den ich nicht beschreiben kann – freundlich lächelnd zu und beeile mich dann, Auntie Pat zur Hand zu gehen; sie lässt Platten mit Fingerfood herumgehen, die sie den ganzen Tag lang vorbereitet hat.

Mir ist heute Abend nicht nach Reden zumute, auch wenn ich viele der hier vertretenen Sprachen spreche. Nicht alle, aber viele. Ich habe mich trotzdem noch nie so unglaublich von allen isoliert gefühlt – allen inklusive Kate, mit der ich kein einziges Wort wechsle. Nicht aus Wut oder weil ich ihr grollen würde. Ich habe ihr heute Abend einfach nicht viel in Josie zu sagen, von dem ich glaube, dass sie es hören möchte. Sie und ich stehen heute Abend in zwei verschiedenen Welten.

Ich positioniere mich den ganzen Abend strategisch so, dass ich sie beobachten kann. Sie sieht umwerfend aus in ihrem merlotfarbenen Satin-Cocktailkleid mit Spaghettiträgern und kleinen Stickereien auf dem Oberteil, und ihre Schönheit wird noch dadurch potenziert, dass sie sich ihrer nicht bewusst ist. Ihr Lächeln ist das natürlich strahlende Lächeln einer Frau, die sich gut amüsiert und sich auf alle Wonnen freut, die der heutige Abend bringen wird. Hinter ihr steht Geoff und hat eine Hand sanft in ihr Kreuz gelegt. In regelmäßigen Abständen wechseln sie schnell einen liebevollen Blick.

Das ist Kate, wie sie bei der Arbeit ist – selbstbewusst, freundlich, fröhlich, und sie tanzt diesen unsichtbaren Tanz, den ich auch Ross und Maggie und Mutter und Dad so häufig als Paare habe vorführen sehen. Aber Kates Tanzkarte ist voller unterschiedlicher Tanzpartner. Es gibt massenweise davon. Im Grunde tanzt sie heute hier mit allen, so als wäre dies ihr eigener privater Ball, ihr gesellschaftliches Debüt. Mit allen außer mit mir. Und alle ihre Tanzpartner werden heute Nacht beschwingt von ihrer Aufmerksamkeit nach Hause gehen.

Ich kann nicht umhin festzustellen, dass all das nicht zuletzt durch die Art möglich wird, wie sie Blicke mit Geoff wechselt – Blicke, die von einer engen, glücklichen Verbindung zwischen ihnen erzählen. Blicke, die er mit niemandem sonst wechselt. Erst heute Abend fällt mir auf, dass Geoff der einzige Mann ist, den ich je kennengelernt habe, der seinen Blick nicht irgendwann von Kate abwendet, um Maggie anzugaffen.

Er hat nur Augen für Kate, und sie sagen zu ihr: »Du bist etwas ganz Besonderes und Einzigartiges für mich, und nur für mich.« Kein Wunder, dass sie ihn liebt.

Und ich akzeptiere das bis dahin Unbegreifliche – dass Kate und Geoff tatsächlich dieselbe Sprache sprechen, und zwar eine, in der ich nicht mitreden kann.

Geoff erwischt mich zweimal dabei, wie ich ihn beobachte – sie beide beobachte. Und er zwinkert mir jedes Mal zu. Beim zweiten Mal fällt es mir schwer, den Kloß herunterzuschlucken, der sich in meiner Kehle bildet. Weshalb ich mich dadurch ablenke, dass ich Moses in der Küche aufsuche und meine Bemühungen fortsetze, ihn mit einer Garnele anzulocken.

Eine wesentlich brauchbarere Ablenkung bietet sich mir gegen Ende der Party, als Sophie in die Küche geplatzt kommt und Moses dabei so erschreckt, dass er die Flucht ergreift.
»Josie«, ruft sie weinend, wirft sich in meine Arme und schluchzt: »Josh und ich haben uns getrennt.«

Am Samstagabend hält Jen in unserer Einfahrt und hupt. Als ich zu ihr ins Auto steige, sagt sie: »Genau in der Mitte des Balls. Na ja, nicht im Sinne von im Zentrum des Balls, aber, du weißt schon, mittendrin.«
»Du meinst chronologisch gesehen«, sage ich, obwohl ich noch gar nicht weiß, wovon sie spricht.
»Genau. Zeitlich gesehen. Praktisch genau auf der Hälfte ist es passiert. Und es war eigentlich gar keine große Szene. Ich stand direkt neben Sophie und konnte sehen, dass sie sich wegen irgendwas aufgeregt hat«, sagt sie und erzählt mir ihre Version der Trennung zwischen Sophie und Josh aus der Zuschauerperspektive.
»Und dann – hörst du mir eigentlich zu, Josie?«
»Ja«, sage ich. »Ja, erzähl weiter.«
Jen fährt fort, aber ich höre nicht zu. Ich versuche es, aber es fällt mir schwer. Das Gespräch mit Jen verschmilzt mit den Unterhaltungen von gestern Abend – denen, bei denen ich eher zugehört habe, als dass ich an ihnen teilgenommen hätte –, und bald schiebt sich beides in meinem Kopf übereinander. Ich sehe Madison auf dem Schulball neben Jen stehen, und wie Sophie sich in Aunti Pats Wohnzimmer vor Kate und allen anderen von Josh trennt.

Wir holen Emmy von zu Hause ab. Sie steigt hinten ein und sagt sofort: »Sei nicht sauer, weil ich mich freue, dass Sophie und Josh sich getrennt haben.«

»Ich bin nicht sauer«, sage ich, wollte aber eigentlich sagen, dass ich nicht mal das Gefühl habe, ganz da zu sein. Ich möchte heute Abend gar nicht ausgehen. Und auch noch ausgerechnet ins Easton, dem größten Basar von Ohio, wohin Tausende von nächtlichen Pilgern samstagabends von Flip-Flops bis zu diamantbesetzten Halsbändern alles kaufen und von Popcorn bis zu Sushi alles essen können, während sie die Nacht zum Tag machen.

Heute sind meine Ohren überempfindlich, eine Nachwirkung von gestern, wo ich so viele Sprachen gehört habe, die sich von meiner unterschieden. Und ich bin schon vollkommen erledigt vom vielen Übersetzen, noch bevor Jen das Auto eingeparkt hat. Ich ringe mir ein Lächeln ab. Ich gebe einige höfliche Floskeln von mir. Und ich schaffe es, mir nicht anmerken zu lassen, dass ich kurz davor stehe, schreiend wegzulaufen, von diesem an einen paradiesisch stillen Ort. Aber als Jen mich fragt, ob alles in Ordnung ist, kann ich in keiner anderen Sprache antworten als in Josie.

»Ich habe eigentlich gar keine Lust, hier zu sein, und möchte nur noch nach Hause«, was Jen unverzüglich in Jen übersetzt, bevor sie fragt: »Warum denn? Bist du sauer auf mich? Ja, ne? Wegen dem, was ich über Sophie und Josh gesagt habe?«

»Sie ist sauer auf *mich*«, sagt Emmy geringschätzig. »Weil ich mich für Josh freue.«

»Ich bin auf niemanden sauer«, sage ich.

»Doch, ist sie«, sagt Emmy zu Jen.

»Es gefällt mir nicht, wenn ihr in der dritten Person über mich redet, als wäre ich gar nicht hier«, beschwere ich mich, worauf Emmy sich Jen zuwendet und sagt: »Siehst du, sie ist sauer.«

»Ich bin nicht sauer«, beharre ich.

»Sei nicht sauer, Josie«, sagt Jen, hakt sich bei mir unter und drückt mich an sich. »Vielleicht hast du nur Hunger. Kommt, wir gehen erst mal was essen.«

Und so rempeln und fädeln wir uns durch die Menge aus Fremden, und ich spüre eine tiefe Erleichterung, während ich eine Brezel esse und eine Limonade trinke, aber das liegt eher an der Ablenkung, die das Kauen und Schlucken bringt – die Pause vom Redenmüssen – als an irgendetwas sonst.

Wir verbringen ein paar Stunden dort, während derer sich bei mir irgendwann das Gefühl einstellt, dass ich die Welt durch ein verkehrt herum gehaltenes Fernglas betrachte. Anstatt dass es die Welt vergrößert, erscheint sie für mich kleiner und weiter weg und verzerrt, und sie franst an den Rändern aus. Aber vielleicht ist das auch nicht die Welt, sondern ich bin es.

Der Abend endet damit, dass ich Jen versichere, dass ich nicht sauer auf sie bin. Ich bin gerade aus ihrem Auto ausgestiegen und stehe in unserer Einfahrt, als sie sich über den Sitz beugt und fragt: »Dann ist es also Emmy? Bist du auf sie sauer?«

»Ja«, sage ich, und Jen lächelt.

»Okay, cool. Solange du nicht sauer auf *mich* bist.«

»Nein, ich bin nicht sauer auf dich«, sage ich.

Aber auf mich. Ich bin sauer auf mich.

Oben in meinem Zimmer werfe ich die Handtasche auf meine Kommode, lasse mich rückwärts aufs Bett fallen und schwelge in dicken Kissen und perfekter Stille, als ob ich in einer heißen Badewanne läge. Es schlaucht mich, unter so vielen sozial gesinnten Stämmen an fremden Orten zu leben. Und Kates Hochzeit bringt noch mehr Sprachen und Gesellschaften mit sich, in die ich mich, unter mehr oder weniger großen Verrenkungen, einfügen muss. All das, der permanente körperliche und mentale Wechsel von einer Sprache in die andere, einer Kultur oder Subkultur in die nächste – Mädchen und Frau, Umarmungen und Verneigungen, Schulbälle und Hochzeiten –, ermüdet mich nicht nur, sondern scheint mich manchmal geradezu aufzuzehren. Highschool, Cap, mein Zuhause, das Easton, Sophie, Stu, der Schulball, der Abschlussball, meine Eltern, das Leichtathletikteam, die Volleyballmannschaft, Kate, Geoff, die Brautjungfern, Ethan.

Was mein Sprachvarietäten-Projekt wie erwartet zu einem Kinderspiel gemacht hat, hat mir zugleich auch etwas aufgezeigt, was ich lange verleugnet habe. Und was letztlich dieser unsichtbare kratzende Faden ist, der mich in letzter Zeit so nervt.

Ich beherrsche die Sprachen zahlreicher Gruppen, und es fällt mir auch einigermaßen leicht, weitere dazuzulernen. Aber ganz egal wie fließend ich in all diesen Sprachen bin, wenn ich nicht Josie spreche, schauspielere ich bloß. Das tun wir alle, wenn wir außerhalb der Kulturen interagieren, in die wir hineingeboren wurden. Es ist sogar unvermeidlich, denn es ist unmöglich, in einer fremden Sprache ganz man selbst zu sein.

In der Sprache eines anderen wirst du zu einem Besucher, einem Gast – manchmal ein sehr willkommener Gast, den man kreischend und mit Umarmungen in Empfang nimmt –, aber trotzdem bist und bleibst du Gast. Denn sobald du aufhörst, die Sprache der Gruppe zu sprechen, hörst du auch auf, einer aus der Gruppe zu sein. Und dann bist du allein, egal mit wem du zusammen bist.

*26. Oktober, 23:22 Uhr*
*Ich glaube, ich habe nicht so viele Freunde, wie ich dachte.*

Ich klappe mein Tagebuch wieder zu und vervollständige den Eintrag im Kopf. Das ist nichts, was ich niederschreiben möchte.

Ich glaube, ich habe nicht so viele Freunde, wie ich dachte, enge Freunde, meine ich. Es gibt nicht viele, mit denen ich sprachlich so eng verbunden bin, dass wir nicht nur wir selbst bleiben, auch wenn wir zusammen sind, sondern uns auch ohne Worte verstehen.

Stille – peinliche oder behagliche Stille – ist auch eine Sprache. Peinliche Stille schreit: »Wir haben nichts gemeinsam.« Behagliche Stille ist ein Beweis dafür, wie viel man gemeinsam hat.

Ich schlucke schwer bei dem Gedanken, dass Ethan und ich nie zusammen schweigen konnten. Und ich schlucke noch schwerer bei dem Gedanken, dass es nur sehr wenige Orte gibt, an denen ich es aushalten kann, mit anderen zu schweigen.

Ich rede wirklich zu viel, wie Stu nicht müde wird zu betonen.

# 34

Es ist Sonntagabend. Ich liege auf Stus Bett. Aunti Pat und Uncle Ken sind auf der anderen Straßenseite, bei uns, um beim gemeinsamen Abendessen und Kartenspielen, die gewöhnlich Mutter gewinnt, die Brautparty von Freitag einer kritischen Begutachtung zu unterziehen. Sophie hat sich in ihrem Zimmer eingeschlossen und malt von Bäumen gesäumte Flüsse, die zufrieren und nirgends hinfließen. Sie unterbricht ihr konzentriertes Arbeiten nur, um mit Freundinnen zu telefonieren oder zu simsen, und verwünscht sich dafür, dass sie Josh Brandstetter gesagt hat, dass »ich ihn liebe. Ich hasse ihn!«

Sie haben sich wegen Sarah Selman getrennt. Josh hat die Kühnheit besessen, Sarah als scharf zu bezeichnen, was Sophie sowohl als Drohung wie auch als Verrat verstand, weil dies dasselbe Adjektiv war, mit dem er Sophie einst beschrieben hat. Und da sie sich weigerte, seinen Beteuerungen Glauben zu schenken, dass er sie viel schärfer als Sarah finde und immer schon gefunden habe, kam es zum Streit. Sie hat angefangen zu weinen, und der Rest manifestiert sich nun auf Leinwand und auf Facebook.

»Wie kann Sophie Josh heute hassen, wenn sie ihn am Freitagmorgen noch geliebt hat?«, frage ich. Was ich meine, ist: *Wie kann ich so starke Gefühle für Ethan gehabt haben, wenn ich jetzt gar nicht mehr weiß, was ich, abgesehen von großer Schmach, empfinde?*

Stu wirbelt auf seiner Bank herum und sieht mich an.

»Du machst die Sache übertrieben kompliziert«, sagt er.

»Sie *ist* kompliziert«, sage ich. »Du solltest das wissen.«

»Warum sollte ich das wissen?«, fragt er, während er sich neben mir auf dem Bett ausstreckt.

»Wegen der vielen unterschiedlichen Mädchen, denen du deine Liebe gestanden hast und die dich jetzt entweder hassen, so wie Sophie Josh, oder sich, zumindest in zwei mir bekannten Fällen – lass mich noch mal nachzählen: eins, zwei –, in diesem Moment nach dir verzehren.«

»Wer verzehrt sich denn nach mir?«

»Das weißt du sehr genau.«

»Josie.« Er lacht beinahe. »Ich staune, wie schlecht du mich kennst.«

»Ich kenne dich gut.«

»Nein, tust du nicht«, sagt er auf eine Art, die mich aufhorchen lässt. Ich wende ihm schnell den Kopf zu. »Tust du nicht.«

»Dir ist schon klar, dass wir dieses Spiel – tust du nicht; tu ich doch – jetzt noch ewig weitertreiben können, bis du mir erzählst, was ich angeblich nicht über dich weiß.«

»Du weißt *nicht*«, sagt er und stützt sich auf einen Ellbogen, »dass der Grund, warum all diese Mädchen sich von mir trennen, der ist, dass ich sie nicht liebe.«

»Doch, das weiß ich.«

»Du weißt *nicht*, dass sie es zwar zu mir gesagt haben, ich aber nie zu ihnen.«

»Was?«

»Ich habe nie gesagt: ›Ich liebe dich‹, zu keiner. Und darum werden sie irgendwann traurig oder sauer – meistens beides – und trennen sich von mir.«

»Du hast nie zu einer deiner Freundinnen ›Ich liebe dich‹ gesagt?«

»Nie.«

»Warum nicht?«

»Weil ich vorhabe, es nur zu einem Menschen zu sagen. Wenn ich mir sicher bin. Wenn der richtige Zeitpunkt gekommen ist.« Er kommt näher und lächelt leise. »Und wenn ich mir sicher bin, wie deine Antwort ausfallen wird.«

Dann küsst er mich – sanft und ausgiebig. Ich spüre seine Hand an meiner Wange, seine warme Haut an meiner, seine Zunge, die sich um meine dreht, und wie der Druck auf unseren Mündern stärker und das Gewicht meines Körpers leichter wird, bis er sich schließlich zurückzieht.

Und ich schieße in meiner riesigen Panik unter ihm hervor, schaffe es gerade noch, so was wie »Ich muss gehen« zu sagen, und gerate an der Tür kurz ins Straucheln, weil ich Moses ausweiche. »Nichts passiert. Dem Kater auch nicht.« Dann rase ich in Rekordzeit über die Straße in unser Haus und in mein Zimmer.

SMS von Stu, 19:27 Uhr
*Alles in Ordnung?*

SMS an Stu, 19:28 Uhr
*Alles gut, danke. Und bei dir?*

SMS von Stu, 19:29 Uhr
*Mir geht's super, aber ich hab auch nicht den neuen Land-Geschwindigkeitsrekord gebrochen, um von hier wegzukommen.*

SMS an Stu, 19:30 Uhr
*War überrascht. Und frage lieber noch mal nach: Willst du mir im Ernst sagen, dass du mich liebst? Oder lieben könntest? Oder es tust? Was war das gerade?*

SMS von Stu, 19:32 Uhr
*Glaubst du im Ernst, dass ich dir das in einer SMS mitteile?*

SMS an Stu, 19:33 Uhr
*Nein.*

SMS von Stu, 19:34 Uhr
*Gute Nacht, Josie.*

SMS an Stu, 19:34 Uhr
*Gute Nacht, Stu.*

Ich lege mein Telefon weg, lasse mich in mein Kissen sinken und stelle fest, dass so viele Gedanken in atemberaubender Geschwindigkeit durch meinen Kopf jagen, dass es unmöglich ist, einen einzigen davon zu fassen zu kriegen, geschweige denn ein einziges Gefühl; also betrachte ich stattdessen interessiert meine beruhigend einfarbige weiße Zimmerdecke.

# 35

Ich kann nicht schlafen. Also schlage ich mein Tagebuch an der Stelle dieses elf Tage alten Eintrags auf:

*Mittwoch, 15. Oktober, 20:17 Uhr*
*Was ist das Wesen der Liebe?*

Und sehe, dass da noch keine Antwort steht. Also blättere ich das Ding in der Hoffnung durch, dass ich es so dazu bringen kann, mit mir zu sprechen. Doch ich erspähe nur lose zusammenhängende Gedanken; Gedankenfetzen tauchen wie Lernkarten vor mir auf – ein Pulli, Laufpartner, Stu, Augenuntersuchung, Kate, hasse Kate, hasse Kate nicht.

Ich klappe das Tagebuch zu und lasse mich zurück aufs Bett fallen, um über Stu nachzudenken, um mir meine selbstgestellte Frage über das Wesen der Liebe zu beantworten, aber wenn ich die Augen schließe, sehe ich nur Kate. Kate, wie sie mir die Haare bürstet. Kate, wie sie Geoff vorstellt. Kate, wie sie mich wegen eines wattierten BHs auslacht. Kate, wie sie mich anschreit, weil ich Spaghetti verschüttet habe. Kate, wie sie sich für mich freut. Kate, wie sie sich über mich ärgert. Kate und Geoff in unserer Küche.

Ich kann an nichts anderes denken als an Kate. *Kate, Kate, Kate, Kate*. Und dann das: *Ich liebe Kate so sehr, dass es weh tut*. Und ich fange übergangslos an zu weinen; heiße Tränen fallen aus meinen Augenwinkeln und lassen die vertrauten Konturen aller Gegenstände in meinem Zimmer verschwimmen. Sogar mich selbst.

Ich weine so lange, bis mir nicht mehr nach Weinen zumute ist. Dann wasche ich mir im Bad das Gesicht, trockne meine Brille ab und setze mich an den Schreibtisch, um mein Sprachvarietäten-Projekt abzuschließen, dessen Thema sich schon vor Wochen von *Sei still/Danke* in dieses verwandelt hat:

**Cool, süß, scharf, Liebe und andere unmögliche Wörter**

von Josephine Sheridan

Auf den ersten neun Seiten handele ich die leichteren davon ab: *cool*, *süß* und *scharf*. *Liebe* kommt als Letztes dran. Ich schreibe:

Und schließlich: Liebe. Ein altes Diktum besagt, dass Dichter und Dramatiker seit jeher versuchen, diesen Begriff zu definieren, und ich glaube, das hat mannigfaltige Gründe:

– Es ist ein ambiguoser Begriff.
– Er wird häufig falsch verwendet.
– Es gibt mehr als eine Art von Liebe.

*Es ist ein ambiguoser Begriff:* Wenn ich das Wort *Liebe* in den letzten Monaten selbst benutzt habe oder gehört habe, wie andere es verwendeten, geschah dies in Bezug auf: Schwestern, die Familie, Styx, das Studium von Sprachen, Quilten, Joggen, Schoko-Erdnussbutter-Kekse, Kameras, Shopping-Einsatzkommando-Stil, Liebe an sich, Hochzeiten, »Mr Roboto«, »The Best of Times«, zwei Schlaumeier mit Brillen, Dennis DeYoung, das Knistern und Rascheln neuer Tagebücher, Hochzeitskleider, Josh Brandstetter, Geoffrey Stephen Brill und einige andere Leute.

Wie kann ein Wort ebenso für technische Geräte wie für Hochzeiten, Geräusche, Kekse und Menschen gelten? Kann es nicht, zumindest nicht in immer derselben Bedeutung. Also muss das Wort Liebe mehr als eine Bedeutung haben, je nach Kontext. Und Wörter mit mehr als einer Bedeutung sind ambiguos.

*Er wird häufig falsch verwendet*. Der Begriff *Liebe* wird oft in Bezug auf Menschen verwendet, wenn eigentlich *mögen* ausreichen würde. *Sehr gern mögen. Sich hingezogen fühlen zu. Verknallt sein in.* Sowohl das Sichhingezogenfühlen zu jemandem als auch das Verknalltsein in jemanden ist mit starken, aufwühlenden Emotionen verbunden, die leicht mit Liebe verwechselt werden können. Aber Anziehung lässt irgendwann nach, und das Verknalltsein geht vorüber. Liebe endet nicht.

Manchmal glauben Menschen, sie seien verliebt, wenn sie im Gegenüber nur die guten Eigenschaften wahrnehmen und die schlechten ausblenden – nur die Eigenschaften des anderen, die sie am meisten bewundern, sehen sie; seine Schwächen und Hinderungsgründe jedoch nicht. Gut wird zu perfekt, aber Perfektion ist eine Illusion. Und Illusionen sind wie ein Zauber – temporär und bald gebrochen. Und wenn das passiert, verändern sich die Gefühle.

Und wenn die Gefühle sich verändern, behaupten diejenigen, die vorher geliebt haben, häufig, sie würden jetzt hassen. Aber vielleicht wird das Wort *Hass* ebenso häufig falsch verwendet wie das Wort *Liebe*. Vielleicht ist es gar kein Hass, sondern Schmerz, der von Beschämung, Bedauern, Traurigkeit oder Frust oder allem zugleich herrührt. Ich habe das Wort *Hass* einmal fälschlicherweise in Bezug auf meine Schwester gebraucht und kann ehrlich sagen, dass, wer einen Menschen wahrhaft liebt, diesem niemals mit echtem Hass begegnen könnte. Wenn der Hass echt ist, dann war die Liebe es nicht.

Was also ist Liebe – die Art Liebe, die nicht auf Kekse, sondern auf Menschen bezogen ist? Sie ist eine Verbindung, so etwas wie eine geheime Sprache zwischen zwei Menschen oder ein unsichtbarer Tanz. Sie ist eine unbesiegbare Kraft, die uns aneinanderbindet und nie gebrochen werden kann. Sie kann überstrapaziert oder auf die Probe gestellt werden, und sie kann Kopfschmerzen bereiten, aber sie ist niemals temporär, niemals flüchtig und kann niemals gebrochen werden, so viel kann ich aus eigener Erfahrung aus meiner jüngsten Vergangenheit sagen. Was mich zu meinem dritten und letzten Punkt bringt.

*Es gibt mehr als eine Art von Liebe.* Seit März beobachte, studiere, hinterfrage und analysiere ich die Beziehung meiner Schwester Kate zu ihrem Verlobten, Geoffrey Stephen Brill. Ihre Hochzeit wird in dreizehn Tagen stattfinden, und ich kann zusammenfassend Folgendes konstatieren:

Ich weiß, dass meine Schwester und Geoff sich lieben.

Ich weiß, dass ich das nicht verstehe.

Ich weiß nicht, ob ich jemals diese Art von Liebe empfunden habe.

Ich weiß, dass ich eine Art von Liebe empfinde, und zwar wegen meiner Schwester Kate, von der ich sicher behaupten kann, dass ich sie immer lieben werde, und die, wie ich weiß, auch mich liebt, sogar wenn ich hin und wieder nicht besonders liebenswert bin. (Auch wenn das dann häufig ihre Schuld ist.)

Ich kann nicht erklären, warum meine Schwester und ich uns lieben, und ich kann es auch nicht mathematisch beweisen. Ich weiß es wegen der Zeiten, in denen diese Liebe auf die Probe gestellt wird oder einem von uns Kopfschmerzen bereitet. Und weil ich mir in diesen

Zeiten nichts *mehr* wünsche als die Wiederherstellung genau dieser Liebe, nach der sich alles andere in meinem Leben ausrichtet. Und irgendwie macht Kates Liebe alle unschönen Dinge ein bisschen leichter erträglich.

Dann gibt es noch die romantische Liebe, in der ich bis jetzt wenig erfahren bin, obwohl meine Erfahrung vielleicht gerade einen Schub bekommt. Aber nach meiner Beobachtung besitzt diese Art der Liebe sowohl die Kraft und Beständigkeit der Liebe zwischen Familienmitgliedern als auch jenes Element, das die Romantik beisteuert. Romantisch ist ein Wort, das aus dem mittelalterlichen Französisch kommt; es bedeutet *erzählerisch, romanhaft* und bezog sich gewöhnlich auf eine heldenhafte, unerklärliche oder phantastische Geschichte. Und ich glaube, jede Liebesgeschichte hat etwas Heldenhaftes, Unerklärliches und Phantastisches an sich.

Die zwischen Kate und mir auf jeden Fall.

Beide Arten der Liebe sind für mich nach wie vor ein großes Mysterium, und ich wünschte von ganzem Herzen, Liebe könnte ebenso einfach definiert und verstanden werden wie das Wort *Tipi*. Aber was würden Dichter und Dramatiker dann mit all ihrer Zeit anfangen?

Da ich zu müde bin, um mir das, was ich geschrieben habe, auch nur noch ein Mal durchzulesen, drücke ich auf *Speichern* und greife dann nach meinem Handy.

SMS an Kate, 22:47 Uhr
*Ich liebe dich und werde mir alle Mühe geben, auch Geoff zu lieben.*

SMS von Kate, 22:47 Uhr
*Wo bist du?*

SMS an Kate, 22:48 Uhr
*In meinem Zimmer.*

Nur Sekunden später kommt Kate ohne anzuklopfen ins Zimmer gestürmt, aber es kümmert mich nicht, und ich hoffe, dass es immer so sein wird, obwohl ich sicher bin, dass ich beim nächsten Mal sauer auf sie sein werde. Sie schlingt ihre Arme um mich, und ich mache dasselbe bei ihr, ganz genau gleich, mit der gleichen Verve, der gleichen Beherztheit und der gleichen Schwesterlichkeit, so dass daraus die perfekteste Umarmung in der Geschichte der Umarmungen wird.

»Okay, spuck's aus«, sagt sie, nimmt meine Hände und setzt sich mit mir aufs Bett. »Mal ganz ehrlich, Josie. Was hast du gegen Geoff?«

»Er sieht ein bisschen komisch aus. Er redet über Zecken. Er glaubt, dass er alles weiß. Er glaubt, dass …« Jetzt kommt es raus. Meine Kehle brennt und meine Stimme klingt belegt: »Er glaubt, dass es nur eine Art gibt, Dinge zu tun. Und zwar seine. Und er will immer der … der Schlauste von allen sein.« Tränen. Tränen rinnen mir aus den Augen, und meine Unterlippe zittert, während ich schluchze: »Er ist wie ich, und mich hast du doch schon! Und ich hab nicht so viele Menschen, die nur mir gehören. Und wenn du ihn jetzt heiratest, hab ich noch einen weniger.«

»Ach, Josie«, sagt Kate und zieht mich wieder in ihre Arme. »In meinem Leben und in meinem Herzen wird immer Platz für dich sein.«

»Aber zwei Ausführungen von mir, das will doch keiner. Ich jedenfalls nicht.«

»Nein, Josie, eine von dir ist wirklich mehr als genug«, neckt sie mich, und ich muss lachen, und es kommt als nasser, ekliger Grunzer heraus.

Sie reicht mir eine Handvoll Papiertaschentücher, und ich trockne mir das Gesicht ab.

»Also. Erstens sieht keiner von euch beiden komisch aus«, sagt sie.

»Ich weiß, wie ich aussehe, Kate.«

»Nein, das glaube ich nicht. Und ich glaube auch nicht, dass du dir Geoff genau angesehen hast.« Ich zucke die Achseln, was *Kann sein* heißen soll. Dann fährt sie fort: »Und ja, er fand einen Artikel über Zecken interessant, aber er findet eben eine Menge Dinge interessant. Genau wie du. Korrigiere mich, wenn ich falschliege, aber warst du nicht daran interessiert herauszufinden, ob du in deinem Leben schon eine ganze Ratte gegessen hast?«

»Ja, und ich finde, das ist eine wichtige Information.«

»Ich glaube, Geoff würde dir da zustimmen.« Sie streicht mir eine lose Haarsträhne hinters Ohr. »Er ist dir in vielem ähnlich, Josie. Was glaubst du denn, warum ich ihn so sehr liebe?«

Ich lenke ein, indem ich nicke und verhalten grinse.

»Außerdem ist Geoff kein Ersatz für dich. Als ob dich jemand ersetzen könnte«, sagt sie. »Auch wenn ich dich natürlich manchmal erwürgen wollte.«

»Das wirst du auch *wieder* wollen. Mit dir zu tun zu haben, war in letzter Zeit übrigens auch kein Zuckerschlecken.«

»Ich weiß. Aber nein, ich würde langsam verschrumpeln und sterben, wenn ich dich nicht hätte.«

»Hör bitte nie wieder auf, mit mir zu sprechen«, sage ich und beschreibe ihr, wie sich die Funkstille zwischen uns für mich angefühlt hat – den Schmerz, die Einsamkeit –, während sie sich fortgesetzt entschuldigt. Und so reden wir weiter und immer weiter, bis wir Schulter an Schulter auf meinem Bett einschlafen.

# 36

Das Erste, was heute Morgen passiert, ist, dass mein Handy piept.

SMS von Stu, 7:01 Uhr
*Fährst du heute mit mir zur Cap?*

SMS an Stu, 7:02 Uhr
*Ja, klar. Wahrscheinlich schon. Wieso? Soll ich lieber nicht?*

SMS von Stu, 7:02 Uhr
*Wollte nur sichergehen, dass es dir gutgeht. Hat es Sinn, dich zu bitten, nicht zu viel über alles nachzudenken?*

SMS an Stu, 7:03 Uhr
*Musst du mich das fragen?*

Mein Telefon klingelt.
»Ja?«, sage ich.
»Komm raus«, sagt er, und als ich aus dem Fenster schaue, sehe ich, wie er mir zuwinkt, während er, eine Atemwolke vor dem Mund, über die Straße gelaufen kommt. Es ist ein bleicher, kühler Morgen.
Als ich mich zu ihm auf die Stufen vor dem Haus geselle, sagt er fröhlich: »Wir müssen über gestern Abend reden.«

»Ich weiß nicht, was ich sagen soll, Stu«, gestehe ich. »Aber ich weiß, dass ich viel mehr als einen Abend brauche, um darüber nachzudenken, vor allem weil der letzte Abend zwar gut, aber sehr lang war, wegen Kate und wegen der Hausarbeit, die ich übrigens fertigbekommen habe. Wahrscheinlich habe ich heute wieder riesige Ränder unter den Augen, worauf Sophie mich sofort hinweisen wird … Wo war ich?«

»Dabei, dass du viel Zeit brauchst«, sagt Stu und lächelt mich an.

»Na ja, etwas Zeit.«

»Bereust du es, dass ich dich geküsst habe?«

»Nein«, sage ich schnell, so schnell, dass es mich selbst überrascht. »Nein.« Ich räuspere mich und versuche, nicht allzu breit zu grinsen und nicht rot zu werden, allerdings erfolglos, während ich an seine warme Haut, seine weiche Zungen, und die Farbe der Innenseite seiner Unterlippe zurückdenke. Ich wünschte, diesen Farbton gäbe es als Lippenstift. Er würde mir noch viel besser stehen als Candy Bliss. »Es war schön. Überraschend, aber schön.« Ich denke noch einen Moment darüber nach. »Sehr schön«, urteile ich. Dann überdenke ich diese Bewertung noch mal und versuche sie zu steigern, indem ich »definitiv schön« sage. »Bereust du es denn?«, frage ich.

»Nein.«

»Aber es verändert einiges.«

»Das war mir klar.«

»Ich hasse Veränderungen.«

»Das ist mir auch klar«, sagt er.

»Warum hast du es dann gemacht?«

»Weil ich es nicht eine Sekunde länger ausgehalten habe.«
»Oh. Echt? Das ist irgendwie …« O Mann, das einzige Wort, das mir in den Sinn kommt, ist: »cool.«
Ich verdrehe die Augen über mich selbst, was Stu sehr belustigt.
»Du musst mir Zeit geben, über alles nachzudenken«, sage ich.
»Womit zu viel über alles nachdenken gemeint ist.«
»Möglich.«
»Denk nicht zu viel darüber nach, Josie«, sagt er und stupst mich mit dem Ellbogen an, bevor er wieder auf die andere Straßenseite wechselt und zum Haus geht.
Ich beobachte ihn die ganze Zeit vollkommen zufrieden und fast ein wenig berauscht. Kurz bevor er ins Haus geht, dreht er sich noch mal um und schenkt mir ein sehr zufriedenes Lächeln.
Dad kommt mit Unterlagen aus seinem Arbeitszimmer, als ich zurück ins Haus schlüpfe, und begrüßt mich mit: »Na, wieder die ganze Nacht rumgetrieben, meine Liebe?«
»Du hast mich erwischt.«
»Hast du's schon wieder übertrieben mit dem Feiern?«
»Nein, mit dem Nachdenken.«
»Damit brockst du dir noch mehr Ärger ein«, sagt er und schaut auf seine Unterlagen.
»Ja, gut möglich«, sage ich, während ich zur Treppe gehe. Aber ich glaube, ich bin süchtig. Ich bin mir nicht sicher. Muss ich mal drüber nachdenken.

Kurze Zeit später grinsen Stu und ich uns im Auto via Rückspiegel dauernd gegenseitig auf so eine alberne Art an, die mit viel Auf-die-Unterlippe-Beißen verbunden ist, sagen aber nichts.

»Was?«, fragt Sophie schließlich.
»Was?«
»Was?«
»Was ist mit euch beiden?«, fragt sie.
»Nichts.«
»Nichts.«
»Macht ihr das, um mich zu ärgern? Wollt ihr mich dazu bringen, irgendwas zu sagen? Oder zu tun? Sagt schon!«
»Ja«, sagt Stu.
»Nein«, sage ich.
»Also was?«
»Nichts.«
»Nichts.«
Wir beißen uns noch ein bisschen weiter auf die Unterlippen, und als Sophie an der Schule schließlich aussteigt, verabschiedet sie sich mit den Worten: »Ihr zwei dreht von Tag zu Tag mehr ab.«
Stu weist mit dem Kinn auf den Beifahrersitz, und ich steige über die Mittelkonsole nach vorn.
»Musik?«, fragt Stu, aber ich schüttele den Kopf.
Nein, ich bin glücklich, in einer mit lauter Möglichkeiten angefüllten Stille zu sitzen, die wir alle ansprechen werden, sobald ich sie im Kopf sortiert habe.
Werde ich das wirklich? Werden wir?
Nachdem Stu eingeparkt hat, gehen wir genauso nebeneinander her, wie wir gefahren sind: schweigend und dümmlich grinsend. Und in diesem Schweigen keimt ein neuer Gedanke auf. Ich versuche ihn auf dem gesamten Weg bis zu meinem Platz im

Soziolinguistik-Kursraum zu ignorieren, und dann noch weiter während ich mich einrichte und mein Notizheft und den richtigen Stift raushole, und auch während ich mir Notizen mache und mir mit Stu schnelle Seitenblicke zuwerfe.

Auch später versuche ich ihn zu ignorieren, als ich mit ihm und Ethan zu Fair Grounds gehe und Ethan fragt, wie unser Wochenende war und wer das Spiel zu Ehren des Schulballs gewonnen hat. Und auch während des schweigsamen Mittagessens mit Stu, der zufrieden zwei Bagel-Sandwichs verdrückt und dann noch meinen nackten Bagel isst, den ich nicht ganz schaffe, versuche ich weiter, ihn zu ignorieren.

Zum ersten Mal in meinem Leben würde ich gern *Was würde ich dafür geben, jetzt deine Gedanken lesen zu können* sagen. Ich wünsche mir, dass er das Schweigen bricht, indem er neugierig fragt, woran ich denke, denn ich denke: *Ich weiß nicht, was ich sagen soll. Und ich möchte, dass du mir sagst: »Keine Sorge. Alles wird gut.«*

Stu würde es sagen. Ich weiß, dass er das tun würde, wenn ich ihn darum bäte. Aber ich muss an Dads Ermahnung von vor ein paar Wochen denken: *Wenn man eine Testperson in die Richtung lenkt, in der man sie gern hätte, bestätigt das nur die eigene Voreingenommenheit, meine Liebe. Und es macht die Resultate wertlos.* Plötzlich bin ich nicht mehr davon überzeugt, dass zwischen Stu und mir alles gut werden wird, und ich möchte nicht, dass er mich durch eine ehrliche Antwort in dieser Angst bestätigt. Sicherlich spürt er auch, was mit uns passiert. Das ist kein bedächtiges Schweigen mehr. Zwischen uns herrscht eine peinliche Stille, und ich habe keine Ahnung, was ich dagegen tun soll.

Stu hatte recht. Und Stefan auch. Liebe – die Möglichkeit, dass sie sich zwischen zwei Menschen entfaltet, und die Möglichkeit, dass sie das nicht tut, auch in der Zukunft nicht – verändert alles. Ich habe schon einen Freund auf diese Weise verloren. Ich schaue Stu über den Tisch hinweg an, der sich gerade den Rest des Bagels in den Mund schiebt und fragt: »Den wolltest du doch nicht mehr, oder?«

Ich schüttele den Kopf.

Ich darf nicht noch einen verlieren.

Auf dem schnellen Gang zum Auto entschuldige ich mich dafür, dass ich nichts sage, was ich noch nie gemacht habe, und füge hinzu: »Ich denke nach.« Und dann zeige ich, als wäre ich völlig verblödet, auf meinen Kopf – wozu? Um dem Nachdruck zu verleihen?

»Eines Tages explodiert dir noch der Schädel.«

*Und du wirst die Sauerei aufwischen*, sage ich. Uff, wir reden wieder wie immer. Nur dass wir es nicht tun, weil ich das zwar sagen wollte, es aber nicht getan habe. Ich hab die Worte nicht herausgebracht wegen all der Gedanken, die mich in Atem halten. Und jetzt, wo ich ihn aussprechen möchte, ist die Gelegenheit vorbei, und ich kann sie nicht zurückholen.

Stus Fußballtraining dauert heute länger, so dass ich mit Sophie nach Hause gehe, die beinahe während der ganzen eineinhalb Kilometer über Josh Brandstetter herzieht, ohne sich einmal zu wiederholen. Als wir fast zu Hause sind, sagt sie: »Aber Danny Shiever ist ziemlich süß, findest du nicht? Nicht gerade gesprächig, aber was soll's? Kannst du mal rausfinden, ob er mich gut findet?«

Ich nicke. Es erleichtert mich, dass Sophies Leben mich ablenkt, und es erleichtert mich doppelt, dass sie nie merkt, wie gedankenverloren ich bin.

SMS an Stu, 18:44 Uhr
*Ich finde alles gut so, wie es ist zwischen uns.*

SMS von Stu, 18:45 Uhr
*Ich finde auch alles gut so, wie es ist zwischen uns.*

Das habe ich nicht gemeint. Und das weiß er auch.

Heute Abend kommt Geoff zum Essen. Er kommt jetzt, wo die Hochzeit nur noch zwei Wochen weg ist, fast jeden Abend. Nach dem Essen nehmen er und Kate sich dann für gewöhnlich ein paar Minuten Zeit, um die Geschenke aufzumachen, die gekommen sind, und schreiben in Dads Arbeitszimmer Danksagungen. Heute lachen sie leise darüber, wie überzeugend es ihnen gelingt, sich überschwänglich für ihren sechsten Kerzenhalter zu bedanken.

»Beeindruckend«, sage ich, als ich ins Zimmer komme, um mir eine Handvoll M&Ms aus dem Blutegel-Gefäß zu holen, das, wie ich an Geoffs Gesichtsausdruck ablesen kann, ein Schatz ist, der bislang vor ihm verborgen geblieben ist.

»Willst du welche?«, frage ich.

»Ja, gern«, sagt er und lässt sich gerade eine Handvoll geben, als Kates Handy klingelt.

»Die Arbeit«, sagt sie entschuldigend zu uns und nimmt den Anruf außerhalb des Zimmers an.

Ich stelle den Behälter zurück auf seinen Platz im Regal; er steht direkt neben dem chirurgischen Operationsbesteck aus dem Amerikanischen Bürgerkrieg, zu dem auch eine Amputationssäge und ein Tourniquet gehören. Den schon ziemlich in Mitleidenschaft gezogenen ledernen Deckel hält Dad geschlossen. Er braucht echt mal ein neues Hobby.

Ich tue so, als würde ich das Blutegelgefäß ein paarmal zurechtrücken, und werfe Geoff dabei zweimal einen schnellen Seitenblick zu; er kaut zufrieden auf den M&Ms herum und liest sich die Danksagung noch mal durch, die er und Kate gerade geschrieben haben. Schließlich wende ich mich ihm zu, um – keine Ahnung – vielleicht irgendwas über die Hochzeit zu sagen, als er mir zuzwinkert. Daraufhin sage ich: »Dieses dauernde Gezwinkere geht mir echt auf die Nerven, weißt du das?«

»Was glaubst du denn, warum ich es mache?«, fragt er und grinst geradezu triumphierend. Ich gestehe ihm seinen Sieg zu, indem ich über mich selbst die Augen verdrehe und mich dann in den nächsten Sessel setze.

»Weißt du noch, wie du im Sommer zu mir gesagt hast, dass es umso schwerer ist, einen Freund zu verlieren, wenn man, wie ich, nicht viele hat?«, frage ich.

»Ja, und ich bedaure, dass ich das gesagt habe. War nicht so gemeint.«

»Ich weiß, was du meintest«, sage ich schnell. Zu schnell. Dann atme ich aus und füge ernst hinzu: »Ich weiß, was du meintest.«

»Ist alles in Ordnung, Josie?«

»Nein ich glaube nicht. Ich glaube, ich bin gerade dabei, noch einen zu verlieren, und die Liste wird immer kürzer.«

»Wen denn?«

Ich schüttele den Kopf, was er richtig übersetzt: *Das möchte ich nicht sagen.*

»Okay«, sagt er. »Kann ich irgendwie helfen?«

»Ich glaube nicht«, sage ich und stehe auf. »Aber ich finde es schön, dass du es verstehst.«

»Sicher«, sagt er, und ich gehe zur Tür. Dort bleibe ich stehen und sage: »Ach übrigens, das mit den Spaghetti war wirklich ein Unfall.«

Darauf – und das habe ich mir selbst zuzuschreiben – zwinkert er mir zu.

Ich bin noch keine zwei Stufen die Treppe hoch, als eine SMS von Stu kommt: *Ich stehe vor eurer Haustür. Komm raus.*

»Komm doch rein«, sage ich, als ich die Tür aufmache.

»Nein«, sagt er und hält sein Telefon hoch; das Display zeigt meine SMS von vorhin. »Sag's mir.« Ich trete nach draußen und schließe die Tür hinter mir. »Du hast eine Entscheidung wegen uns getroffen. So schnell?«

»Stu, du bist mein bester Freund auf der Welt. Das möchte ich nicht aufs Spiel setzen.«

»Und du bist der Mensch, mit dem ich für immer zusammen sein möchte. Das möchte ich nicht aufs Spiel setzen.«

»Wir gehen das Risiko ein, alles zu verlieren, wenn wir auf einen Weg geraten, der uns nicht dahin führt, wo er deiner Meinung nach hinführt.«

»Du bist dieses Risiko wert, Josie. Ich denn nicht?«

»Ich« – meine Stimme fängt an zu zittern, weil ich den Tränen nah bin – »bin nicht bereit zu riskieren, dich als einen meiner einzigen Freunde zu verlieren.«

»Du wirst mich nicht verlieren«, sagt er.

»Wie kannst du dir da so sicher sein?«

»Wie kannst du es nicht sein?«, fragt er, und diesmal friert seine Mimik nicht, wie so oft, irgendwo zwischen einem Lächeln und einem Lachen ein, sondern zwischen nichts und nichts. Jedenfalls ist nichts dabei, was ich kapieren würde.

Entsetzt verfalle ich in Schweigen, denn plötzlich sehe ich nur noch lauter unerwünschte Möglichkeiten vor mir. Dann fällt mir schließlich wieder ein, dass ich atmen muss, und ich gestehe ihm: »Ich weiß es nicht. Ich weiß im Augenblick nur sehr wenige Dinge ganz sicher, und eins davon ist … dass wir uns bereits verändert haben.«

»Ja«, stimmt er mir zu. »Das ist wahr. Und zum Besseren, dachte ich.«

»Nein, das glaube ich nicht«, sage ich.

Er dreht sich um und läuft nach Hause. Ich öffne unsere Tür und zucke erschrocken zusammen, als ich höre, wie die Haustür der Wagemakers mit einem lauten Knall zufällt, der über unsere ganze ruhige Straße hallt.

# 37

SMS an Sophie, 7:00 Uhr
*Sag Stu, dass ich heute mit Dad zur Cap fahre. Muss früher da sein.*

SMS von Sophie, 7:22 Uhr
*OK! Küsse, S.*

Interessierte Nachfragen gehören nicht unbedingt zu Sophies sprachlichem Repertoire, vor allem dann nicht, wenn sie sich vor Kummer über die allerneueste Trennung verzehrt. Und das ist genau die Sprache, die ich heute brauche.

Stu kommt wenige Minuten zu spät zum Kurs. Er setzt sich neben mich, und ich frage mich, ob es ihm ähnlich schlecht geht wie mir. Ich fühle die tiefe Verbindung zwischen uns und leide zugleich an ihr. Unsere einzigartige freundschaftliche Beziehung, unsere lebenslange Geschichte ist nur umso deutlicher spürbar, weil sie beschädigt wurde. Das ist so ähnlich, wie wenn einem bei einer Halsentzündung plötzlich bewusst wird, wie häufig am Tag man schluckt. Man wünscht sich – ich wünsche mir – nur noch eine möglichst schnelle Wiederherstellung des alten Zustands. Aber gibt es ein Zurück?

Wir können uns nicht einmal anschauen.
Nach dem Unterricht verschwindet er mit den Worten: »Bis später.«
Ich vergesse sogar völlig, dass Ethan vorne an seinem Schreibtisch steht, und bin überrascht, als er hinter mir herruft: »Fair Grounds, Josie?«
»Muss in die Bibliothek«, sage ich.
»Lernen?«
»Ja«, sage ich. Einfach nur ja.
Daraufhin gesellt Ethan sich zu Samantha und Mr Football und fragt Mr Football: »Gegen wen spielt ihr am Samstag? Und wie habt ihr euch auf euren Gegner vorbereitet?«

Ich sehe sie – Stu und Jen. Sie treffen sich diese Woche immer nach der Schule im Aufenthaltsraum der Zwölf. Am Mittwoch beugt Jen sich ganz dicht an ihn heran und flüstert ihm süße Worte zu. Am Donnerstag kommen sie an meinem Schließfach vorbei. Jen grüßt mich lächelnd, während Stu wie abwesend starr geradeaus schaut, wo er offenbar die verlorene Geborgenheit unserer Freundschaft sucht, die nun nirgends mehr zu sehen ist. Am Freitag versucht Jen, ihn mitten im Aufenthaltsraum zu küssen, aber er weicht ihr aus, schnell, abrupt, unangenehm berührt. Danach streifen sich unsere Blicke für den Bruchteil einer Sekunde, bevor er seinen Rucksack nimmt und geht, so dass Jen hinter ihm herrennen muss.
»Was ist mit ihm los?«, fragt Sophie.
»Ach, kennst du doch. Bei ihm hält ja nie was lange«, sage ich.
»Er wird sich nie ändern«, sagt sie, als sie an mir vorbei zu einer

Gruppe von Freundinnen geht, um mit Danny Shiever zu flirten, der neben Stefan Kott steht; Stefan sieht mich an und nickt. Kein Lächeln. Keine Grimasse. Einfach nur ein Nicken.
Ich nicke zurück und zaubere dieses freundliche Lächeln auf meine Lippen, das ich vor so langer Zeit geübt habe, weil das meine natürliche Antwort in Josie ist. Und danach, etwas anderes zu sprechen, ist mir in diesem Moment nicht.

Später überlege ich, Stu eine SMS zu schreiben, ihn anzurufen, ihm eine E-Mail zu schicken oder Steinchen an sein Fenster zu werfen. Ich möchte etwas tun. Irgendetwas. Und nichts. An diesem Wochenende, dem letzten vor der Hochzeit von Kate und Geoff, ist keine Zeit.
Am Samstag haben wir unsere vierte und letzte Anprobe, die erstaunlich schnell vorübergeht. Danach treffen wir uns im Friseursalon, um das Frisieren und Schminken zu üben. Kate steht die ganze Zeit neben der Friseurin, während die sich meinen Haaren widmet, und gibt ihr genaue Anweisungen, was sie tun und lassen soll, damit ich nicht schreiend wegrenne.
Ich habe mir keine Ohrlöcher stechen lassen. Kate hat sich heute Morgen bei mir dafür entschuldigt, dass sie mich dazu gedrängt hat, und sagte: »Geoff hat sich aufgeregt, dass ich das überhaupt vorgeschlagen habe. Er findet, dass ich bei solchen Nebensächlichkeiten völlig übertreibe.«
»Du solltest öfter auf ihn hören«, erwiderte ich. »Erstaunlich, wie einfühlsam er in den letzten Tagen geworden ist.«
Wir – wir Brautjungfern und Kate – haben uns prächtig amüsiert, sobald ich manuell auf ihre Kultur umgeschaltet hatte, die

mir ziemlich angenehm erschien. Ich hatte außer einigen Fragen wenig beizutragen, wenn sie über ihre Arbeit oder ihre Partner gesprochen haben, aber mit der Hochzeit selbst und Hochzeiten im Allgemeinen hatten wir auch gemeinsame Themen.
Aber trotz all der Ablenkung durch Frisier- und Schminkthemen und die ansteckende Vorfreude auf Kates immer näher rückenden großen Tag vermisse ich Stu und das, was wirklich eine Pperfekte Freundschaft war, immer noch schmerzlich. Und ich weiß, dass wir jetzt nicht mehr zurückkönnen, nicht mehr da weitermachen können, wo wir aufgehört haben.

Sonntagabend. Geoff kommt zum Essen. Nachher, als ich ihn längst zu Hause wähne, klopft er an meine Zimmertür und fragt, ob er hereinkommen darf. Als ich aufmache, steht er im Flur und hält beide Hände hinter dem Rücken.
»Mach die Augen zu«, sagt er.
»W…«
»Und frag nicht, warum«, ergänzt er schnell. Ich füge mich grinsend. »Okay, jetzt mach sie auf«, sagt er, und als ich es tue, steht er mit einer flauschigen weißen Stofftierziege mit gelben Hörnern und rosa Ohren vor mir.
»Die hab ich heute gesehen und musste an dich denken«, sagt er. »Fast so gut wie eine echte.«
»Aber woher wusstest du …?«, frage ich entzückt, nehme sie entgegen und registriere beglückt, dass sie keinerlei kratzige Stellen hat.
»Kate«, sagt er. »Sie erzählt mir alles, weißt du doch.«
»Ja, ich weiß.«

»Und ich dachte, sie würde dich vielleicht ein bisschen aufheitern.« Er zuckt andeutungsweise die Achseln, als ich ihn fragend ansehe. »Du erwähnst Stu in letzter Zeit gar nicht mehr. Und wegen dem, was du neulich gesagt hast, habe ich meine Rückschlüsse gezogen. War nicht weiter schwer. Ich …«, sagt er. »Nun ja, ich kenne so was aus eigener Erfahrung, Josie. Und ich wollte dir nur sagen, dass ich immer für dich da bin, wenn du mit mir reden möchtest. Jederzeit.«

»Danke«, sage ich und schließe die Tür, nachdem wir uns gegenseitig zugelächelt und höflich zugenickt haben.

Sekunden später mache ich sie wieder auf, lehne mich übers Treppengeländer und rufe ihm hinterher; er ist unten an der Treppe. »Hey, Geoff.«

»Ja?«

Ich bin drauf und dran zu fragen: »Wenn du deinen Sitzplatz im Bus jeden Morgen einer schwangeren Frau überlassen würdest …«, aber stattdessen sage ich, aufrichtiger als vorher, hoffe ich: »Danke!«

Er antwortet mit einem schiefen Lächeln. Meine siebenunddreißig Fragen werde ich ihm später stellen. Außerdem werde ich ihm eine Definition von *paradox* liefern und ihm sagen, dass Oregano griechisch ist und nicht italienisch. Und eines Tages werde ich ihn zu einem echten Dennis-DeYoung-Fan konvertieren. Wenn er ein Mitglied der Familie Sheridan werden will, wird er einiges lernen müssen.

Diese Woche gehe ich jeden Morgen allein zur Cap. Sophie fragt mich eines Nachmittags nach der Schule, warum ich das mache.

»Ist einfach besser so. Im Moment.«

»Okay«, sagt sie und schenkt mir ein trauriges, wenn auch wissendes Lächeln, was mich daran erinnert, dass sie, wenn sie will, sehr gut Josie spricht – und wahrscheinlich auch Stu und Stu mit vollem Mund.

In Soziolinguistik sitzt Stu jetzt ein paar Reihen hinter mir neben Mr Football und scherzt vor und nach dem Unterricht mit ihm, und dann ist er immer irgendwie verschwunden. Stu beschäftigt mich in Gedanken mehr als Ethan, mehr als dieser Kurs, mehr als alles andere. Ich halte bei Fair Grounds nach ihm Ausschau, in der Bibliothek und später in der Highschool, aber immer bekomme ich ihn nur von hinten zu sehen, weil er gerade weggeht. Und ich weigere mich, hinter ihm herzurennen, um ihn einzuholen.

Ich weiß ohnehin noch immer nicht, was ich ihm sagen soll.

Beim Probe-Dinner, bei dem Stu fehlt, lernen wir endlich Geoffs Eltern, Alan und Dee aus Wisconsin, kennen. Abgesehen von einem unnatürlichen Interesse für die Flora und Fauna von Parks – und davon, dass Dee Brill wie etwas klingt, das man mit einer Ente macht, bevor man sie rupft – scheinen sie vollkommen normal zu sein. Zudem reagieren sie auf Kate ganz genauso wie ihr Sohn – sie sind freundlich und aufmerksam und zufrieden, im Hintergrund zu bleiben, während Kate glänzt.

Auntie Pat erklärt, Stu habe diese Woche leider gearbeitet bis zum Umfallen und sich deshalb einfach nicht aufraffen können, mitzukommen.

»Aber er kommt doch morgen zur Hochzeit, oder?«, frage ich.

»Ich hoffe es«, sagt Aunti Pat und beugt sich dann zu mir. »Aber unter uns gesagt, Liebes, er wäre auch nicht traurig, wenn die Feier ohne ihn stattfände. Genau wie sein Vater.«

»Aber du musst darauf bestehen, dass sie beide kommen!«

»Ich werde tun, was ich kann«, sagt sie.

Zweiundsiebzig Gäste sind heute dabei. Aunt Toot hat mir am früheren Abend ein Minzbonbon gegeben und ein Päckchen Taschentücher. »Nur für den Fall, dass du die morgen brauchst«, hat sie mir zugeflüstert.

Uncle Vic spricht mich mit »ihr jungen Leute« an.

»Ihr jungen Leute hört zu laut Musik.«

»Ihr jungen Leute fahrt zu schnell.«

Ihrjungenleute Sheridan. Das bin ich heute Abend. Wenn Stu hier wäre, würde er mich so nennen. Ich sitze neben einer Brautjungfer namens Stephanie am äußeren rechten Rand des Brauttisches. Es gilt eine dem Anlass entsprechende Sitzordnung: das glückliche Paar in der Mitte und direkt daneben die Ehrengäste – wie zum Beispiel Maggie –, und dann folgen wir anderen der Größe nach. Ich kann von meinem Platz aus den ganzen Raum überblicken, runde Achtertische, die mit flackernden Kerzen sowie strategisch platzierten Vasen mit elfenbeinfarbenen Rosen und roten Beeren dekoriert sind, welch Letztere Hypericum heißen, wie Dee Brill mir erklärt hat. Sie hat mich davor gewarnt, sie zu essen, weil sie giftig seien.

»Oh, danke, dass Sie das sagen. Wo ich doch für mein Leben gern die Tischdeko anknabbere«, habe ich darauf erwidert, woraufhin sie mich verunsichert angesehen und Mutter mich mit einem *Ähem* ermahnt hat.

Durch das stete Gemurmel, sporadische Gelächter und Gläserklirren und auch durch alle bewegenden Tischreden hindurch wird mein Blick die ganze Zeit wie ein Pfeil vom magnetischen Norden von dem *einen* leeren Stuhl im Raum angezogen. Einen Tisch weiter, zwischen Sophie und Ethan, der als Madisons Begleiter hier ist, kann ich dank meiner schnieken neuen Kontaktlinsen seine Platzkarte sehen: Stu Wagemaker. Und als ich den Sog irgendwann nicht länger ertrage, entschuldige ich mich und stoße die Platzkarte auf dem Weg zur Damentoilette um.

Der Hochzeitsmorgen verfliegt in einem Taumel aus Brautjungfern und Brunch, Karawanen und Visagistinnen. Mutter hat glücklicherweise zwei Stunden Ruhe im Haus der Sheridans verordnet, von vier Uhr bis zu dem Zeitpunkt, an dem wir zur Kirche aufbrechen müssen. Sie steht unten Wache, während Kate durchs Haus huscht, und ich ziehe mich in die dunkle Einsamkeit meines Zimmers zurück.

Ich setze mich, mit drei Kissen im Nacken, aufs Bett und sage mir, dass ich noch zwei bis drei Stunden habe, bevor ich Stu sehe, zwei bis drei Stunden, um zu einem Ergebnis zu kommen. Denn wir müssen *dringend* reden.

Aber als meine Mutter leise an die Tür klopft, um mir zu sagen, dass der Limousinenservice da sei, um uns zur Kirche zu bringen, bin ich immer noch absolut zu keinem Schluss gekommen, was ich ihm sagen soll, wenn ich ihn sehe. In der Limo beginne ich mich zu fragen, ob ich ihn überhaupt treffen werde, und als wir an der Kirche eintreffen, fürchte ich, dass er nicht kommt. Aber ich werde glücklicherweise durch das pure kollektive Vergnügen abgelenkt, das wir Brautjungfern haben, während wir uns in den unterirdischen Gewölben, wo sonntags normalerweise die Kaffee-Stunde abgehalten wird, umziehen. Und uns allen schwinden förmlich die Sinne – nein, sie schwinden uns tatsächlich –, als Kate in Brautkleid und Schleier den Raum betritt. Um alles in der Welt hätte ich diesen Moment nicht versäumen wollen, und ich bin überglücklich, als Mitglied dieser besonderen Gruppe hier sein zu können. Ich wünschte allerdings, wir hätten extra Ausweise. Aber ich schätze, die Kleider erfüllen diesen Zweck auch ganz gut.

Während der Trauung kann ich Stu nirgends erspähen. Aber sobald ich Kate am Arm meines Vaters erblicke, vergesse ich auch, nach ihm Ausschau zu halten. Ich vergesse alle Streits über Kontaktlinsen und alle Zeckenvorträge und auch, dass Aunt Toots Papiertaschentücher in meinem BH stecken, weil ich meine falschen Brüste aus Schaumstoff zu Hause vergessen habe. Mein Kopf ist vollkommen beschäftigt, zuerst mit dem Anblick von Kate und dann mit dem von Geoff, der geduldig darauf wartet, dass sie sich am Altar zu ihm gesellt.

Die Messe geht in der Tradition und dem Tempo aller Hochzeitsmessen der amerikanischen Episkopalkirche vonstatten, inklusive einer Predigt, dem Hochzeitsgelübde und scheinbar endlosen Kirchenliedern mit allzu gewollten Reimen. Es folgen Gebete und der Segen und natürlich, vor dem Schlusslied, der ganz und gar säkulare Kuss.

Die Hochzeitsgesellschaft und beide Elternpaare versammeln sich in gelöster Atmosphäre in den unterirdischen Gewölben,

während die Gäste die Kirche verlassen. Kate quetscht sich durch die Menge geradewegs zu mir durch, um mich in den Arm zu nehmen; uns stehen beiden die Tränen in den Augen.
Ich ziehe zwei von Aunt Toots Taschentüchern für uns aus meinem BH, und schon liegen wir uns kichernd und schniefend erneut in den Armen.

Der Columbus Country Club vibriert förmlich vom fröhlichen Geplapper der zweihundertachtundvierzig Freunde und Verwandten – plus/minus einem Wagemaker –, die spontan applaudieren, als Geoff und Kate schließlich den Saal betreten. Ich arbeite mich durch den überfüllten Vorraum, wobei ich immer wieder stehen bleiben und Freunde meiner Eltern begrüßen muss, die mir in der Sprache von Hochzeitsgästen wiederholt Komplimente dafür machen, dass ich als Brautjungfer »meine Sache gut gemacht« habe, und außerdem mein »sehr schönes Kleid« loben.
Schließlich finde ich Sophie; sie spricht mit einigen Mädchen, die ich nicht kenne. Ich nehme sie beiseite und frage: »Ist Stu hier?«
»Er ist nicht mitgekommen. Ist es zu fassen, dass er sich das hier entgehen lässt? Typisch Mann!«
»Ja«, sage ich und versuche gar nicht erst, meine Enttäuschung zu verbergen.
Ich tauche wieder in die Menge ein und mache meine Runde, während die Band spielt und einige tanzen und andere sich behutsam von einer umringten Büfettstation zur nächsten begeben. Ich gehe von Gruppe zu Gruppe, sammle weitere Komplimente

ein, lasse die Leute mein Kleid loben und stimme Millicente DeGraf – zusammen mit vielen anderen – zu, dass Kate eine wunderschöne Braut abgibt, *oui*.

Schließlich stehe ich Ethan gegenüber, der mich prompt dafür lobt, dass ich »meine Sache gut gemacht« habe.

»Danke, aber Kate hatte die wesentlich schwierigere Aufgabe, auch wenn es vollkommen mühelos aussah. Genau wie jetzt gerade«, sage ich und zeige quer durch den Raum auf den Star des Abends sowie auf den stolz in der Nähe stehenden Ehemann.

»Wie geht es denn mit der Hausarbeit für dein Sprachvarietäten-Projekt voran?«, fragt er.

»Ich bin fertig«, antworte ich, füge dann »Entschuldige mich bitte«, hinzu und gebe ihm mit einer Geste zu verstehen, dass ich weiter muss. In Wahrheit habe ich einfache keine Lust, ein Gespräch von Lehrer zu Schülerin mit ihm zu führen. Ich wäre heute Abend viel lieber mit meinen Gedanken allein, als aus noch einer Sprache übersetzen zu müssen.

Bald stehe ich zwischen dem grauen Marmor-Foyer und dem mit himbeerfarbenem Teppichboden ausgelegten Vorraum und beobachte die plaudernden Gäste, die sich eine Verschnaufpause von dem großen Gedränge und der Musik gönnen. Ich kenne nur wenige der Gäste. Ein spezieller lächelt mich an; es ist ein zaghaftes Lächeln, da er sich unsicher ist, wie ich reagieren werde. Es ist Stu.

Ich marschiere schnurstracks zu ihm hin, oder zumindest halbwegs, denn ich knicke mit dem Fuß um; aber immerhin gelingt es mir, wenn auch auf unelegante Weise, aufrecht zu bleiben. Ich nehme seine Hand und führe ihn durch den Vorraum und die

Fenstertüren in einen kleinen Innenhof, der im Frühjahr und Sommer von Gästen überquillt, jetzt aber leer und ruhig und kalt ist.

»Josie«, sagt Stu und zieht ohne Umschweife seine Smokingjacke aus, um sie mir um die Schultern zu legen.

»Hör mir einfach zu«, befehle ich ihm. »Ich hab die ganze Zeit nachgedacht, und das ist das, was mir bislang eingefallen ist: Ich vermisse dich.« Ich blinzele ein paarmal und räuspere mich. Stu grinst mich an. »Ich vermisse alles an dir. Okay. Okay. Der Kuss hat alles verändert. Hat er wirklich. Das weißt du. Und ja, ich geb zu, dass er mich buchstäblich umgehauen hat. Weil ich ihn nicht erwartet hatte. Ich war nicht darauf vorbereitet, und das hättest du wissen müssen. Genauso wie du hättest wissen müssen, wie sehr ich Überraschungen verabscheue. Aber ich bereue trotzdem nicht, dass du es getan hast. Du bist mein bester Freund auf der ganzen Welt, der einzige Mensch außerhalb meiner Familie, der mich versteht, und der einzige auf diesem Planeten, den ich begreife, ohne dass einer von uns irgendetwas übersetzen muss. Ich empfinde tiefe, starke Gefühle für dich, die sogar noch tiefer und stärker geworden sind, als du nicht da warst, und ich weiß nicht, ob das Liebe ist, aber ich weiß, dass ich bereit bin, alles zu riskieren, damit ich dir *irgendwann* sagen kann, dass ich dich liebe. Weil es das Risiko wert ist. Weil du es wert bist. Ich möchte dich für immer in meinem Leben haben.«

»Josie.«

»Ja?«

»Du redest zu viel«, sagt er und küsst mich, und es fühlt sich neu an und zugleich vertraut; er drückt seine Lippen erst sanft, dann fest, dann wieder sanft auf meine, sein Atem und meiner wird zu unserem, und seine Hände berühren mein Gesicht, als wäre es das erste Mal überhaupt, dass er mich berührt. Und all das geschieht so natürlich, so nahtlos, so geschmeidig – vor allem für meine Verhältnisse –, dass es sich anfühlt, als hätten wir es schon tausendmal gemacht, obwohl wir beide sehr lange gewartet haben. Ich weiß nicht, wie lange wir uns küssen. Ich weiß nur, dass ich nicht möchte, dass es aufhört. Und als es dann doch aufhört, weiß ich, dass es noch viele Fortsetzungen geben wird.

Während er seinen Arm um mich legt, lehne ich mich zurück und frage: »Und was machen wir, bis wir bei *irgendwann* ankommen?«

»Ich rechne fest damit, dass wir das rauskriegen«, sagt er.

»Ich kriege fast alles raus.«

»Was man so hört«, sagt er, und wir küssen uns noch ein Weilchen, wobei *irgendwann* näher zu rücken scheint als je zuvor.

»Komm, tanz mit mir«, sagt er und nimmt meine Hand, und eines Tages werde ich ihm erklären, dass ich das schon längst tue.

Stu führt mich auf die Tanzfläche, wo ich mühelos – Pperfekt – in seine Arme gleite, und nach nur wenigen Sekunden drehen wir uns so, dass ich die große Leinwand über dem Kamin sehe, auf die Fotos von Kate projiziert werden: Kate im Kinderhochsitz, Kate auf einer Schaukel, Kate mit Zöpfen. Kate mit Zahnspange. Kate als Highschool-Absolventin. Kate als College-Absolventin.

Ich halte die Luft an.

Der ganze Raum hält die Luft an, *als Königin Kate auf dem Thron* auf der Leinwand erscheint. »Josie, du kleines Monster!«, höre ich Kate über die Musik hinweg schreien.

Und ich sage zu Stu: »Wer hätte das gedacht! Kate hat recht: Das letzte Schuljahr ist das beste.«

# Dank

Ein herzliches Dankeschön, inklusive Lächeln und Umarmungen, geht an meine Agentin Faye Bender für ihre Unterstützung und dafür, dass sie an dieses Buch und an mich geglaubt hat, und auch für ihre Anrufe und E-Mails, aber vor allem ihre Post-its, die mich zum Lachen gebracht haben. Außerdem noch dafür, dass sie mich mit meiner Lektorin Jess Garrison bekannt gemacht hat, die mit Rat und Tat zur Verbesserung dieses Buchs beigetragen hat. Danke, Jess!

Ich danke meiner lieben Freundin Libby Max dafür, dass sie meine Beraterin in Sachen Popkultur gespielt hat. Kristin Boes danke ich für ihre wertvolle Kritik und Jeff Salon dafür, dass er sich die Zeit genommen hat, mir den Arbeitsalltag von Vertretern der Pharmaindustrie zu erklären.

Mein Dank gilt außerdem meinen OHYA-Freundinnen: Rae Carson, Julia DeVillers, Lisa Gerber, Margaret Peterson Haddix, Lisa Klein, Edith Pattou und Natalie Richards. Es gab schwierige Zeiten beim Schreiben dieses Buchs, in denen ich ohne euch verloren gewesen wäre. Danke, dass ihr mir so wunderbar beigestanden habt! Ihr seid die Besten!

Vielen Dank an Denny Fultz, Alex Li, Lori Moomaw, Lisa Martinuzzi, Jack Johnson, Leslie und Matt Marx, Dennis Adams, M. Theadelphi und an meine Mutter, Bunny Hardy, dafür, dass ich alle das Buch betreffenden Neuigkeiten mit euch teilen durfte und ihr sie mit mir gefeiert habt.

Mein ganz besonderer, ewiger Dank gilt meinem Ehemann Tim, der mir für dieses Buch unschätzbare Ratschläge aus der männlichen Perspektive gegeben und der zudem einige von Stus Zeilen und sogar ein paar von Josies geschrieben hat. Und der immer dafür sorgt, dass mir bei allen Aufs und Abs in diesem Autorenleben, das wir teilen, niemals das Lachen vergeht.